이하시선집

■ 宋幸根

전남대학교에서 중국 문학 박사 학위를 취득하였다. 박사 학위 논문으로는 〈이하시 연구〉를 썼으며, 지금까지 〈새로운 한문의 세계〉 〈한문의 즐거움〉 〈중국시가의 이해〉 〈중국어와 문화〉 등을 공동작업으로 하였다. 우리의 옛그림과 글씨에 대한 관심이 아주 많아 화랑을 돌아다니는 일을 행복으로 여기고 있으며, 앞으로 중국 문화 및 중국 시가에 관한 다양한 작업을 하려 계획하고 있다.

이하시선집

초판 1쇄 인쇄 2003년 10월 15일
초판 1쇄 발행 2003년 10월 20일

옮긴이 송행근
펴낸이 조윤숙
펴낸곳 문자향
등록번호 제 1-2821호(2001. 3. 13)
주소 서울 종로구 운니동 65-1 월드오피스텔 908호
전화 02-747-3451
팩스 02-747-3452
이메일 munjahyang@korea.com

값 15,000원
ISBN 89-90535-07-7 03820

이하시선집

송행근 역

문자향

일러두기

1. 본서는 李賀의 시 가운데 중요한 작품을 뽑아서 번역한 것이다.
2. 본서의 원문은 『李長吉文集』(上海古籍出版社 影印, 1994)을 저본으로 하였다. 다만, 필요한 경우에 『李賀詩校箋證異』(劉衍, 湖南出版社, 1990)를 참조하여 번역에 반영하였으므로, 번역문의 원문과 부록의 영인본 간에 일부 차이가 있을 수 있다.
3. 이하의 시와 생애를 이해할 수 있도록 「李長吉詩歌序」(杜牧), 「李長吉小傳」(李商隱), 「李賀傳」(新唐書)을 추가로 번역하였다.

이장길시가서(李長吉詩歌序)

두목(杜牧)[1)]

태화(太和) 5년(831) 10월 한밤중에, 집 밖에서 급히 외치면서 봉한 편지를 전하는 사람이 있어, 내가 말하였다.

"분명 심상찮은 일이 생겼을 터이니, 어서 불을 밝히거라."

서둘러 편지를 뜯어 보니, 과연 집현 학사 심자명[2)] 공이 쓴 한 통의 서신이었다. 서신에는 이렇게 적혀 있었다.

"저의 죽은 친구 이하는, 원화 연간(806~820) 의리와 우정이 매우 두터워, (나와) 아침저녁으로 함께 기거하며 먹고 마셨습니다. 이하가 죽으면서 일찍이 나에게 평생 동안 지은 시가(詩歌)를 주었는데, 나뉘어 4편이 되었고 대략 233수였습니다. 여러 해 동안 동서남북으로 헤매다 보니 한동안 잃어버렸습니다. 오늘 저녁 술이 깨어 다시 잠을 이루지 못하다가 책상자를 열고 책들을 정리하다 보니, 문득 이하가 생전에 나에게 주었던 시가 있었습니다. 지난 일을 회고하고 정리해 보노라니, 대저 이하와 대화하고 즐겁게 놀던 장소 하나 물건 하나, 어느 날 아침 어느 날 저녁, 술 한잔 밥 한

그릇 등이 선명하게 떠올라 잊어 버릴 수 없었고, 나도 모르게 눈물이 흘렀습니다. 이하는 또 가족과 자식이 없었고, 옷과 음식을 대 주어야 살림을 꾸렸기에 동정하여 안부를 묻곤 하였습니다. 이하는 일찍이 사람들이 그의 시를 읊는 것을 그만두지는 않을까 한스럽게 생각하였습니다. 당신께서는 저를 잘 대해 주셨기에, 함께 『이하시집』의 서문을 지어 그 연유를 다 밝힌다면, 역시 저의 뜻을 조금이나마 이해할 것입니다."

나는 그날 저녁 서신을 보내 할 수 없노라고 말하지 못하고, 다음날 심 공을 찾아가 사양하면서 말하였다.

"세상사람들은 이하의 재주는 비할 데 없이 뛰어나다고 합니다."

나는 며칠을 보내며 깊이 생각하여 심 공에게 말하였다.

"공은 시에 심묘(深妙)하고 기박(奇博)하며, 게다가 이하의 득실과 장단점을 다 압니다. 오늘 실로 이하의 서문을 사양하지 않는다면, 저는 필시 공의 뜻에 합당치 않을 텐데, 어찌하면 좋겠습니까?"

다시 사양하면서 감히 『이하시집』의 서문을 쓸 수 없음을 극진히 말하였다. 그러자 심 공이 말하였다.

"당신께서 진실로 이러신다면, 이는 틀림없이 저를 기만하는 것입니다."

나는 이로 인해 감히 사양하지 못하고, 힘써 이하를 위해 서를 짓긴 하였지만 매우 부끄럽기 짝이 없다.

이하는 황제의 후손[3]으로 자가 장길(長吉)이다. 원화 연간에 한유(韓愈)[4]

또한 자못 그의 시가(詩歌)에 대해 말하였다. 구름과 안개의 이어진 경치도 그의 자태가 되기에 부족하고, 물의 아득함도 그의 감정이 되기에 부족하며, 봄의 화사함도 그의 따스한 기운이 되기에 부족하고, 가을의 밝고 깨끗함도 그의 품격이 되기에 부족하며, 바람 실은 돛폭과 전쟁터의 준마도 그의 용기가 되기에 부족하고, 흙으로 만든 널과 전자(篆字)를 조각한 거친 솥도 그의 고아함이 되기에 부족하며, 철따라 피는 꽃과 아리따운 여인도 그의 빛깔이 되기에 부족하다. 황폐한 나라, 무너진 전각, 잡초가 우거진 언덕도 그의 사무친 한과 슬픈 시름이 되기에 부족하며, 바닷물을 들이마시는 고래, 뛰어 노는 자라, 소 귀신과 뱀 신도 그의 황당무계함이 되기에 부족하다. 대개 『이소(離騷)』[5]를 계승한 것으로, 내용은 비록 『이소』에 미치지 못하나, 수식은 간혹 『이소』를 뛰어넘는다. 『이소』에는 원망함을 느끼거나 풍자함이 있으며, 임금과 신하의 이란(理亂)을 말하고, 때때로 사람들의 뜻을 격정적으로 나타내기도 하였다. 이내 이하가 한 것이 어찌 이만한 것이 없겠는가? 이하는 능히 이전의 일을 탐구한 까닭에, 고금에 걸쳐 미처 말하지 않은 것을 깊이 한탄하였다. 예를 들어 「금동선인사한가(金銅仙人辭漢歌)」「보량유견오궁체요(補梁庾肩吾宮體謠)」 등은 정황을 구하고 취하였는데, 필묵의 일정한 법식을 벗어나도 뛰어났기에 알 수 없었다. 이하는 스무일곱 해를 살았으니, 세상 사람들은 한결같이 말하였다.

"이하가 죽지 않았더라면 이치가 더 깊어졌을 것이며, 사내 종이 『이소』라 하여도 옳다."

이하가 죽은 지 무릇 십오 년, 경조[6]의 두목이 그 서를 짓노라.

太和五年十月中, 半夜時, 舍外有疾呼傳緘書者, 牧曰 : "必有異, 亟取火來!" 及發之, 果集賢學士沈公子明書一通, 曰 : "我亡友李賀, 元和中, 義愛甚厚, 日夕相與起居飮食. 賀且死, 嘗授我平生所著歌詩, 離爲四編, 凡二百三十三首. 數年來東西南北, 良爲已失去, 今夕醉解, 不復得寐, 卽閱理篋帙, 忽得賀詩前所授我者. 思理往事, 凡與賀話言嬉游, 一處所, 一物候, 一日一夕, 一觴一飯, 顯顯然無有忘棄者, 不覺出涕. 賀復無家室子弟, 得以給養恤問.[7] 嘗恨想其人咏味其言止矣! 子厚於我, 與我爲「賀集序」, 盡道其所來由, 亦少解我意." 牧其夕不果以書道不可, 明日就公謝, 且曰 : "世謂賀才絶出前讓." 居數日, 牧深惟公曰 : "公於詩爲深妙奇博, 且復盡知賀之得失短長. 今實敍賀不讓, 必不能當君意, 如何?" 復就謝, 極道所不敢敍賀. 公曰 : "子固若是, 是當慢我." 牧因不敢辭, 勉爲賀敍, 然其甚慚.

皇諸孫賀, 字長吉. 元和中, 韓吏部亦頗道其歌詩. 雲烟綿聯, 不足爲其態也; 水之迢迢, 不足爲其情也; 春之盎盎, 不足爲其和也; 秋之明潔, 不足爲其格也; 風檣陣馬, 不足爲其勇也; 瓦棺篆鼎, 不足爲其古也; 時花美女, 不足爲其色也; 荒國陊殿, 梗莽邱壟, 不足爲其怨恨悲愁也; 鯨呿鰲擲, 牛鬼蛇神, 不足爲其虛荒誕幻也. 盖『騷』之苗裔, 理雖

不及, 辭或過之. 『騷』有感怨刺懟, 言及君臣理亂, 時有以激發人意. 乃賀所爲, 得無有是? 賀能探尋前事, 所以深嘆恨古今未嘗經道者. 如「金銅仙人辭漢歌」「補梁庾肩吾宮體謠」, 求取情狀, 離絶遠去筆墨畦徑間, 亦殊不能知之. 賀生二十七年死矣! 世皆曰 : "使賀且未死, 少加以理, 奴僕[8]命『騷』可也." 賀死後凡十有五年, 京兆杜牧爲其序.

---

1)두목(杜牧) : 803~853. 晩唐의 대표적인 시인. 자는 牧之. 명문 귀족 출신으로 일찍부터 風流才子라 알려질 만큼 다방면에 뛰어난 재능을 가졌으나 불우한 생애를 보냈다. 杜甫에 비교되어 '小杜' 라 불렸으며, 그의 시풍은 화려하고 감성적이다. 대표작으로 「阿房宮賦」가 있음. **2)**심자명(沈子明) : 이하와 매우 친했으며 집현 학사를 지냈다. 그런데 심자명은 이하의 시에는 등장하지 않음. 심묘(深妙) : 이치가 깊어 알기 어려움. 기박(奇博) : 기이하고 넓음. **3)**당황제손(唐皇諸孫) : 이하는 당 高祖 李淵의 숙부인 鄭孝王 李亮의 후예라 한다. 이량은 隋나라 때 海州刺史를 지냈으며, 고조 武德 원년(618)에 鄭王으로 봉해졌음. **4)**한유(韓愈) : 中唐의 시인이자 문장가. 자는 退之이고, 河南 河陽 사람이다. 벼슬은 國子監四文博士 · 國子博士 등을 역임했다. 그리고 吏部侍郎를 지내고 시호가 '文' 이었던 까닭에, 韓吏部 혹은 韓文公으로 칭해짐. **5)**이소(離騷) : 屈原이 지은 장편시로, 모두 373행 2,490자로 되어 있다. 이소의 의미는 '근심을 만나다' 는 것이며, 이소의 내용은 대부분 굴원이 임금의 신임을 얻지 못한 울분과 세상사에 대한 강한 저항을 신화 · 전설과 고대 역사 등을 통해 노래하고 있는 것임. 이란(理亂) : 다스려짐과 어지러움. **6)**경조(京兆) : 옛 郡의 이름으로, 지금의 陝西省 長安縣의 서북쪽. **7)**급양(給養) : 의식을 대 주어 먹여 살림. **8)** 노복(奴僕) : 사내 종.

이장길소전(李長吉小傳)

이상은(李商隱)[1)]

경조인 두목은 「이장길집서」를 지어, 장길의 특출함을 매우 상세하게 형상화하여 세상에 전하였다. 그리고 왕씨에게 시집간 장길의 누이가 장길의 일을 매우 간략하게 말해 주었다. 장길은 가냘프고 연약했으며, 양쪽 눈썹이 이어져 있고 손톱이 길었다. 그는 매우 고심하면서도 시를 빨리 지었고, 가장 먼저 한유가 그의 재능을 인정해 주었다. 교유한 사람은 왕삼원(王參元)[2)] · 양경지(楊敬之)[3)] · 권거(權璩)[4)] · 최식(崔植) 등과 친밀하였다. 매일 아침 해가 뜨면 여러 공公들과 어울렸고, 제목을 먼저 정하고 나서 시를 짓지 않았으며, 남들이 생각하고 헤아려 억지로 끌어들인 것 같으면, 일정한 표준에 따라서 뜻으로 삼았다. 늘 노비를 데리고 야윈 나귀를 타고 등에는 오래되고 찢어진 비단 주머니를 메고 다니면서, 우연히 얻는 것이 있으면 곧바로 써서 비단 주머니에 넣었다. 저녁에 집으로 돌아오면 그의 어머니가 노비에게 주머니에서 쓴 것을 꺼내게 하였는데, 많이 지은 것을 보고는 번번이 말하였다.

"이 아이는 심장을 토해 내야만 그만두겠구나."

그리고 등불을 밝히고 밥을 주면, 장길은 노비에게 지은 것을 가져오게 하

여 먹을 갈아 종이에 시를 만족하게 완성하고서 다른 비단 주머니에 넣었다. 크게 취하거나 문상 가는 날이 아니면 대체로 이와 같이 하였으며, 이미 쓴 것에 대해서는 다시 고치지 않았다. 왕삼원 · 양경지 등이 자주 들러서 그의 작품을 찾아 베껴 갔다. 장길은 왕왕 홀로 말을 타고 장안과 낙양 사이를 왕래하였으며, 가는 곳에 이르러 창작할 때도 있었지만 곧바로 버린 까닭에 심자명의 집에 네 권만 남아 있을 뿐이다. 장길이 장차 죽으려 할 때 홀연 붉은 옷을 입은 한 사람이 나타났는데, 붉은 용을 타고 있었고 태고전(太古篆)[5]이나 벽력석문(霹靂石文)[6] 같은 글이 써 있는 공문을 하나 가지고 있었으며, 거기에는 '당장에 장길을 불러오라' 하고 쓰여 있었다. 장길은 잘 읽지는 못했으나 침상에서 내려와 머리를 조아리며 말하였다.

"어머님이 늙고 병드셔서 저는 가고 싶지 않습니다."

붉은 옷을 입은 이가 웃으면서 말하였다.

"상제께서 백옥루(白玉樓)를 지으시고, 그대를 불러 글을 쓰라고 하시었네. 천상의 일은 즐겁고 고생되지 않을 걸세."

장길이 홀로 우는 것을 주위 사람들은 모두 지켜보았다. 잠시 후 장길은 기절하였는데, 그가 항상 거처하던 창문에 갑자기 연기가 솟아오르고 마차 구르는 소리가 들렸다. 태부인이 급히 사람들의 울음소리를 그치게 하고 기장 다섯 말을 삶을 정도의 시간을 기다렸으나, 장길은 끝내 죽고 말았다. 장길의 누이는 조작하여 장길에 대해 말할 수 없는 사람이니, 실제로 본 것이 이와 같았을 것이다.

아아! 하늘은 푸르고 높은데, 과연 하늘엔 진실로 상제가 있을까? 상제는 과연 완상할 만한 화원과 궁전 그리고 누각 등을 가지고 있을까? 만약 이런 것들이 진실이라면 곧 하늘은 높고 상제는 존엄하여 그곳에도 마땅히 시의 재능이 이 세상보다 뛰어난 인물이 있을 터인데, 어찌하여 상제는 유독 장길을 불러 오래 살지 못하게 하였단 말인가? 아! 또 어찌 세상에서 재능 있고 뛰어나다고 하는 사람은 이 세상에 적을 뿐만 아니라 하늘에도 많지 않단 말인가? 장길은 스물네 해를 살았고 벼슬은 태상시의 봉예랑에 불과했지만, 또한 당시 사람들의 시기와 비방을 많이 받았다. 또 어찌 재주가 있고 기이한 자를 상제는 유독 중용하거늘, 세상 사람들은 오히려 중히 여기지 않는단 말인가? 또 어찌 사람들의 견해가 상제보다 고명하다 할 수 있겠는가?

京兆杜牧爲「李長吉集序」, 狀長吉之奇甚盡, 世傳之. 長吉姊嫁王氏者, 語長吉之事尤備. 長吉細瘦, 通眉,[7] 長指爪. 能苦吟疾書, 最先爲昌黎韓愈所知. 所與游者, 王參元 · 楊敬之 · 權璩 · 崔植爲密. 每旦日出與諸公游, 未嘗得題然後爲詩, 如他人思量[8]牽合[9]以及程限[10]爲意. 恒從小奚奴,[11] 騎距驢, 背一古破錦囊, 遇有所得, 卽書投囊中. 及暮歸, 太夫人使婢受囊出之,[12] 見所書多, 輒曰: "是兒要當嘔出心始已耳!" 上燈, 與食, 長吉從婢取書, 硏墨疊紙, 足成之, 投他囊中. 非大醉及弔喪日率如此, 過亦不復省. 王 · 楊輩時復來探取寫去. 長吉往往獨騎往還

京雒,[13] 所至或時有著, 隨棄之, 故沈子明家所餘四卷而已. 長吉將死時, 忽晝見一緋衣人, 駕赤虯, 持一板書,[14] 若太古篆或霹靂石文者, 云: "當召長吉." 長吉了不能讀, 欻下榻叩頭, 言: "阿㜷老且病, 賀不願去." 緋衣人笑曰: "帝成白玉樓, 立召君爲記. 天上差樂不苦也!" 長吉獨泣, 邊人盡見之. 少之, 長吉氣絶. 常所居窗中, 勃勃[15]有烟氣, 聞行車, 嘒管之聲. 太夫人急止人哭, 待之如炊五斗黍許時, 長吉竟死. 王氏姊非能造作謂長吉者, 實所見如此. 嗚呼! 天蒼蒼而高也, 上果有帝耶? 帝果有苑圃宮室觀閣之玩耶? 苟信然, 則天之高邈, 帝之尊嚴, 亦宜有人物文采愈此世者, 何獨眷眷于長吉而使其不壽耶? 噫! 又豈世所謂才而奇者, 不獨地上少, 卽天上亦不多耶? 長吉生二十四年, 位不過奉禮太常中,[16] 當時人亦多排擯毁斥之. 又豈才而奇者, 帝獨重之, 而人反不重耶? 又豈人見會勝帝耶?

---

1)이상은(李商隱) : 813~858. 두목과 더불어 만당의 대표적인 시인으로 자는 義山이고 호는 玉溪生이다. 그는 몰락한 귀족 출신으로 천재 시인이었지만 당쟁에 휘말려 불우한 삶을 살았으며, 남녀의 애정에 관한 시에 특출한 재능을 나타낸 유미주의 시인으로 이백에 견주어 '小李'라 불렀음. **2)**왕삼원(王參元) : 濮州 濮陽人. 이상은의 岳父였던 陳許節度使 王茂元의 동생임. **3)**양경지(楊敬之) : 자는 茂孝. 원화 2년에 진사가 되었으며, 그의 아버지 淩은 문장에 뛰어나 侍御史를 지냈음. **4)**권거(權璩): 자는 大圭. 그의 부친 權德輿는 德宗 때 재상을 지냈으며, 권거는 원화 2년에 급제하여 監察御使를 지냈음. **5)**태고전(太古篆) : 태고 시대에 篆體로 쓴 글자. **6)**벽력석문(霹靂石文) : 벼락이 돌에 쳐 태우고 찢겨서 만들어진 무늬. **7)**통미(通眉) : 양쪽 눈썹이 맞닿아 있음. **8)**사량(思量) : 생

각하여 헤아림. **9**)견합(牽合) : 억지로 끌어붙임. **10**) 정한(程限) : 일정한 한도. **11**)해노(奚奴) : 書童. **12**)태부인(太夫人) : 이하의 어머니 鄭氏. **13**)경락(京雒) : '京' 은 당의 수도인 長安을, '雒' 은 洛陽을 각각 말함. **14**)판서(板書) : 공문. **15**)발발(勃勃): 갑자기 일어나는 모양. **16**)봉예태상(奉禮太常) : 奉禮郞은 종9품인 太常寺에 속하는 관직으로, 주로 조정의 제사나 의식 등을 담당하였음.

이하전(李賀傳)

『신당서(新唐書)』

이하는 자가 장길이고, 가계는 정왕(鄭王)의 후예에서 나왔다. 일곱 살에 시와 문장을 잘 지었는데, 한유와 황보식(皇甫湜)[1]이 처음에는 듣고 믿지를 않았으나, 그의 집을 지나는 길에 들렀다가 이하에게 시를 짓게 하자, 이하가 붓을 당겨 거침없이 써 내니 평소에 지어 놓은 듯하였고 시 제목을 「크고 화려한 수레가 찾아 옴 (高軒過)」[2]이라고 붙이니 두 사람이 크게 놀랐으며, 이때부터 유명해졌다. 체구가 가냘프면서 연약했고, 양쪽 눈썹이 이어졌고, 손톱을 길게 길렀으며, 글씨를 매우 빨리 썼다. 매일 아침 해가 뜨면, 허약한 말을 타고 어린 종을 데리고 다니면서 종의 등에는 낡은 비단 주머니를 메게 하여, 시구가 떠오르면 써서 비단 주머니 속으로 던져 넣었다. 먼저 제목을 정한 뒤에 시를 짓지 않았으니, 다른 사람처럼 제목에 억지로 맞춘 적이 없었다. 날이 저물면 집으로 돌아와 마음에 흡족할 정도로 보충해서 완성시켰다. 술에 몹시 취했거나 문상을 가는 날이 아니면 이와 같이 하였다. 지은 것은 또한 다시 살펴보는 일이 별로 없었다. 그의 어머니가 노비에게 주머니 속을 뒤지게 하여, 그가 쓴 글이 많은 것을 보고 노하여 말하였다.

"이 아이는 심장을 토해 내야만 그만두겠구나."

아버지의 이름이 '진숙(晉肅)' 이었기 때문에, 진사과에 응시하지 못하자[3] 한유가 그를 위해 「휘변」[4]을 지어 변호하였지만, 끝내 진사과에 응시하지 못했다.

이하의 시문은 기궤(奇詭)함을 중시하였고, 그의 작품은 모두 놀랍고 뛰어났으며, 시문의 일반적인 규범에서 완전히 벗어났으므로 당시에 족히 흉내 낼 수 있는 사람이 없었다. 그가 지은 악부시[5] 수십 편은 운소원(雲韶院)[6]의 악공들이 모두 음악에 맞추어 연주하였다. 협율랑(協律郎)[7]을 지냈으며 스물일곱 해를 살다가 죽었다. 그와 같이 교유했던 권거 · 양경지 · 왕공원 등은 매번 이하가 작품을 지으면 그때마다 가지고 갔으며, 또한 이하가 일찍 죽은 까닭으로 그의 시가(詩歌)는 세상에 전하는 작품이 드물다.

李賀字長吉, 系出鄭王後. 七歲能辭章, 韓愈 · 皇甫湜始聞未信, 過其家, 使賀賦詩, 援筆輒就如素構, 自目曰「高軒過」, 二人大驚, 自是有名. 爲人纖瘦, 通眉, 長指爪, 能疾書. 每旦日出, 騎弱馬, 從小奚奴, 背古錦囊, 遇所得, 書投囊中. 未始先立題然後爲詩, 如它人牽合程課者. 及暮歸, 足成之, 非大醉弔喪日率如此. 過亦不甚省. 母使婢探囊中, 見所書多, 卽怒曰: "是兒要嘔出心乃已耳." 以父名晉肅, 不肯擧進士, 愈爲作「諱辨」, 然卒亦不就擧. 辭尙奇詭, 所得皆驚邁, 絶去翰墨畦逕, 當

時無能效者. 樂府數十篇, 雲韶諸工皆合之絃管. 爲協律郞, 卒年二十七. 與游者權璩 · 楊敬之 · 王恭元[8], 每譔著, 時爲所取去. 賀亦早世, 故其詩歌世傳者鮮焉.

1)황보식(皇甫湜) : 777~832. 자는 持正. 한유보다는 9세 아래였고 이하보다는 14세 위였다. 憲宗 元和 원년(806)에는 진사, 원화 4년에는 監察御史, 원화 6년에는 侍御史, 원화 11년에는 工部郎中이 되었음. **2**)고헌과(高軒過) : 이하가 7세 때 지었다는 시이지만 실제로는 원화 4년(809, 18세)에 지은 작품이다. 여기에는 한유와 황보식의 훌륭한 기상과 화려한 복장 및 이하의 큰 포부가 잘 나타나 있음. **3**)진사과(進士科) : 당나라 때의 과거 과목 가운데 하나로, 高宗과 武宗 시대에 이르러 진사과를 높이 평가한 이후 많은 인재들이 가장 선호한 과목이 되었음. **4**)휘변(諱辨) : 이하가 진사과를 치를 때, 그의 경쟁자들은 이하 부친의 이름이 '晋肅'이므로, 이는 '進士'와 발음이 같아서 진사과에 응시하는 것은 곧 '家諱'를 범하는 것이라고 주장하였다. 실제 당대에는 사회 풍습뿐만 아니라 과거 제도에서도 가휘나 宗廟諱를 피하는 관습이 대단히 엄격하여, 만약 과거 시험 문제에 동일한 글자가 한 글자라도 나오면 관직을 포기할 정도였음. **5**)악부(樂府) : 이하는 漢魏樂府에 탁월한 재능을 보여, 15세의 어린 나이임에도 불구하고 당시 악부 작가로 명성이 자자했던 李益과 더불어 '二李'라 불렸음. **6**)운소원(雲韶院) : 당나라 때 궁중에서 당시 유행하는 춤과 노래를 교습하던 곳. **7**)협율랑(協律郞) : 주로 음악에 관한 일을 맡아보는 太常寺에 속하는 종9품의 관직. 그런데 실제로 이하는 태상시의 奉禮郞을 역임했음. **8**) 왕공원(王恭元) : 王參元으로 추정됨.

차례

第二卷

第三卷

第四卷

附錄

第一卷

이빙이 공후를 타는 노래

(李憑箜篌引)[1] 이 시는 『이하시집』에 실려 있는 첫번째 작품이다. 전체적으로 신기한 구상과 교묘한 수법 및 신화와 전설 등의 환상적인 의상을 통해 신기에 가까운 이빙의 공후 연주 솜씨를 묘사했다. 특히 신녀 · 여와 · 자황 · 곤륜산 · 교룡 · 오질 등 다양한 신화와 전설의 주인공을 동원하여 전체적으로 초현실적이면서도 환상적인 意境을 조성하여 이하 시의 가장 큰 특색인 虛荒誕幻의 풍격을 형성하고 있다.

오나라 실과 촉나라 오동나무로 만든 거문고를 초가을에 타니
빈 산에 엉긴 구름도 듣고 싶어 꿈쩍 않네
강아(江娥)의 눈물이 대나무를 적시고 신녀가 근심에 젖는 듯하는 것은
이빙이 장안에서 공후를 타기 때문이라네
곤륜산의 옥이 부서지고 봉황이 울부짖는 듯
부용이 흐느끼고 향란이 웃는 듯
열두 문 앞엔 찬 빛 녹고
스물세 현은 천제를 감동시키는구나
여와(女媧)가 돌을 달궈 하늘을 보수할 적에
돌 깨지니 하늘 놀라 가을비 내리는 듯하는구나
꿈속에서 신산으로 가 신구(神嫗)에게 연주를 가르치니
노어(老魚)는 파도에 뛰놀고 여윈 교룡도 춤추네

오질(吳質)은 잠 못 이루며 계수나무에 기대어 있는데

이슬 방울은 비껴 날리며 차가운 달을 적시는구나

吳絲蜀桐張高秋[2)] 空山凝雲頹不流[3)]

江娥啼竹素女愁[4)] 李憑中國彈箜篌[5)]

崑山玉碎鳳凰叫[6)] 芙容泣露香蘭笑[7)]

十二門前融冷光[8)] 二十三絲動紫皇[9)]

女媧錬石補天處[10)] 石破天驚逗秋雨

夢入神山敎神嫗[11)] 老魚跳波瘦蛟舞[12)]

吳質不眠倚桂樹[13)] 露脚斜飛濕寒兎[14)]

---

1)이빙(李憑) : 中唐에 공후를 잘 타던 궁정 악사. 공후(箜篌) : 고대의 현악기로 大箜篌·小箜篌·臥箜篌·竪箜篌 등 여러 종류가 있다. 『通典』에 따르면, 공후는 '몸체는 굽었고 길며 스물세 현'으로 만들어졌다고 함. 공후인(箜篌引) : 古樂府 곡조의 명칭. 본래 공후인은 古朝鮮의 뱃사공 霍里子高의 아내 麗玉이 공후를 타면서 지은 「公無渡河歌」로, 한 白首狂夫가 아내의 만류에도 불구하고 머리를 풀어헤친 채 강물에 빠져 죽은 사건을 노래함. **2)**오사촉동(吳絲蜀桐) : 오나라에서 만든 현악기의 줄과 촉나라에서 자란 오동나무, 곧 공후를 유명하고 귀한 재료로 만들었음. **3)**공산(空山) : 하늘. **4)**강아(江娥) : 舜의 둘째 부인 湘夫人. 張華의 『博物志』에 따르면, "순이 죽자 상부인이 대나무에 눈물을 흘리니 대나무에 반점이 생겨 났다"고 함. 소녀(素女) : 음악에 뛰어난 神女. 『史記 封禪書』에 따르면, "太帝가 素女에게 오십 현의 가야금을 타게 하였는데, 그 소리가 참으로 구슬펐다. 태제가

눈물을 참지 못해 그 가야금을 부숴 이십오 현으로 만들었다"고 함. **5)**중국(中國) : 나라의 중심, 곧 長安을 가리킴. **6)**곤산옥(崑山玉) : 崑崙山에서 생산되는 옥. **7)**향난소(香蘭笑) : 향란이 꽃피는 것으로, 여기에서는 이빙이 타는 공후 소리가 풀과 나무를 감동시키는 것을 뜻함. **8)**십이문(十二門) : 장안성의 성문. 『三輔黃圖』에 따르면, 장안의 성은 한 면에 3개의 문이 있어 모두 12개의 문으로 이루어졌다 함. **9)**자황(紫皇) : 道家에서 말하는 天帝. **10)**여와(女媧) : 중국 고대 전설 중에 인간을 창조한 女神. 『淮南子』에 따르면, "여와는 오색 돌을 불에 달구어 하늘을 보수하였다"고 함. **11)**신구(神嫗) : 나이 든 婦女를 일반적으로 부르는 말. **12)**노어(老魚) : 『列子 · 湯問』에 "上古의 楚나라 사람으로 거문고의 명수인 瓠巴가 거문고를 타니, 새가 춤추고 고기가 뛰어 올랐다" 함. 교(蛟) : 상상 속의 동물인 蛟龍으로, 큰 물결을 일으킨다 함. **13)**오질(吳質) : 吳剛. 『酉陽雜俎』에 따르면, 오강이 도를 배웠으나 잘못을 저지른 죄로 높이가 500丈인 월계수를 도끼로 찍는 벌을 받았다 함. **14)**한토(寒兎) : 달.

회계로부터 돌아와 부르는 노래 (還自會稽歌－幷序)[1]

이 시는 梁나라 때 庾肩吾의 비애를 읊은 것이다. 유견오는 황태자와 화답할 정도로 시에 뛰어난 재능을 보였지만 나라가 어지러워지자 회계라는 곳에 피난하는 신세로 전락했기에, 그가 느낀 감회가 남달랐을 것이다. 그런데도 불구하고 몇백 년이 지난 지금까지 그의 슬픔을 알아주는 이도 없고 그가 남긴 글도 찾아볼 수 없었다. 그래서 시인은 유견오의 비애를 보충하고자 이 시를 짓게 되었다고 동기를 밝히고 있다. 표면적으로는 유견오에 대한 아낌 없는 동정을 노래하고 있지만, 사실은 시인의 懷才不遇(재능을 품고도 때를 만나지 못함)를 강조하고 있다.

유견오가 양나라 때 일찍이 「궁체요인」을 지어, 이로써 황자와 화답하였다. 국가의 기운이 기울자, 그는 먼저 회계에 잠시 피해 있다가, 훗날 고향으로 돌아왔다. 나는 반드시 그가 남겨 놓은 글이 있을 것이라 여기나, 지금까지 찾지 못했다. 그런 연유로 「환자회계가」를 지어, 이로써 그 비애를 보충하고자 한다. 庾肩吾於梁時, 嘗作「宮體謠引」,[2] 以應和皇子. 及國世淪敗, 肩吾先潛難會稽, 後始還家. 僕意其必有遺文, 今無得焉, 故作「還自會稽歌」, 以補其悲.

들판의 흙먼지 초방의 벽을 누렇게 만들고	野粉椒壁黃[3]
황량한 양나라의 궁전엔 반딧불이만 무수히 나는구나	濕螢滿梁殿[4]
일찍이 대성(臺城)에서 제후의 명령을 받들어 시를 지은 이	臺城應教人[5]
스산한 가을날 홑옷 입고서 동련(銅輦)을 수행하는 꿈만 꾸네	秋衾夢銅輦[6]
오나라의 서리는 돌아가는 나그네의 귀 밑에 떨어지고	吳霜點歸鬢

여윈 몸은 못의 부들처럼 야위었구나　　身與塘蒲晚

묵묵히 금어대와 이별하고　　脈脈辭金魚[7)]

객지를 유랑하는 신하에겐 비참함만 남았구나　　羈臣守迍賤[8)]

---

1)회계(會稽) : 지금의 浙江省 紹興. 2)유견오(庾肩吾) : 梁代의 시인이자 서예가로 字는 子愼이다. 그는 8세 때 시를 능숙하게 지었으며, 晉 安王(蕭江)의 常侍가 되면서부터 총애를 받기 시작한 이후 항상 그를 따라다니며 보필하였다. 그러나 훗날 侯景이 난을 일으켜 서울(京都)을 함락하자 오랫동안 江陵에 피신해 있었음. 궁체(宮體) : 梁 簡文(蕭綱)이 太子가 되어 艶詩 짓기를 좋아한 이후로 크게 유행된 시. 3)초방(椒房) : 산초와 진흙으로 벽을 칠한 방. 顔師古의 『漢書注』에 따르면, "초방은 왕후가 거처하는 궁궐로, 산초와 진흙으로 벽을 칠한 방은 따뜻하고 향기가 난다"고 함. 4)습형(濕螢) : 반딧불이의 다른 이름. 옛사람들은 반딧불이의 애벌레가 낮고 축축한 땅에서 생겨 난다고 여긴 까닭에 그렇게 불렀음. 5)대성(臺城) : 『容齋續筆』에 따르면, 晋 · 宋 연간에 조정의 禁城을 臺라 하였던 까닭으로 禁城을 臺城이라 하였다. 응교(應敎) : 왕들과 화답하는 것. 魏晋 이후로 신하와 천자 사이에 화답하는 것을 應詔, 태자와 화답하는 것을 應令이라 했음. 6)동련(銅輦) : 태자가 타고 다니는 수레. 7)금어(金魚) : 大臣들이 찼던 금으로 만든 고기 모양의 주머니(魚袋)로 '辭金魚'란 '관직을 사직함'을 이름. 8)기신(羈臣) : 유랑하며 떠도는 사람이란 뜻으로, 여기에서는 유견오를 가리킴.

장안을 떠나면서 권거와 양경지에게 부침(出城寄權璩楊敬之)[1]

이 시는 元和 8년(813), 그의 나이 24세 때 병을 핑계로 처음이자 마지막 벼슬이었던 종9품 奉禮郞職을 사직하고 장안을 떠나면서 그동안 매우 가깝게 어울렸던 권거와 양경지 두 친구에게 써 준 작품이다. 이 작품의 특색은 7언 4구의 짧은 시구로 시인의 비애 의식을 완연한 봄날의 풍경과 잘 대비시켜 강조하고 있는 점이다.

부드러운 풀, 검은 구름, 만 리 가득한 봄	草暖雲昏萬里春
궁전의 꽃들도 꽃잎을 날리며 나그네 전송하네	宮花拂面送行人
스스로 한(漢)나라 칼처럼 날아야 한다고 다짐했건만	自言漢劍當飛去[2]
어이해 귀향하는 수레에 병든 몸을 실었느뇨?	何事還車載病身

---

1)권거(權璩) : 字는 大圭. 元和 초기에 진사로 발탁되어 監察御史를 지냈다. 이하와 매우 절친했으며, 당시 재상 李宗閔이 中書舍人에 추천하였으나, 훗날 그가 이종민의 영향권 아래 있었다는 연유로 閬州刺史로 좌천됨. 양경지(楊敬之) : 字는 茂孝. 이하와 매우 절친했으며, 元和 초기에 진사가 되었고 屯田·戶部二郞中 등을 역임했다. 훗날 다시 이종민의 영향권에 있었다는 연유로 連州子史로 좌천됨. **2)**한검(漢劍) : 『異苑』에 따르면, "晋나라 惠帝(司馬衷) 太康 5년(295), 무기고에 불이 났을 때 漢 高祖(劉邦)의 斬白蛇劍(백사를 죽인 칼), 孔子의 신발, 王莽의 머리 등 세 가지 물건이 탔다. 이때 中書監 張華는 변고를 심히 두려워하여 병사들을 추궁하자, 모두들 칼이 지붕을 뚫고 날아가는 것을 보았지만 그 날아간 방향을 모른다고 진술했다"고 한다. 여기에서 漢劍은 이하 자신을 비유함.

아우 보게나 (示弟)

이하는 정치적 포부의 실현이 아닌 극심한 경제적 궁핍을 해결하기 위해 奉禮郞職을 3년간 수행하던 중 포부도 마음껏 펼칠 수 없고 몸도 병들자 사직하고서 고향으로 돌아간다. 이 시는 이런 배경 아래에서 원화 8년(813)에 지은 작품으로, 고향에 돌아온 기쁨과 미래에 대한 불안감이 선명히 대비되어 있는 이하 시의 대표적인 작품이다. 참으로 시의 구절구절마다 세상사에 대한 강한 원망과 불만, 그리고 서글픈 체념과 울분 등이 한데 배어 있다.

아우와 이별한 지 삼 년 만에	別弟三年後
집에 온 지 열흘 남짓	還家十日餘
녹령은 오늘 저녁의 술인데	醁醽今夕酒[1]
상질로 싼 책들은 예전 그대로구나	緗帙去時書[2]
병든 몸 홀로 살아 있으니	病骨獨能在
세상에 무슨 일인들 없겠는가?	人間底事無[3]
우마(牛馬)에게 물을 필요가 어디 있으리?	何須問牛馬
던진 주사위에 모든 것 맡겼거늘	抛擲任梟盧[4]

1)녹령(醁醽) : 술 이름으로, 아주 좋은 술을 말함. **2)**상질(緗帙) : 엷은 황색 책 보자기. **3)**저사(底事) : 무슨 일. **4)**우마(牛馬)·효로(梟盧) : 옛날 '五木'을 던지며 놀던 도박의 용어.

대나무 (竹)

이 시는 봄날의 대나무를 읊은 것이다. 시인은 대나무의 쓰임이 작게는 고기를 낚는 낚싯대로, 크게는 관리의 모자를 만드는 재료로 각각 쓰인다고 말하고 있다. 그리고 대나무의 쓰임새가 각기 다르듯이, 시인은 왕손이기에 入仕하는 것은 당연한 것이라고 술회하고 있다. 참으로 시인은 왕손이라는 것에 대하여 강한 자부심을 지니고 있고, 이런 강한 자부심을 바탕으로 장차 입사에 대하여 자신만만해 하는 것이다.

물속에 들어가니 물빛 움직이고	入水文光動
뾰쪽 솟은 대나무엔 봄이 완연하구나	抽空綠影春
영롱한 이슬은 죽순에서 생겨나고	露華生筍徑[1]
푸른 이끼는 하얀 분을 털어 내네	苔色拂霜根[2]
베에 향기로운 땀을 적셔	織可承香汗
장대 잘라 아름다운 물고기를 낚네	裁堪釣錦鱗[3]
삼량관(三梁冠)이 되어 일찍이 등용되었지만	三梁曾入用[4]
절개만이 왕손을 받드는구나	一節奉王孫[5]

---

1)노화(露花) : 이슬. 2)상근(霜根) : 대나무 뿌리에 묻어 있는 하얀 가루로, 마치 서리와 같음. 3)금린(錦鱗) : 아름다운 물고기. 4)삼량(三梁) : 三梁冠. 한나라와 당나라의 관직 제도에는 三梁 · 兩梁의 제도가 있었다. 梁은 帽子의 받침대. 5)일절(一節) : 끝까지 변하지 않는 절개. 왕손(王孫) : 이하 자신을 지칭한다. 이하는 당나라 高祖 李淵의 제13대 후손으로 太宗 때 鄭王으로 봉해진 亮의 후손임.

난생 처음 봉예랑이 되어서 고향 창곡을 생각함

(始爲奉禮憶昌谷山居)[1] 이하는 원화 5년(810) 진사과에 응시하지도 못하는 일생 일대의 좌절감을 맛보았으나, 그 이듬해인 원화 6년(811) 5월 다시 장안으로 가 봉예랑직을 맡게 된다. 이 시는 이하가 따스한 봄기운이 완연한 어느 날 난생 처음 봉예랑직을 수행하면서 고향을 생각하며 지은 작품이다. 여기에는 고향에 병든 아내를 홀로 남겨두고 자신만 수천 리 떨어진 장안으로 떠나온 안타까운 심정과 병든 아내에 대한 애틋한 애정이 잘 나타나 있다.

말발굽 자국을 청소하고	掃斷馬蹄痕
관아를 돌아서 문을 닫는다	衙廻自閉門
큰 냄비엔 강남 쌀이 익고	長鎗江米熟[2]
작은 대추나무엔 봄이 완연하네	小樹棗花春
벽에 여의(如意)를 걸어 두고	向壁懸如意[3]
주렴을 내려 두건을 보네	當簾閱角巾[4]
편지를 낙양에서 고향에 부친다면	犬書曾去洛[5]
병든 학은 장안에 놀러 간 일 후회하리라	鶴病悔遊秦[6]
흙으로 빚은 항아리에 찻잎을 봉하고	土甑封茶葉
산 모양 잔을 대나무 술그릇에 놓네	山杯鎖竹根[7]
배가 언제 뜨는지 모르는데	不知船上月

누가 노 저어 산골짜기에 구름을 가득 채울 것인가? 誰棹滿溪雲

---

1)봉례(奉禮) : 太常寺에 속하는 종9품 봉예랑이라는 관직으로, 주로 조정의 회합이나 제사 등을 관장함. 창곡(昌谷) : 지금 河南省 宜陽으로 李賀의 고향. 2)강미(江米) : 糯米. 찹쌀. 3)여의(如意) : 쇠로 만들어 방어용이나 지휘용으로 쓰는 것. 4)각건(角巾) : 處士나 隱士가 쓰는 두건. 5)견서(犬書) : 편지. 六朝 시대 시인이자 詩論家였던 陸機는 黃耳라는 개를 기르고 있었는데, 그 개는 매우 영리하여 사람의 말을 잘 알아들었다. 그가 洛陽에서 벼슬할 때 오랫동안 집에서 소식이 없자 개에게 우스갯소리로 "네가 편지를 가지고 달려가 소식을 좀 알아올 수 있겠느냐?"고 하였다. 그러자 개가 꼬리를 흔들면서 짖었고, 이내 육기는 편지를 대나무 통에 넣어 개의 목에 달아 주었다. 결국 개는 보름 만에 편지를 고향집에 전달했으며, 아울러 이에 대한 회답도 가져왔다고 함. 6)학병(鶴病) : 병든 아내가 집에 있음을 가리키는 것으로, 이하의 아내를 비유함. 유진(遊秦) : 장안이 옛날에 秦나라의 땅이었으므로, 여기서는 진사과에 응시하기 위해 장안에서 머무르는 것을 뜻함. 7)산배(山杯) : 山野人들이 사용하는 토기 술잔. 죽근(竹根) : 대나무 뿌리로 만든 술그릇.

칠월 칠석 (七夕)

이하는 아내와 이별한 지 일 년이 지난 뒤 칠석날이 되자, 불현듯 견우와 직녀가 오작교에서 만나 사랑을 확인했던 일을 떠올린다. 이 시에는 일 년 동안 보지 못하고 서로 그리워해야만 하는 현실과, 사랑스런 아내와의 안타까운 이별과 슬픔, 그리고 기약 없는 만남 등을 한꺼번에 표출하고 있다.

은하수는 오늘 아침까지 침침하고	別浦今朝暗[1]
비단 휘장은 한밤중까지 수심에 차 있네	羅帷午夜愁
까치 울음소리는 초승달을 뚫는데	鵲辭穿線月
반딧불이가 날아들 때까지 누각에서 옷을 말리네	螢入曝衣樓[2]
하늘엔 반달 떠 있지만	天上分金鏡[3]
사람들은 이지러진 달을 바라만 보네	人間望玉鉤[4]
전당의 소소소는	錢塘蘇小小[5]
또 일 년을 기다려야 한다네	更値一年秋[6]

1)별포(別浦) : 은하수. 암(暗) : 은하수가 7월 7일에는 잘 보이지 않기에 어둡다고 형용함. 2)폭의루(曝衣樓) : 『四民月令』에 따르면, 7월 7일에는 經書와 옷을 햇볕에 말렸다 함. 3)금경(金鏡) : 달. 4)옥구(玉鉤) : 차지 않은 달. 5)전당(錢塘) : 현재 浙江省 杭州. 소소소(蘇小小) : 본래 南齊 때 錢堂의 名妓이지만, 여기서는 이하의 사랑하는 아내를 비유함. 6)추(秋) : 때, 세월.

화청궁을 지나면서 (過華淸宮)[1]

唐나라는 玄宗 때 이르러 가장 번화했는데 그가 楊貴妃를 총애하면서 정사를 돌보지 않자 安祿山이 난을 일으켰고, 이에 따라 급격히 쇠퇴하기 시작했다. 그래서 현종과 양귀비가 자주 놀러 갔던 화청궁은 마치 역사의 영욕을 단적으로 말해 주는 상징적 장소로 인식되었고, 이하 역시 화청궁을 보면서 그 감회를 서술하였다. 시인은 이 시에서 '까마귀의 울음소리(啼鴉)', '자색의 이끼(紫錢)', '샘 위에 돋아난 미나리(芹芽)' 등 주위에서 흔히 볼 수 있는 사물을 들어 화청궁의 황량함과 적막감을 극대화시키고, 나아가 기울어 가는 국운을 암시하고 있다.

봄날 달밤에 갈가마귀 울고	春月夜啼鴉
궁궐의 주렴은 어화(御花)를 막고 있네	宮簾隔御花[2]
구름은 붉은 창틀 어둠에서 생겨나고	雲生朱絡暗[3]
섬돌 깨진 곳엔 자색의 이끼 비스듬히 자랐네	石斷紫錢斜[4]
옥완(玉椀) 속엔 스러진 이슬이 넘치고	玉椀盛殘露
은등(銀燈)은 오래된 깁이 더럽구나	銀燈點舊紗
촉왕(蜀王)은 돌아온다는 소식 없는데	蜀王無近信[5]
샘 위엔 미나리 싹만 돋았구나	泉上有芹芽

---

1)화청궁(華淸宮) : 본래는 唐 太宗이 세운 溫泉宮으로, 玄宗이 天寶 6년(747)에 화청궁이라 이름을 바꾸었다. 당시 현종이 양귀비와 함께 해마다 이곳에 놀러 왔다고 하며, 현재 西安市 동쪽 臨潼縣 驪山에 있음. **2)**어화(御花) : 궁중 정원의 꽃. **3)**주락(朱絡) : 새가 궁중 처마 밑으로 들어오는 것을 막기 위해 친 붉은색 그물. **4)**자전(紫錢) : 엽전 모양의 보라색 이끼. **5)**촉왕(蜀王) : 安祿山의 난이 일어나자 四川 지방으로 도망간 玄宗 李隆基를 가리킴.

심아지를 배웅하면서 부르는 노래 (送沈亞之歌 - 幷序)[1]

이 시는 이미 序에 시 창작의 동기가 잘 나타나 있다. 그것은 원화 7년(812) 이하의 친구였던 심아지가 과거에 낙방하여 비참한 심정으로 고향에 돌아가려 할 때, 그에게 술을 사 주면서 위로해 주고 싶었지만 정작 돈이 없기에 시를 지어 송별을 대신한다는 것이다. 전체적으로 敍事와 寫景이 잘 결합되고 있으며, 비참하게 고향으로 돌아가는 심아지의 처지를 '생기 도는 봄바람(春風)'과 '붉게 핀 복숭아꽃(桃花)' 등 선명한 색채감과 대비시켜 심아지의 커다란 슬픔을 강조하고 있다. 또 심아지의 낙방 원인이 인재 선발을 담당하고 있는 감독관의 非行 때문이라고 지적하고서, 이를 통해 시인이 당했던 '家諱'에 대한 불만을 우회적으로 비판하고 있다.

문인 심아지는 원화 7년 명서과(明書科)에 급제하지 못하고, 오강으로 돌아간다. 나는 심아지의 떠남이 슬펐으나, 술 한잔하며 위로해 줄 돈도 없고, 또 그의 두세 번 초청에 감동하여, 이내 한 곡조를 불러 그를 전송한다. 文人沈亞之, 元和七年, 以書不中第, 返歸于吳江. 吾悲其行, 無錢酒以勞, 又感沈之謹請,[2] 乃歌一解以送之.

오흥(吳興)의 재주꾼은 봄바람을 원망하는데	吳興才人怨春風[3]
복숭아꽃은 밭두렁에 지천으로 피어 온통 붉구나	桃花滿陌千里紅[4]
자줏빛 대나무 채찍은 끊어지고 총마(驄馬)는 작은데	紫絲竹斷驄馬小[5]
집이 전당(錢塘)에 있기에 동쪽으로 다시 동쪽으로 가네	家住錢塘東復東
흰 등나무 줄기를 엮어서 책 상자 짜고	白藤交穿織書笈[6]
얇은 책들은 불경(佛經)처럼 가지런히 정돈해 쌓네	短策齊裁如梵夾[7]

훌륭한 금광석을 춘경에 바치고자	雄光寶礦獻春卿[8]
안개 자욱한 물결을 일엽편주 타고 왔네	煙底驀波乘一葉[9]
춘경은 인재를 태양 아래에서 선발하는데	春卿拾材白日下[10]
황금을 버리고 용마(龍馬)를 풀어놓네?	擲置黃金解龍馬[11]
책 상자를 지고 낙향하여 대문을 다시 들어서면	携笈歸家重入門
누가 그대를 위로해 줄 수 있으리?	勞勞誰是憐君者[12]
나는 대장부란 굳건한 마음과 기개가 있어야 하고	吾聞壯夫重心骨
관중은 세 차례나 쫓겨났어도 꺾이지 않았다고 들었네	古人三走無摧捽[13]
그대에게 아침을 기다려 긴 채찍을 잡고서	請君待旦事長鞭
훗날 다시 수레를 몰아 가을날에 오시기를 청하네	他日還轅及秋律[14]

---

1)심아지(沈亞之) : 781~832. 이하와 절친했던 친구로 자는 下賢이고 원화 10년(815)에 진사에 급제했다. 시문에 능하였고 특히 그가 쓴 전기소설 『湘中怨辭』는 蛟宮龍女가 좌천되어 슬퍼하고 원망하는 내용으로, 당시의 현실 중에서 호족과 권세 있는 귀족들의 억압을 받는 지식층의 불행한 처지를 반영하고 있음. **2)**근청(勤請) : 두세 번 초청함. **3)**오흥재인(吳興才人) : 沈亞之를 말한다. 오흥은 지금의 浙江省 吳興縣. 원춘풍(怨春風) : 唐代에는 봄에 과거를 치르는 榜을 붙였는데, 심아지는 落第했기 때문에 봄바람을 원망한다고 표현함. **4)**도화만맥(桃花滿陌) : 온 길가에 떨어진 꽃이 가득하다는 말로, 과거에 낙제한 사람이 많음을 비유. **5)**자사죽(紫絲竹) : 말 채찍. 총마(驄馬) : 청백색을 띤 말. **6)**서급(書笈) : 책장.

7)범협(梵夾) : 佛經. 8)春卿(춘경) : 唐代 과거는 禮部가 주관했고, 정월에 시험보는 것이 전례였으며 봄에 방을 붙였음. 9)일엽(一葉) : 작은 배. 10)습재(拾才) : 인재를 선발함. 11)황금(黃金) · 용마(龍馬) : 훌륭한 인재. 12)노로(勞勞) : 위로. 13)삼주(三走) : 管仲은 일찍이 세 번 벼슬에 나아갔으나 모두 임금에게 쫓겨났음. 14)환원(還轅) : 다시 수레를 타고 돌아옴. 추율(秋律) : 옛날에는 12율로써 12월을 안배했다. 여기서는 가을이 되면 다시 과거에 응시하러 올 것임을 이르는 말.

마음속의 생각을 읊음

(詠懷二首 – 其二) 이 시는 원화 6년(811) 이하가 진사과에 응시도 못해 보고 고향인 昌谷으로 돌아온 뼈아픈 좌절과 깊은 슬픔을 노래한 작품이다. 더욱이 17세에 이미 반백이 된 데 대한 정신적 충격과, 그로 인해 생긴 죽음에 대한 강박관념, 그리고 과거에 응시도 못했다는 데서 오는 울분 등에서 조금이나마 벗어나기 위해 강구하는 道家的인 삶의 태도는, 이하가 삶에 얼마나 강한 집착을 보였는지를 반증한다.

날이 저물면 시 짓는 일 끝내다가	日夕著書罷
문득 서리 내린 흰머리에 깜짝 놀라네	驚霜落素絲
거울 보며 멋쩍은 웃음 짓는데	鏡中聊自笑
어찌 남산(南山)처럼 장수하기 바라리오?	詎是南山期[1]
머리엔 두건조차 없고	頭上無幅巾[2]
고얼(苦蘗)로 물들인 옷을 벌써 입었네	苦蘗已染衣[3]
그대는 맑은 시냇가의 물고기가	不見淸溪魚
물만 먹고 자족하며 살아가는 것을 보지 못했는가!	飮水得自宜

---

1)남산기(南山期) : 남산처럼 목숨이 영원함. **2)**폭건(幅巾) : 옛날 사람들이 집에서 쓰던 가볍고 편리하며 부드러운 두건. **3)**고얼(苦蘗) : 일종의 낙엽 교목으로, 열매를 맺으며 색깔은 황색이고 염료로 쓰인다. 옛날에는 백성들이 대부분 이것으로 염색을 해서 黃布를 만들어 입었음.

유운의 작품에 화창하며 (追和柳惲) [1]

남녀간의 애정은 중국 문학의 대표적인 주제 가운데 하나이지만, 이는 '詩敎' '溫柔敦厚' '文以載道' 등을 가장 중요하게 여겼던 전통적인 儒家의 문학관으로 볼 때는 파격적인 테마였다고 할 수 있다. 이 시는 유운의 작품에 和唱하는 형식을 취한 宮體詩로, 유운이 먼 곳으로부터 돌아와 그의 아내와 상봉하는 기쁨을 이하의 감각으로 새로이 구성하고 있는 점이 특색이다. 유운이 그의 아내와 상봉하는 기쁨과 애틋한 사랑을 '따스한 물가에 노는 한 쌍의 물고기(沙暖一雙魚)'로 함축하는 뛰어난 감수성을 유감 없이 발휘하고 있다.

정주(汀洲)에 난 하얀 말여뀌 싱그럽고	汀洲白蘋草[2]
유운(柳惲)은 말을 타고 돌아가네	柳惲乘馬歸
강어귀에는 산아가위나무 향기롭고	江頭樝樹香[3]
언덕에는 나비가 날고 있네	岸上蝴蝶飛
술잔에 새겨진 댓닢엔 이슬 맺히고	酒盃箬葉露[4]
옥진(玉軫) 놓여진 촉동(蜀桐) 거문고는 속 비었네	玉軫蜀桐虛[5]
붉은 누각은 강 언덕으로 통하고	朱樓通水陌[6]
따스한 물가엔 한 쌍의 물고기 놀고 있네	沙暖一雙魚[7]

---

1) 유운(柳惲) : 465-517. 자는 文暢으로 河東 사람. 학문을 좋아했고 서찰에 뛰어났다. 齊나라 竟陵王 때 法曹參軍과 太子洗馬를 역임했으며, 梁나라 天監 때는 廣州刺史를 거쳐 吳興太守를 지냈다. 그는 시와 문장에 뛰어났고 거문고와 바둑에도 고수였다고 함. **2)** 정주(汀洲) : 지금 浙江省 吳興 부근. **3)** 사수(樝樹) : 산아가위나무. 높이는 오륙 척이고 열매는

둥글며 신맛이 남. **4)**약(篛) : 대나무 이름. **5)**진(軫) : 거문고의 아래쪽에 있어서 줄을 굴리는 데 쓰이는 장치로 옥으로 만듦. **6)**주루(朱樓) : 부귀한 사람들의 집. **7)**쌍어(雙魚) : 여기에서는 書信을 비유. 옛날에는 고기의 뱃속에다 편지를 부쳤다 함.

춘방정자의 검을 노래함 (春坊正字劍子歌)[1]

이 시는 이하가 봉예랑직을 수행할 때 春坊의 보검을 보고서 느낀 감회를 표출한 작품이다. 전체적으로 신비한 보검에 대한 찬사가 노래되고 있지만, 그 안에는 시인이 춘방정자에게 바라는 염원, 즉 사악함에 대하여 절대로 두려워하지 말고 큰 뜻을 품어 앞으로 훌륭한 일을 하라는 당부가 배어 있다.

선배의 칼집에 들어 있는 삼척수(三尺水)의 칼은
일찍이 오담(吳潭)에 들어가 사나운 교룡을 벤 것이리라
구름 사이로 흐르는 밝은 달빛 찬 이슬을 닦고
연대(練帶)와 평포(平鋪)에는 바람조차 일어나지 않네
칼집에 장식된 교태피(蛟胎皮)는 낡고, 질려(蒺藜)에는 가시 돋았지만
벽제(鷿鵜)의 기름 흥건히 바르고 꽃무늬 새기며, 백한(白鷴)의 꼬리 장식하네
진실로 이는 형가(荊軻)의 일편단심
춘방정자를 비추는 것 알려주지 않네
검에 뇌사(挼絲)와 단금(團金)을 장식하여 늘어뜨리고
신비한 빛은 남전(藍田)의 옥을 자르고 싶어 하네
칼을 꺼내니 서방 백제(白帝)가 놀라고
귀모(鬼母)는 가을 교외에서 엉엉 우네

先輩匣中三尺水[2)]　　曾入吳潭斬龍子[3)]

隙月斜明刮露寒[4)]　　練帶平鋪吹不起[5)]

蛟胎皮老蒺藜刺[6)]　　鸊鵜淬花白鷴尾[7)]

直是荊軻一片心[8)]　　莫教照見春坊字

挼絲團金懸麗鞢[9)]　　神光欲截藍田玉[10)]

提出西方白帝驚[11)]　　嗷嗷鬼母秋郊哭[12)]

---

1)춘방정자(春坊正字) : 春坊은 太子宮을 가리키며, 正字는 春坊司經局에 속하는 당대 從九品上의 관직명, 주로 經史文字를 교정하였음. 2)선배(先輩) : 이미 과거에 합격한 唐代 擧人, 곧 鄕試에 합격한 사람을 이르는 말로 여기서는 春坊正字에 대한 존칭. 삼척수(三尺水) : 길이가 3척인 보검으로 보검의 찬 빛이 물 같아 그리 부름. 3)오담(吳潭) : 宜興은 三國時代에 吳나라 땅이기에 그리 부름. 『世說新語 · 自新』에 따르면, 晋나라 사람 周處는 宜興(지금 江蘇省 宜興)의 長橋 아래 물속으로 들어가 마을 사람들에게 해를 입히는 호랑이와 蛟를 칼로 죽이고 베었다 함. 4)극월사명(隙月斜明) : 구름 사이로 달빛이 비친 것으로, 칼이 번쩍이는 것을 뜻함. 5)연대(練帶) : 흰색 명주 띠. 6)질려자(蒺藜刺) : 상어 껍질로 만든 칼집이 낡아서 사람의 피부를 찌르는 것을 비유함. 7)벽제(鸊鵜) : 물새의 한 종류. 벽제의 기름을 칼에 바르면 녹이 슬지 않는다고 함. 백란(白鷴) : 산닭과 비슷하고 잔물결 같은 검은 무늬가 있으며, 꼬리의 길이가 서너 척 됨. 8)형가(荊軻) : 戰國時代 魏나라 사람으로, 燕나라의 태자 丹을 위해 진 시황을 살해하려 했으나 그 일이 실패로 돌아가자 결국 죽임을 당함. 9)뇌사(挼絲) : 손으로 문질러 만든 명주실. 단금(團金) : 칼집 위에 장식한 작은 금괴. 麗鞢(녹속) : 늘어뜨린 모양. 10)남전(藍田) : 『通典』에 따르면, 京兆郡 藍田縣은 아름다운 옥이 생산된다고 함. 11)서방백제(西方白帝) : 古代의 신화 중 西方의 神. 『史記 · 高

祖本記」에 따르면, 劉邦이 술에 취해 밤길을 가다가 큰 뱀을 칼로 베었는데, 후에 어떤 사람이 그 길을 지나가다가 한 老婦가 통곡하며 울고 있는 것을 보고 까닭을 묻자, 노부가 "나의 아들은 西方 白帝의 아들인데 뱀으로 변했소. 그런데 지금 赤帝子(유방)에게 죽임을 당하였소"라고 하였다 함. **12**)귀모(鬼母) : 帝子의 어머니.

귀공자가 밤이 다할 때까지 즐기는 노래 (貴公子夜闌曲)

이 시는 5언 4구로 이루어진 짧은 시로, 당시 지배 계층 자제들의 방탕을 꼬집은 풍유시이다. 여기에서 시인은 자신의 주관적인 감정을 완전히 배제한 채 객관적인 시각과, 세심한 주위 景物의 관찰을 통해 지배 계층 자제들의 방탕을 폭로하는 시적 효과를 거두고 있다.

찰랑 찰랑 침수향 진동하고	裊裊沈水煙[1]
까마귀는 새벽녘까지 슬피 우네	烏啼夜闌景[2]
굽은 연못에 핀 연꽃은 물결따라 흔들리고	曲沼芙蓉波
허리띠에 장식된 백옥은 차갑구나	腰圍白玉冷

---

1)침수연(沈水煙) : 沈香나무의 香煙. 팥꽃나무과에 속하는 상록 교목, 또는 그 樹脂로 물보다 무거워 가라앉음. 2)야란(夜闌) : 밤이 끝나고 새벽이 밝아 옴.

안문태수를 노래함 (雁門太守行)[1]

본래 「雁門太守行」은 賢吏였던 王渙의 공적을 찬양한 3 · 4 · 5 · 6 · 8언이 혼용되면서 47구로 구성된 작품이다. 그런데 이하는 여기에서 시의 제목만을 빌리고 시의 구성도 7언 8구로 짧게 만들었으며, 내용도 藩鎭의 할거에 따른 전쟁의 참상과 임금에 대한 굳은 衷情 意志로 변모시키는 創新의 정신을 마음껏 발휘한 이하 시의 대표작이다. 이 시는 전체적으로 엄숙하고 비장한 기운을 띠면서 번진의 강성함과 토벌군의 심야 출정, 번진과 토벌군 간의 치열한 교전과 盡忠報國의 충정 의지 등, 다양한 전쟁터의 장면과 전쟁에 임하는 장수들의 비장한 심리 상태 등이 시각과 청각의 교묘한 배합과 어우러지면서 시적 성공을 크게 거두고 있다.

검은 구름 성 누르니 성벽은 무너질 듯	黑雲壓城城欲摧[2]
달빛 받은 갑옷은 금빛 번쩍이누나	甲光向月金鱗開[3]
나팔 소리 가을 하늘에 가득히 울려 퍼지고	角聲滿天秋色裏
요새는 연지빛 피는 밤이 되자 자색으로 굳어지네	塞上燕脂凝夜紫[4]
반쯤 잠긴 붉은 깃발은 역수(易水)에 머물고	半卷紅旗臨易水[5]
된서리에 북소리도 얼어붙어 울리지 않네	霜重鼓寒聲不起[6]
황금대(黃金臺)에 계신 임금의 은혜 보답하리니	報君黃金臺上意[7]
칼 빼어 들고 임금 위해 죽으리라	提携玉龍爲君死

---

1)안문태수행(雁門太守行) : 본래 賢吏였던 王渙의 공적을 찬양하여 읊은 樂府의 옛 제목. 안문은 현재 山西省 代縣에 있음. 행(行) : 노래. **2)**흑운(黑雲) : 검은 구름. 여기에서는 적군을 비유함. **3)**금린(金鱗) : 달빛 받은 갑옷이 고기 비늘처럼 빛남. **4)**새상(塞上) : 요새 · 보루. 연지(燕脂) : 피를 비유한 것으로, 밤새 요새에 피가 엉겨 붙어 붉은색이 되었음을 말

함. **5**)역수(易水) : 河北省 易縣과 定縣 사이에 있는 강 이름. **6**)고한성불기(鼓寒聲不起) : 추운 밤에 서리가 짙게 내리고, 밤 기운이 차갑기 때문에 북소리가 크게 울리지 않는 것. **7**)황금대(黃金臺) : 지금의 河北省 易縣에 있다. 전하는 바에 따르면 戰國時代 燕나라 昭王이 여기에 臺를 쌓은 다음, 대 위에 많은 금을 쌓아 놓고 천하의 인재들을 모았다고 함.

대제를 노래함 (大堤曲)[1]

이 시는 擬古樂府의 형식을 빌어 어느 창녀가 情夫의 떠남을 못내 아쉬워하면서, 육감적인 언어로 정부를 꼭 붙잡으려 하는 안타까운 심정이 노골적으로 묘사되어 있다. 전반부에서는 鋪陳의 수법을 사용하여 娼婦의 농염한 외모를, 후반부에서는 창부의 말을 통해 사랑하는 정부에 대한 희망 사항을 각각 노래하고 있다. 전체적으로 정취나 색채가 매우 농염하지만 음조는 비교적 슬프고 안타깝다.

저는 횡당(橫塘)에 살고요	妾家住橫塘[2]
붉은 깁엔 계수나무 향기 넘치지요	紅紗滿桂香[3]
구름 같은 머리 높다랗게 틀어 올리고	青雲敎綰頭上髻
명월주(明月珠)로 귀고리를 만들었어요	明月與作耳邊璫[4]
연꽃에 바람이 일고	蓮風起[5]
강 언덕이 봄처럼 따스해질 때	江畔春
대제(大堤)에서	大堤上
북쪽 님을 붙들지요	留北人
낭군은 잉어의 꼬리를 드셔요	郎食鯉魚尾
저는 원숭이의 입술을 먹겠어요	妾食猩猩脣[6]
양양(襄陽)의 길을 가리키지 마세요	莫指襄陽道[7]
푸른 포구에 돌아오는 배 드물답니다	綠浦歸帆少

오늘은 창포화가 피었지만 　　　　今日菖蒲花[8)]

내일 아침에는 단풍나무가 시들겠지요 　　　　明朝楓樹老

---

1)대제곡(大堤曲) : 樂府의 옛 제목의 하나로 梁 簡文帝에서 시작되었다. 大堤는 현재 襄陽城 밖에 있음. **2)**첩(妾) : 옛날 여자가 자신을 가리키는 겸칭. 황당(橫塘) : 지명으로 대제 부근에 있음. **3)**홍사(紅紗) : 여름에 입는 붉은 깁. 계향(桂香) : 옷에서 나는 향기가 계수나무 향기와 같음. **4)**당(璫) : 여자들 귀고리. **5)**연풍(蓮風) : 여름에 연잎 또는 연꽃 사이로 불어오는 바람. **6)**이어미(鯉魚尾) · 성성순(猩猩脣) : 잉어의 꼬리와 원숭이의 입술, 즉 진귀한 음식물. **7)**양양(襄陽) : 湖北省 안에 있는 현. **8)**창포화(菖蒲花) : 다년생 식물로 꽃이 쉽게 피지 않아, 사람들은 꽃이 피면 좋은 징조라 여겼다. 여기에서는 여자가 매우 젊고 예쁠 때를 비유함.

소소소의 묘 (蘇小小墓)[1]

이 시는 이하가 원화 9년(814), 그의 나이 24세 때 남북조 시대 전당의 명기였던 소소소의 무덤을 보고 古樂府의 형식으로 감회를 읊은 것이며, 그의 대표적인 작품이다. 시인은 3언이 중심이 된 짧은 시어와 풀(草) · 나무(木) · 비(雨) · 물(水) 등과 같은 자연 경물을 통해 아름다운 女鬼를 형상화했으며, 전편에 걸쳐 한 글자의 鬼字를 쓰지 않고서도 鬼氣 서린 분위기를 자아내는 시적 성공을 거두고 있다. 또 '如' '爲' 같은 글자를 사용하여 景으로써 興을 일으키고, 경물을 통해 사람의 형상을 환상적으로 표출하는 寫景融合에 뛰어난 재능을 발휘하여 소소소의 혼백이 마치 살아 있는 것처럼 형상화하였다.

그윽한 난의 이슬은	幽蘭露
눈물 어린 눈처럼	如啼眼
동심 맺어 줄 그 어느 것도 없고	無物結同心[2]
자욱한 안개 자를 수도 없네	煙花不堪剪
요 같은 풀	草如茵
수레 포장 같은 소나무	松如蓋
바람은 옷이 되어 나부끼며	風爲裳
물은 패옥이 되어 빛나네	水爲珮[3]
유벽거를	油壁車[4]
오래도록 기다리네	久相待
차갑고 푸른 도깨비불	冷翠燭[5]
광채가 가물거릴 때	勞光彩[6]

서릉(西陵)의 무덤에는	西陵下[7]
비바람만 불어오네	風雨吹

---

1)소소소(蘇小小) : 南北朝時代 齊나라 錢塘(지금의 절강성 항주)에 살았던 명기. 『方輿勝覽』에 따르면, 소소소의 무덤은 嘉興縣 서남쪽에 있다고 함. 2)결동심(結同心) : 꽃이나 풀 또는 다른 것으로 만든 일종의 작은 장식물로, 한결같은 애정을 표시함. 3)패(珮) : 허리에 천처럼 둘러 띠는 옥. 4)유벽거(油壁車) : 오동나무 기름을 칠한 방습포를 사용하여 곁방을 장식한 수레. 5)냉취촉(冷翠燭) : 차갑고 파란 불로, 속칭 도깨비불. 6)로(勞) : 도깨비불이 가물거리는 것을 형용. 7)서릉(西陵) : 지금 杭州 서쪽 冷橋 일대.

꿈속에서 하늘에 오르다

(夢天)[1] 이 시는 이하 시의 특색을 가장 잘 알 수 있는 대표적인 작품의 하나이다. 「夢天」이라는 제목에서도 알 수 있듯이, 시인은 꿈속에서 천상에 있는 달에 올라가 인간 세상을 내려다보며 느낀 감회를 읊고 있다. 이 작품에서 주목할 점은 天上의 눈을 통해 인간 세계를 내려다보는 비현실적인 세계와 울분과 절망으로 가득한 현실 세계를 '꿈(夢)'을 통해 현실화하고 '신화'를 통해 정신적 욕구를 화려하게 보상받으려 하고 있다는 것이다.

늙은 토끼와 추운 두꺼비가 흐느끼는 듯한 하늘 빛	老兎寒蟾泣天色[2]
구름 누각 반쯤 열리자 벽은 달빛에 하얗구나	雲樓半開壁斜白[3]
달이 이슬에 젖으니 달빛마저 젖고	玉輪軋露濕團光[4]
계수 향기 나는 길에서 선녀를 만나는구나	鸞珮相逢桂香陌[5]
삼신산 아래 누런 먼지와 맑은 물	黃塵淸水三山下[6]
거듭 변하는 천 년 세월도 달리는 말 같구나	更變千年如走馬
멀리서 중국을 내려다보니 아홉 점 연기 같고	遙望齊州九點煙[7]
넘실대는 바닷물은 술잔에 떨어지는 한 방울 술이어라	一泓海水杯中瀉[8]

---

1)몽천(夢天) : 꿈속에서 하늘에 오름. **2)**노토한섬(老兎寒蟾) : 중국 신화에 달에는 토끼와 두꺼비가 살고 있다고 한다. 토끼와 두꺼비가 오랜 시간이 흘렀기 때문에 '늙었고(老)' 달이 하늘에 높이 떠 있어 '춥다(寒)'고 상상함. **3)**벽사백(壁斜白) : 높은 누각의 벽이 달빛을 받아 하얗게 됨. **4)**옥륜(玉輪) : 달. **5)**난패(鸞珮) : 난새가 새겨진 옥으로 만든 珮장식품.

여기에서는 여자를 대신하여 말함. **6**)황진청수(黃塵淸水) : 황진은 육지이고, 청수는 바다. 여기에서는 桑田碧海됨을 말함. 삼산(三山) : 신화에서 신선이 산다는 蓬來 · 方丈 · 瀛州 등 세 개의 산. **7**)제주(齊州) : 중국. 구점연(九點烟) : 고대 중국인들은 중국을 九州로 나누었는데, 하늘에서 보면 마치 아홉 개의 연기와 같다고 함. **8**)배중사(杯中瀉) : 하늘에서 보면, 큰 바다가 마치 술잔에 떨어지는 술 한 방울과 같음.

당아를 칭송함 (唐兒歌 – 杜豳公之子)[1]

이 시는 杜黃裳의 아들 唐兒에 대해서 쓴 작품이다. 시인은 당아가 훌륭한 인품과 매우 뛰어난 재능을 지녔고, 포부 또한 크기 때문에 미래에 훌륭한 인물이 될 것이라고 확신한다. 따라서 자신은 당아의 밝은 미래를 한눈에 알아볼 수 있는 伯樂과 같은 뛰어난 안목을 지녔으니, 당아도 앞으로 성장하면 꼭 자신을 기억해 주기를 강하게 희망하고 있다.

단단한 두개골 융기하고 짙푸른 눈썹 지닌	頭玉磽磽眉刷翠[2]
두랑(杜郎)은 참으로 사내다운 남자 아이 낳았네	杜郎生得眞男子[3]
중후하고 침착함은 천묘기(天廟器) 같고	骨重神寒天廟器[4]
두 눈은 가을 물결을 자른 듯 빛나네	一雙瞳人剪秋水[5]
죽마를 타고 푸른 반점(斑点)의 엉덩이 흔들며	竹馬梢梢搖綠尾
빛나는 은 목걸이는 짧은 소매를 누르네	銀鸞睒光踏半臂[6]
동가(東家)의 예쁜 규수는 짝 구하는데	東家嬌娘求對値[7]
농염한 미소 지으며 허공에 당(唐)이란 글자를 그리네	濃笑畵空作唐字[8]
눈은 커지고 마음은 웅대해지는 연유를 알 것이니	眼大心雄知所以[9]
노래 부르는 이가 이씨(李氏)임을 잊지 마소서!	莫忘作歌人姓李[10]

1)당아(唐兒) : 唐 玄宗 때 豳國公에 봉해졌던 杜黃裳의 아들의 어린 시절 이름. 杜黃裳은 字가 遵素로 京兆 杜陵人이다. 그의 부인은 公主였던 까닭에 어린 시절에 唐兒라 불려졌다 함. 2)두옥교교(頭玉磽磽) : 당아의 숫은 두개골이 마치 백옥처럼 단단한 모양, 磽磽는 굳고 단단한 모양. 3)두랑(杜郞) : 唐兒. 4)골중(骨重) : 몸과 태도가 온화하고 중후함. 신한(神寒) : 침착함. 천묘기(天廟器) : 皇帝祭天의 묘당에 설치한 기구로, 국가의 중요한 인재를 비유함. 5)추수(秋水) : 눈빛이 맑음. 6)은난(銀鸞) : 은으로 만든 난새와 봉황으로 아이의 목에 거는 장식물. 반비(半臂) : 소매가 짧은 옷. 7)교낭(嬌娘) : 아리땁고 귀염성 있는 소녀. 대치(對値) : 짝. 8)서공(書空) : 허공에 글씨를 씀. 9)안대심웅(眼大心雄) : 안목이 크고 마음이 웅대함. 10)성이(姓李) : 당나라는 李淵이 개국하였으며 이하는 왕손의 후예라, 당과 자신이 본래 하나였음을 비유함.

봉사가 천제께 올리는 푸른 종이의 글 (綠章封事 - 爲吳道士夜醮作)[1]

이 시는 천제께 글을 바치는 형식을 빌어서, 金日磾 같은 장안의 고관대작들이 도사를 불러 제사를 올리는 일이 허다한 데 비해, 시를 지어 근근히 하루를 살아가는 揚雄 같은 곤궁한 시인들은 굶어 죽는 인간사의 불평등을 풍자하고 있다. 전체적으로 심한 경제적 어려움을 겪으며 살아가는 시인이, 경제적 풍요로움을 향유하는 계층을 보면서 느끼는 절망적인 비애 의식이 잘 나타나 있는 작품이다.

푸른색 도포 입은 도사가 이마 조아리며 천궁신(天宮神)을 부르면

홍룡(鴻龍)과 옥구(玉狗)가 천문(天門)을 연다

계곡에 만발한 석류화를

선녀가 계곡 물에 씻으면 하얀 구름도 붉게 물드네

봉사(封事)가 푸른 종이에 쓴 글을 천제께 올릴 때

장안의 거리엔 말발굽이 많아 주인을 알 수 없구나

하늘엔 온통 맑고 차지 않은 기운 서려

짧은 옷, 작은 관 쓴 백성들만 죽어 가네

김일제(金日磾)의 집 앞 화려한 거리엔 수레 소리 요란해도

양웅(揚雄)의 쓸쓸한 방에는 세속의 소리 없네

원컨대 한(漢)나라 창을 잡고 서생 양웅의 혼백을 불러

한 맺힌 유골을 호리(蒿里)에 묻히게 하지 마옵소서!

青霓扣額呼宮神[2)]　　鴻龍玉狗開天門[3)]

石榴花發滿溪津　　溪女洗花染白雲

綠章封事諮元父[4)]　　六街馬蹄浩無主[5)]

虛空風氣不淸冷　　短衣小冠作塵土[6)]

金家香衖千輪鳴[7)]　　揚雄秋室無俗聲[8)]

願携漢戟招書鬼[9)]　　休令恨骨塡蒿里[10)]

---

1)녹장(綠章) : 푸른 종이에 글씨를 쓴 것. 도교에서는 천제에게 일을 아뢸 때 청등지에 붉은 글씨를 썼다는 연유로 녹장이라고 하였으며, 靑詞라고도 함. 봉사(封事) : 고대에 신하가 황제에 上奏하던 의견서로, 그 내용이 누설되면 안 되기에 함에 넣어 두거나 밀봉하였다. 이는 도교 의식으로 장차 천제에게 재앙을 없애고, 난리를 헤아려 달라고 구원함을 글로 써서 아뢰는 것인데, 이때 향을 태우고 제문을 읽었음. **2)**청예(靑霓) : 아름다운 무지개가 수놓아진 청색 도포. **3)**홍룡(鴻龍) · 옥구(玉狗) : 도교에서 天門을 지키는 짐승. **4)**원부(元父) : 天帝. **5)**육가(六街) : 『通鑑』에 따르면 장안에는 좌우로 六街가 있었다고 함. **6)**단의소관(短衣小官) : 본래는 남방 사람들이 입던 평민 복장으로, 보통 일반 백성을 말함. **7)**김가(金家) : 漢代 金日磾는 흉노 休屠王 태자로, 武帝 때 한나라로 귀화하여 7대에 걸쳐 황제의 총애를 받은 권문세가. **8)**양웅(揚雄) : 자는 子雲으로, 西漢의 문학가이자 철학자. 어려서 배우기를 좋아하고 박학다식했으나 말을 더듬었다고 한다. 특히 辭賦에 매우 뛰어나 이름을 날렸지만 변변한 벼슬 한번 못했고, 일생 동안 경제적 궁핍에 시달렸음. **9)**한극(漢戟) : 양웅이 郎이 되었을 때 잡았던 창. 초서귀(招書鬼) : 옛사람들은 죽은 자를 위해서 혼을 부를 때, 그 사람이 자주 사용했던 물건을 썼기 때문에 그렇게 부름. **10)**호리(蒿里) : 泰山 남쪽의 산 이름. 사람이 죽으면 그 혼백이 와서 머문다는 곳으로 묘지를 뜻함.

하남부시 십이월악사 · 사월 (河南府試十二月樂詞 – 幷閏月 · 四月)

원화 5년(807) 이하가 21세가 되던 해, 그의 절대적인 후원자였던 韓愈는 河南令으로 부임한다. 이때 이하는 진사과를 치르기 위한 예비 시험이었던 하남부시에 응시하여 1월부터 閏月까지의 정경을 읊은 13수로 이루어진 연작시를 지어, 자신의 문학적 재능을 발휘하여 당당히 합격한다. 이 작품은 봄이 끝나고 초여름으로 접어드는 4월의 풍경을 묘사한 것으로, 뛰어난 영상미와 감각적인 시어가 돋보인다. 시인은 봄날에 온갖 꽃들이 핀 정원에 비가 내리기에, 꽃향기를 머금고 있다는 의미에서 '香雨'라 표현하고 있으며, 또 저물어 가는 봄의 정치를 시든 정경이라는 의미로 '老景'이라고 각각 표현하고 있다. 얼마나 감각적이면서도 아름다운 시어인가!

아침저녁으로 서늘하고 나무들은 수레덮개처럼 무성하며

끝없는 산의 짙푸른 빛은 구름 밖에 생겨난다

가는 향우(香雨) 내리니 푸른 기운 가득하고

윤기 나는 잎과 무성한 꽃잎들은 굽은 문을 비추며

조용한 금당(金塘)엔 푸른 물결 일어나네

꽃잎도 흩날리지 않는 늦봄

떨어진 붉은 꽃잎과 시든 꽃받침만 어지럽게 흩어져 있구나

曉凉暮凉樹如蓋　　千山濃綠生雲外

依微香雨青氛氳[1)]　　膩葉蟠花照曲門[2)]

金塘閑水搖碧漪[3)]　　老景沈重無驚飛[4)]

墮紅殘蕚暗參差

1)향우(香雨) : 비가 꽃 사이로 떨어져 꽃향기를 머금음. 청분온(靑氛氳) : 풀과 나무가 무성하여 생기가 충만함. 2)반화(蟠花) : 꽃잎이 겹겹이 쌓인 모양. 3)금당(金塘) : 돌 밑의 못의 물을 금당이라 과장되게 불렀음. 벽의(碧漪) : 푸른 물결. 4)노경(老景) : 4월이라 이미 꽃이 다 떨어졌으므로 떨어지는 꽃잎이 없음. 침중(沈重) : 침착하고 진득함.

하남부시 십이월악사 · 구월 (河南府試十二月樂詞－幷閏月 · 九月)

이 시는 다양한 시청각적 소재들을 동원하여 가을날 離宮의 쓸쓸하고 적막한 풍경을 매우 세밀하게 노래하고 있다. 예를 들어 '흩어져 나는 개똥벌레(散螢)', '물처럼 맑은 하늘(天似水)', '누런 대나무(竹黃)', '차가운 연못(池冷)', '시든 연꽃(芙蓉死)', '싸늘한 동산(凉苑)', '황량한 정원(虛庭)', '날리는 서리(露花)', '정처 없는 바람(風草草)', '까마귀 울음소리(鴉啼)' 등이 바로 그것이다.

이궁(離宮)에 개똥벌레 흩어져 날고 하늘은 물처럼 맑은데
대나무는 누렇고 연못은 차가우며 연꽃은 시들었구나
문고리의 달 장식 하염없이 빛나는데
동산은 싸늘하고 정원은 황량하며 하늘은 적막하기 그지없구나
날리는 이슬, 정처 없는 바람
비취색 비단처럼 빛나는 단풍은 계단 진 길마다 가득하네
새벽녘에 계인(雞人)의 청아한 소리 끝나면
돌우물 아래 몇 그루 오동나무에서는 까마귀가 울기 시작하네

離宮散螢天似水[1]　　竹黃池冷芙蓉死
月綴金鋪光脈脈[2]　　凉苑虛庭空澹白
露花飛飛風草草[3]　　翠錦爛斑滿層道[4]

雞人罷唱曉瓏璁[5]　　鴉啼金井下疎桐[6]

1)이궁(離宮) : 임금이 遊幸(놀러가는 천자의 행차)을 위해 궁성으로부터 떨어진 곳에 지은 別宮. 2)월철(月綴) : 달 장식. 금포(金鋪) : 문고리 아래에 구리로 만든 둥근 장식품. 3)노화(露花) : 이슬 맺힌 것이 마치 꽃과 같음. 4)취면난반(翠綿爛斑) : 초목은 가을이 지나면 단풍이 드는데, 그 모양이 푸른 비단과 같음. 5)계인(雞人) : 궁중에서 날이 밝은 것을 알려 잠을 깨우는 일을 맡은 사람. 농총(瓏璁) : 새벽녘 하늘이 몽롱하다는 뜻. 6)금정(金井) : 돌우물.

하남부시 십이월악사 · 시월 (河南府試十二月樂詞 – 幷閏月 · 十月)

이 시는 7언 7구라는 독특한 형식으로, 스산한 가을바람이 부는 10월에 깊은 한과 수심에 젖어 밤새 잠 못 이루는 궁녀들의 신세를 노래하고 있다. 시인은 여기에서 궁녀들이 아무리 좋은 옷을 입고 맛있는 음식을 먹어도, 깊은 궁궐에 갇힌 채 청춘을 보내야 하는 생활이 한낱 껍데기에 불과함을 지적하고 있다.

물시계의 은 바늘은 기울기 힘든데	玉壺銀箭稍難傾[1]
깊은 밤 등불은 빙그레 웃으며 그윽한 빛을 모으고 있네	釭花夜笑凝幽明[2]
부서지는 서리는 비껴 춤추며 비단 장막에 내리고	碎霜斜舞上羅幕
두 줄로 늘어선 촛불 등은 높은 누각을 비추는구나	燭籠兩行照飛閣[3]
진주 휘장 아래 한 맺혀 누웠으나 잠 못 이루고	珠帷怨臥不成眠
황금빛 봉황이 수놓아진 옷으로도 추위를 느끼며	金鳳刺衣着體寒[4]
긴 아미로 초생달 보며 둥긂을 다투는구나	長眉對月鬪彎環[5]

---

1)옥호은전(玉壺銀箭) : 시간을 잴 때 쓰던 기구. 옛사람들은 병에 물을 담고 중간에 화살을 하나 꽂아 놓고, 화살에 눈금을 새겨 놓은 뒤 물이 빠져 나간 자국의 눈금을 보고 시간을 쟀음. 2)강화(釭花) : 등불. 3)촉롱(燭籠) : 대나무 또는 나무 · 쇠 같은 살로 둥근 바구니 모양을 만들고, 그 위에 비단이나 종이를 씌운 다음, 그 속에 등잔을 넣고 길을 다닐 때 길을 밝혀 주는 기구. 4)금봉(金鳳) : 금실로 봉황을 자수해 놓은 옷. 5)만환(彎環) : 둥긂. 활 모양처럼 굽음.

하남부시 십이월악사 · 십이월 (河南府試十二月樂詞 – 幷閏月 · 十二月)

이 시는 12월 엄동설한의 寒氣 속엔 이미 봄의 따스한 기운이 배어 있음을 노래하고 있다. 이 작품의 특색은 크게 두 가지로 나타난다. 하나는 사물에 인생 哲理를 의탁함과 '和氣' '冬嚴' '長夜' '長日' 등의 형상 사유를 통해 봄이 멀지 않았음을 은근히 내비치고 있는 점이다. 다른 하나는 '紅' 자와 '淡' 자 등 강렬한 색채의 글자를 대비시켜, 봄의 따스함과 겨울의 차가움을 선명히 부각시키면서 봄과 겨울을 각각 상징적으로 나타내고 있다는 점이다

태양이 구르며 햇빛 비추며 붉게 이글거리는데	日脚淡光紅灑灑[1]
살짝 내린 서리는 계수나무 가지에서 가시지 않네	薄霜不銷桂枝下
희미한 온기로도 매서운 추위 물리치고	依稀和氣解冬嚴
이미 해가 길어졌으니 긴긴 밤도 끝나겠지	已就長日辭長夜

1)일각(日脚) : 태양이 이동하는 모양. 담광(淡光) : 햇빛이 부드러우나 따스하지는 않음. 쇄쇄(灑灑) : 끊임없이 이어지는 모양.

하늘에 오름을 노래함 (天上謠)

시인은 진사과에 응시해 보지도 못하고 병들었는데다가 스무 살이 되기도 전에 반백이 됨에 따라 절망으로 가득 찬 현실 세계에 큰 염증을 느낀 나머지 하늘에 올라 신선이나 선인들처럼 유유자적한 삶을 추구하고 싶다는 강한 욕구를 느낀다. 이 시는 이러한 욕구가 잘 표현된 작품으로, 풍부한 상상력을 동원하고 다양한 신화 · 전설을 채용한 까닭에 전체적으로 낭만주의 정신이 농후하며 환상적인 분위기가 가득하다. 이 시를 보면, 시인이 추구한 이상향이라 할 수 있는 신선 세계는 인간 세상과 다름없지만, 거기에는 죽음도 추악함도 없으며 영원히 아름다운 청춘만이 계속되고 있다. 환상적인 시적 분위기만큼 그 반대로 고통과 절망으로 점철된 시인의 현실이 너무나 대조적이라 더욱 비애 의식이 강조되어 나타난다.

은하수에 밤이 찾아오면 뭇별이 둥실 뜨고	天河夜轉漂廻星[1]
은하수에 구름이 흐르면 물소리가 나는 듯하네	銀浦流雲學水聲[2]
달 속에 계수나무 꽃은 지지 않고	玉宮桂樹花未落[3]
선녀는 꽃 꺾어 패영(珮纓) 늘어뜨리네	仙妾採香垂珮纓
진비(秦妃)가 주렴을 말아 올리니 북쪽 창이 훤해지고	秦妃卷簾北窓曉[4]
창 앞 오동나무에는 어린 청봉(青鳳)이 사네	窓前植桐青鳳小[5]
왕자교(王子喬)는 생황을 길게 연주하고	王子吹笙鵝管長[6]
용을 부르고 안개 밭 갈아 요초(瑤草)를 심네	呼龍耕煙種瑤草[7]
분홍빛 끈 달린 순백색 치마 입은 선녀는	粉霞紅綬藕絲裙[8]
청주 거닐며 봄에 핀 난꽃을 줍네	青洲步拾蘭苕春[9]
동쪽을 가리키면 희화(羲和)가 해 수레 잘도 몰고	東指羲和能走馬[10]

돌산 아래에선 바다 먼지가 새로이 생겨나네　　　　海塵新生石山下[11]

---

1)천하(天河) : 은하수. **2**)은포(銀浦) : 은하수. **3**)옥궁(玉宮) : 달. **4**)진비(秦妃) : 秦나라 穆公의 딸은 玉을 가지고 놀기 좋아했는데, 훗날 봉황을 따라 올라가 선녀가 되었다고 한다. 여기에서는 하늘의 선녀를 말함. **5**)청봉(青鳳) : 하늘의 珍異한 仙鳥로, 風鳳鳥라고도 한다. 이 새는 손가락 크기로 오색을 갖추고 있고, 봉황처럼 관이 있으며, 오동나무에 꽃이 피면 날아오고 꽃이 지면 어디론가 날아간다고 함. **6**)왕자(王子) : 주나라 靈王의 태자 晋, 즉 王子喬. 생황을 잘 불어 봉황이 따라 울 정도였다고 함. 아관(鵝管) : 생황. **7**)요초(瑤草) : 靈芝仙草. 『十州記』에 따르면, 동해바다에 있는 方丈山에 仙家가 수십만 호 있었으며, 신선들이 밭에 영지를 심었다고 함. **8**)분하(粉霞) : 당대 얼굴 빛깔의 명칭으로, 지금은 분홍색을 말함. 우사(藕絲) : 연뿌리 속에 있는 섬유. 순백색을 말함. **9**)청주(青洲) : 신선들이 산다는 땅. **10**)희화(羲和) : 신화 · 전설에 태양을 실은 마차를 부린다는 馭者. **11**)해진(海塵) : 바다 먼지가 바다 밑 돌산으로부터 나오는 것.

호방한 노래 (浩歌)[1]

이 시는 이하가 원화 5년(810), 세월의 무상함과 시간의 빠름을 통해 자신의 불우함에 대한 울분 및 早老에 대한 강박관념을 함께 노래한 그의 대표적인 작품이다. 특히, 시인의 비애 의식이 '세상에 영웅이란 본래 주인 만나기 어렵다(世上英雄本無主)'는 극단적인 염세 의식으로 확대되며, 급기야는 이십 청춘에 꼭 안달하면서 살아갈 필요 없이 '차라리 실을 사서 평원군의 수상을 만들고, 술이 생긴다면 조주 땅 그의 무덤에나 조문하는(買絲繡作平原君, 有酒惟澆趙州土)' 것이 나을 것이라는 극단적인 회의감으로 발전되는 점이 주목된다.

남풍은 산에 불어 평지를 만들고

상제는 천오(天吳) 파견하여 바다를 옮기네

서왕모(西王母)의 복사꽃이 천 번 피고 질 때

팽조(彭祖)와 무함(巫咸)은 몇 번이나 죽었던가?

청백색 총마(驄馬)의 얼룩무늬 볼썽사납고

교태스런 봄날 버들은 안개 머금었구나

쟁(箏)을 타는 아가씨 술 권하는데

정신과 육신이 응결되기 전 나는 누구였던가?

모름지기 폭음하면서 「정도호(丁都護)」 노래 부를 필요 없다네

세상에 영웅이란 본래 주인 만나기 어려우니

차라리 실을 사서 평원군(平原君)의 모습을 수놓고

술이 생기면 조주의 땅에 뿌리네

물시계 재촉하니 옥 두꺼비 흐느끼며

위랑(衛娘)의 머리카락도 어느덧 빗질도 못할 정도로 빠져 버렸구나

하얀 눈썹이 검은 눈썹으로 바뀐 것을 보니

이십대 청년이 안달하면서 살아가야만 하는가?

南風吹山作平地　　帝遣天吳移海水[2]

王母桃花千遍紅[3]　　彭祖巫咸幾迴死[4]

青毛驄馬參差錢[5]　　嬌春楊柳含細煙

箏人勸我金屈卮[6]　　神血未凝身問誰[7]

不須浪飮丁都護[8]　　世上英雄本無主[9]

買絲繡作平原君[10]　　有酒惟澆趙州土[11]

漏催水咽玉蟾蜍[12]　　衛娘髮薄不勝梳[13]

看見秋眉換新綠[14]　　二十男兒那刺促[15]

---

1)호가(浩歌) : 호방한 노래. 2)천오(天吳) : 고대 전설 중의 海神. 3)왕모도화(王母桃花) : 신화 중에 不死藥을 가지고 곤륜산에 살았던 西王母의 복숭아나무는 삼천 년에 한 번 꽃이 피고 열매를 맺는다 함. 4) 彭祖(팽조) : 신화 · 전설 중의 신선 이름. 그는 堯 임금의 신하로서 殷나라 말년까지 팔백여 세를 살았다고 함. 무함(巫咸) : 전설 중의 무당으로 장수한 신선. 5)총마(驄馬) : 청백색의 빛을 띤 말. 참치전(參差錢) : 총마의 몸 위에 불규칙하게

난 돈(錢) 모양의 반점. 6)쟁(箏) : 열세 줄로 된 현악기. 금굴치(金屈巵) : 굽은 자루가 있는 술잔. 7)신혈미응(神血未凝) : 사람의 정신과 氣血이 아직 견고하지 않음. 곧 청춘 시기를 가리킴. 신문수(身問誰) : 이 몸을 누구에게 바칠 것인가? 혹은 누구에게 귀속할 것인가? 8)정도호(丁都護) : 南朝 樂府曲의 하나로, 그 곡조가 매우 처량하고 슬펐다 함. 9)영웅무주(英雄無主) : 영웅은 본래 현명한 군주를 만나기 어려움. 10)평원군(平原君) : 戰國時代 趙나라 武靈王의 아들로, 이름은 勝. 그는 門客을 매우 좋아하여 문하에 늘 食客 수천 명을 두었다 함. 11)요조주(澆趙州) : 지금 河北省 趙縣. 평원군의 묘는 洛州 肥縣 동남쪽 7里에 있고 趙州에는 없다. 여기에서는 평원군이 趙 公子였기 때문에, 편의상 趙州라 했음. 12)섬서(蟾蜍) : 고대에 시간을 잴 때 쓰는 기구. 위에는 용 모양이고, 아래에는 두꺼비 모양으로 용 입으로부터 물이 흘러나오면 두꺼비 입으로 이어져 다시 壺로 흐르면서 시간을 쟀음. 13)위랑(衛娘) : 술잔을 권하는 기녀. 한무제의 后인 衛子夫는 머리카락이 무성하기로 유명했다 함. 14)추미(秋眉) : 하얗게 쉰 눈썹. 신록(新綠) : 검고 윤이 나는 눈썹. 15)남아(男兒) : 청년.

가을이 오니 (秋來)

이 시는 원화 11년(816), 이하가 약 3년간의 潞州 생활을 청산하고 나서 고향인 昌谷으로 돌아와 지은 그의 대표적인 작품이다. 시인은 가난과 피를 토할 정도로 힘겨운 삶 속에서도 오로지 훌륭한 시를 써서 후세에 영원히 남기고 싶어 한다. 하지만 그 누구도 자신의 시를 읽어 주지 않을 것이라는 짙은 허무감에 사로잡히게 되며, 자신의 가치를 인정받지 못한다면 귀신이 되어 鮑照의 輓歌를 읊조릴 것이라고 극단적인 회의감을 일으키면서까지 비장한 결의를 다지고 있다.

오동나무 잎에 부는 바람에 괴로운데
스러진 등불 아래 베짱이는 싸늘한 가을날 우는구나
푸른 대쪽에 쓴 나의 시를 읽어서
좀먹지 않게 해 줄 이 누구인가?
이런 저런 생각에 이 밤 애간장 꼿꼿해지는데
차가운 빗발 사이로 옛 문인의 향혼(香魂)이 나를 위로하네
가을날 무덤 속에서 귀신이 되어 포조(鮑照) 시를 읊조리면
한 맺힌 피는 천 년 내내 땅속에서 푸르리라

桐風驚心壯士苦[1]　　衰燈絡緯啼寒素[2]
誰看靑簡一編書[3]　　不遣花蟲粉空蠹[4]
思牽今夜腸應直　　雨冷香魂弔書客[5]

秋墳鬼唱鮑家詩[6]　　　恨血千年土中碧[7]

1)동풍(楝風) : 떨어진 오동나무 잎에 부는 바람. 장사(壯士) : 시인. 2)낙위(絡緯) : 베짱이. 그 울음소리가 마치 실을 짜는 듯하다고 함. 한소(寒素) : 싸늘한 가을. 3)청간(靑簡) : 漢代 이전에 종이가 없을 때 대나무 위에 새겼던 竹簡. 곧 책을 말함. 4)화충(花蟲) : 나무좀과에 속하는 좀벌레. 5)향혼(香魂) : 불우하게 죽은 옛 시인의 영혼. 6)포가시(鮑家詩) : 鮑照가 쓴 시. 포조는 南朝 宋나라의 시인으로 臨海王의 아들 瑱이 荊州를 다스릴 때 그의 參軍이 되었으므로 鮑參軍이라 일컬어진다. 그는 일생 동안 생활이 매우 곤궁했고, 몸이 허약한데다가 병도 많아 52세로 죽었으며, 그의 시는 대부분 가난하고 불우한 선비의 울분을 노래한 것이 많음. 7)토중벽(土中碧) : 피가 땅에서 碧玉으로 변한다는 뜻. 周代의 大夫 萇弘이 무고하게 피살되었는데, 그 피가 3년 후에 푸른 옥으로 변했다 함.

상부인을 노래함 (帝子歌)[1]

이 시는 湘君이 湘夫人을 영접하는 광경을 묘사한 것으로, 이하가 『楚辭 · 九歌』의 영향을 받았음을 보여 주는 대표적인 작품이다. 이 시에서 주목할 점은 풍부한 상상력이다. 시인은 계수나무가 고목이 되었기 때문에 그 향기 역시 오래되었을 것이라고 상상하여 '古香'이라고 하였고, 雌龍이 한을 품고 있기에 용이 살고 있는 물빛도 차가울 것이라고 상상하여 '寒水光'이라 하고 있다.

동정호 위에 뜬 밝은 달 천 리를 비추고	洞庭明月一千里[2]
서늘한 바람에 기러기 울며 강물엔 하늘이 비치네	凉風鴈啼天在水[3]
구월의 창포는 바위에서 시들고	九節菖蒲石上死
상군(湘君)은 거문고 타며 상부인(湘夫人)을 맞이하네	湘神彈琴迎帝子[4]
산 어귀 고목이 된 계수나무엔 향기 불어오고	山頭老桂吹古香[5]
암 용이 한을 품으니 물빛도 차갑구나	雌龍怨吟寒水光[6]
물가에 노니는 고기는 백석랑(白石郞)을 따르면서	沙浦走魚白石郞[7]
한가롭게 진주를 용당(龍堂)에 던지는구나	閑取眞珠擲龍堂[8]

---

1)제자(帝子) : 堯 임금의 딸이자, 舜 임금의 妃인 娥皇과 女英. 이들은 순 임금이 죽자 湘水에 빠져 죽었기에 湘夫人이라 부름. 2)천재수(天在水) : 하늘이 강물에 비침. 3)동정(洞庭) : 동정호. 중국 湖南省 북부에 있는 제2의 담수호로 양자강에 있으며, 湘水 등 주위의

하천을 수용하고 있다. 특히 호수 속에 섬이 많고 岳陽樓 등 명승 고적이 많은 것으로 유명함. **4**)상신(湘神) : 湘君. **5**)고향(古香) : 계수나무가 오래되었기 때문에, 그 향기 역시 오래되었다고 비유함. **6**)자룡원음(雌龍怨吟) : 湘神이 帝子를 맞이하려는데 제자가 오지 않자 원망하는 것을 비유한 것으로, 상신이 여성이기 때문에 雌龍이라 함. **7**)백석랑(白石郎) : 전설 중의 水神. **8**)용당(龍堂) : 전설 중 河伯의 거주지.

진 시황이 술을 먹음 (秦王飮酒)[1]

秦始皇은 역사상 처음으로 중국을 통일한 영웅호걸이었지만, 통일 이후에는 歌舞 安樂에 빠졌다. 이 시는 德宗이 太子였을 때는 吐藩을 토벌하는 등 큰 업적을 쌓았으나, 즉위 후에는 국가가 잠시 평안해지자 정사를 돌보지 않고 궁녀들과 연회만 즐기는 작태를 풍자하였다. 이 시의 특색이라면, 시인이 자신의 감정을 배제한 채 자연 경물과 美姬, 그리고 궁녀를 통해 최고 통치자의 방탕을 꼬집고 있다는 점이다.

진 시황이 호랑이 타고 팔방을 순행하며

검을 들어 하늘에 비추면 푸른빛 감도네

희화(羲和)는 해 두드려 유리 소리 울리며

겁회(劫灰) 다 날아가니 고금이 평화롭구나

용머리 새겨진 잔에 술 가득 부어 주기성(酒旗星)을 맞이하고

금으로 장식한 비파 뜯는 소리 밤새도록 울리네

동정호에 뿌리는 비는 생황 소리 같고

흥겹게 술을 마시며 달을 거꾸로 가게 하네

흰구름 죽 늘어져 요전(瑤殿)을 밝히는데

궁문랑(宮門郞)은 일경(一更)이 되었음을 알리는구나

화사한 누각에 가녀(歌女)의 노랫소리 교태로우면서 희미하고

해초(海綃)의 붉은 무늬엔 은은한 향기 흐르네

무녀가 춤추며 술잔 들어 천 년 장수 기원하면

선인(仙人) 모양 촉대에는 촛농 떨어지고 연기는 가벼이 날리며

궁녀의 취한 두 눈에는 어느새 눈물만 흥건하구나

秦王騎虎遊八極　　劍光照空天自碧

羲和敲日玻璃聲[2]　　刧灰飛盡古今平[3]

龍頭瀉酒邀酒星[4]　　金槽琵琶夜棖棖

洞庭雨脚來吹笙[5]　　酒酣喝月使倒行[6]

銀雲櫛櫛瑤殿明[7]　　宮門掌事報一更[8]

花樓玉鳳聲嬌獰[9]　　海綃紅文香淺清[10]

黃鵝跌舞千年觥[11]　　仙人燭樹蠟煙輕[12]

青琴醉眼淚泓泓[13]

---

1)진왕(秦王) : 중국을 처음으로 통일한 진 시황. 2)희화(羲和) : 태양을 실은 마차를 부린다는 馭者. 파리성(玻璃聲) : 玻璃는 유리라는 뜻. 태양이 유리처럼 맑아, 羲和가 해를 두드릴 때 유리 같은 소리가 난다고 함. 3)겁회비진(刧灰飛盡) : 재난이 이미 지나가고 태평천하가 옴. 고금평(古今平) : 통일이 됨. 4)용두(龍頭) : 자루 끝에 용머리 모양이 새겨진 술잔. 5)우각(雨脚) : 비. 6)주감(酒酣) : 술을 거나하게 마심. 7)은운(銀雲) : 흰구름. 즐즐(櫛櫛) : 구름이 무성한 모양. 요전(瑤殿) : 궁전. 8)궁문(宮門) : 宮門郎. 황태자궁 안의 문 열쇠를 관리하는 東宮官. 일경(一更) : 오후 8시경. 9)옥봉(玉鳳) : 歌姬. 교녕(嬌獰) :

노랫소리가 변화 있고, 雅趣가 있지만 피로함이 묻어 있음. **10**)해초(海綃) : 전설 중의 바다상어가 짠 명주, 곧 가볍고 얇은 아주 귀한 춤옷. 홍문(紅文) : 춤추는 여자들이 입은 붉은색 꽃무늬 새겨진 춤옷. **11**)황아(黃鵝) : 노란 적삼을 입은 춤추는 여자. 질무(跌舞) : 춤추는 자태. 천년굉(千年觥) : 술잔을 들어 장수를 축원함. **12**)촉수(燭樹) : 燭臺는 仙人 모양으로 만들었는데, 손으로 들면 나무와 같은 까닭에 그리 부름. **13**)청금(靑琴) : 신화 중의 神女로, 여기에서는 궁녀를 말함.

낙양의 진주 아가씨 (洛姝眞珠)[1]

이 시는 원화 3년을 전후로 하여 낙양에서 지은 궁체시로, 사모하는 님을 애타게 그리워하는 여성의 심리를 아주 섬세한 필치로 묘사하고 있다.

낙양(洛陽)의 진주(眞珠) 아가씨는 푸른 요곽에 있는데
낙원(洛苑)의 향기로운 바람은 한가하게 불어오네
차가운 귀밑머리에 꽂은 옥연(玉鷰) 빛나고
높은 누각에서 달을 보며 노래 부르면 허리에 달린 옥구슬 울리네
난에 부는 바람과 계수나무에 맺힌 이슬은 난과 계수나무의 이파리 씻고
붉은 쟁현(箏弦)은 간드러지고 구름은 수심에 젖네
화사한 옷 입은 백마 탄 소년 돌아오지 않으니
버들잎 눈썹, 향기로운 입술은 골몰해 있는 듯하네
금 거위 수놓은 병풍 펼치고 촉산(蜀山)의 즐거움을 꿈꾸는데
난새 수놓은 치마, 봉황 허리띠, 흐르는 구름은 무겁게만 느껴지네
팔방 창문에 비치는 햇빛은 조금씩 움직이면서
무성히 흩어져 엷은 비단 뚫고 들어오네
시남(市南) 곡맥(曲陌)엔 쓸쓸한 가을 기운 없고

초녀(楚女)의 허리, 위 황후(衛皇后)의 머리는 일 년 내내 향기롭구나

옥의 구멍 깊고 길어 햇빛을 밀치면

구름과 눈을 이끌고 육랑(陸郎)에게 머무르는구나

眞珠小娘下青廓[2]　　洛苑香風飛綽綽
寒鬢斜釵玉鷰光　　高樓唱月敲懸璫[3]
蘭風桂露洒幽翠[4]　　紅絃裊雲咽深思
花袍白馬不歸來[5]　　濃蛾疊柳香脣醉
金鵝屏風蜀山夢[6]　　鸞裙鳳帶行煙重
八窓籠晃瞼差移　　日絲繁散曛羅洞
市南曲陌無秋凉[7]　　楚腰衛鬢四時芳[8]
玉喉篠篠排空光　　牽雲曳雪留陸郎[9]

---

1)낙주(洛姝) : 洛陽의 미인. 2)청곽(青廓) : 푸른 요곽. 3)창월(唱月) : 달을 마주하고 노래함. 현당(懸璫) : 허리에 매단 장식품 구슬. 4)유취(幽翠) : 난과 계수나무의 잎. 5)화포백마(花袍白馬) : 진주가 사모하는 소년. 6)금아병풍(金鵝屏風) : 거위가 수놓아진 병풍. 촉산(蜀山) : 신선이 산다는 巫山을 말함. 7)시남(市南)·곡맥(曲陌) : 기녀들이 사는 곳. 무추량(無秋凉) : 외롭고 적막할 때가 없음. 8)초요(楚腰) : 『한비자』에 따르면 楚 靈王은 가는 허리의 여자를 좋아하여, 굶어죽은 여자가 많았다 함. 위빈(衛鬢) : 『태평어람』에 의하면, 衛 皇后의 字는 子夫로 무제의 옷 시중을 들다 행운을 얻었는데, 武帝가 머리를 풀어헤친 것을 보고 기뻐한 연유로 后가 되었다 함. 9)육랑(陸郎) : 화류계에서 노는 남자.

말 달리며 부르는 노래

(走馬引) 이 시는 시인이 遊俠할 때 사용했던 보검에 대한 감회를 읊고 있다. 전체적으로 구름을 자를 수 있을 정도의 뛰어난 보검을 지닌 시인의 의기양양한 모습과, 자신에 대한 강한 자부심이 농후하게 깔려 있다. 다만 시의 끝 두 구에 가서 그처럼 뛰어난 보검이 다른 사람들을 찌르는 것만 알지, 불현듯 자신까지도 노리고 있음을 알지 못한다는 경각심까지도 놓치지 않고 있다. 이 시는 비애 의식이 거의 나타나지 않는 반면, 시인의 강한 자부심과 씩씩한 기상이 농후하게 표출된 보기 드문 작품이다.

나에겐 보검이 있는데	我有辭鄕劍
옥처럼 빛나는 칼끝으로 구름을 자를 수 있네	玉鋒堪截雲[1]
양양에 말 달리는 나그네	襄陽走馬客[2]
득의하니 절로 활기 솟네	意氣自生春
아침에는 칼이 깨끗해지는 것 싫어하고	朝嫌劍花淨
저녁에는 빛이 차가워지는 것 싫어하네	暮嫌劍光冷
칼이 사람을 향할수록	能持劍向人
자신을 비추는 것은 모르네!	不解持照身

1)옥봉(玉鋒) : 칼끝이 옥처럼 깨끗함. 절운(截雲) : 구름을 자름. 2)양양(襄陽) : 지금 湖北省 襄樊.

남원 열세 수 · 넷째 (南園十三首 − 其四)

「남원십삼수」는 이하가 원화 8년(813) 창곡에서 지은 작품으로, 7언 4구의 열세 수로 이루어진 연작시이다. 이 시는 그 가운데 네번째 작품으로, 경제적인 궁핍으로 인하여 겪게 되는 정신적인 고충을 함축적으로 노래하였다. 너무나 굶주렸기에 봄에 막 돋아난 푸성귀조차 먹으려 하고, 생면부지의 노인이 불쌍히 여겨 병법서를 건네주면서 武官이라도 되라는 권유에 귀가 솔깃해지는 시인의 모습은 너무나 애처롭다.

서른은 못 되고 이십은 넘었는데	三十未有二十餘
반나절 굶주리니 막 돋아난 푸성귀조차 먹는구나	白日長飢小甲蔬[1]
다리 위 노인이 불쌍히 여겨	橋頭長老相哀念
병법서 한 권을 내게 건네주네	因遺戎韜一卷書[2]

1)백일(白日) : 대낮. 갑소(甲蔬) : 막 돋아난 푸성귀. 2)융도(戎韜) : 兵法書.

남원 열세 수 · 다섯째 (南園十三首 – 其五)

元和 초에는 藩鎭의 발호가 극심해 당시 조정에는 문인을 경시하고 무예를 중시하는 '重武輕文' 현상이 일어났으며, 문인 중에도 정벌에 참가하여 공적을 세우려는 풍조가 형성되었다. 이 시는 이러한 정치 · 사회적 배경 아래 번진이 발호하는 현실에서, 직접 전쟁에 참가할 수 없어 공을 세울 기회가 없는 비애를 읊고 있다. 특히 두 개의 의문구를 통해 암울한 시대 상황에서 공을 세울 어떤 방도도 찾지 못하고 살아가야만 하는 시인의 처절한 무능함을 역설적으로 강조하고 있음이 특색이다.

사내 대장부로 오구(吳鉤) 차고

관산 오십 주를 수복하려는 전쟁에 어찌 참가하지 못했는가!

그대 한번 능연각(凌煙閣)에 올라 보게나

어느 서생이 만호후(萬戶侯)에 봉해졌던가를?

男兒何不帶吳鉤[1]　　收取關山五十州[2]

請君暫上凌煙閣[3]　　若箇書生萬戶侯[4]

---

1)오구(吳鉤) : 휘어진 칼. 여기에서는 보검을 말함. 2)오십주(五十州) : 藩鎭이 할거하여 점령한 河南北 오십 주로, 당시 憲宗의 통치가 불가능했던 지역. 3)잠상(暫上) : 한번 오르다. 능연각(凌烟閣) : 唐 太宗 貞觀 17년(643) 공신들을 포상하기 위해서 지은 殿閣. 4)만호후(萬戶侯) : 食邑 만 호의 侯爵.

남원 열세 수 · 여섯째 (南園十三首 – 其六)

이 시 역시 나날이 번진이 발호하는 현실에서, 시 짓는 일을 생업으로 살아가야만 하는 무능한 시인의 비애를 읊고 있다. 다만 앞 시와 다르다면 암울한 시대 상황에서 직접 토벌에 참가하여 공적을 세워 출세하고 싶은 욕구보다는, 시 짓는 일을 생업으로 살아가야만 하는 슬픈 운명과 난세에 시인의 존재란 아무런 쓸모가 없다는 절망감과 체념이 더욱 짙다는 것이다.

문장 찾고 문구 뽑으며 글 다듬는 일, 늘 하다 보면	尋章摘句老彫蟲[1]
새벽달은 주렴 밖에 하현달로 걸려 있구나	曉月當簾挂玉弓[2]
그대는 요동에 해마다 군대 보내는 것 보지도 못했는가?	不見年年遼海上[3]
문장은 어디에서 가을 바람을 슬퍼하리오?	文章何處哭秋風[4]

---

1)노조충(老彫蟲) : 揚雄의 『法言』에 따르면, 어떤 사람이 '내 자식은 어린데 賦를 좋아할까' 라고 묻자 '당연하지. 아이들은 벌레 모양이나 篆書를 조각하듯이 미사여구로 문장을 꾸미는 일을 좋아하는데, 장부들은 그러하질 않네' 라 하였다 함. 老는 '언제나' 란 뜻. **2)**옥궁(玉弓) : 하현달. **3)**요해(遼海) : 요동반도. **4)**곡추풍(哭秋風) : 문장을 써 슬픈 가을의 감정을 서술함.

第二卷

금동선인이 한나라를 떠나며 부르는 노래(金銅仙人辭漢歌 – 幷序)[1]

이 시는 원화 8년(813), 이하가 병을 핑계로 봉예랑직을 사직하고 장안을 떠나 고향으로 돌아오면서 지은 그의 대표적인 작품의 하나이다. 시인은 최고 통치자의 장생불사의 허망함을 借古諷今, 즉 과거의 역사를 빌어 현재를 풍자하고 있다. 특히 시인은 금동선인을 인간과 똑같은 감정을 지닌 대상으로 인식하고 있으며, '하늘도 정이 있다면 하늘 역시 늙었으리(天若有情天亦老)' 라는 시구를 통해서, 감정이 있는 인간은 얼마나 슬프겠느냐고 반문하고 있다.

위 명제는 청룡 9년 8월에 신하에게 조서를 내려 수레를 끌고 서쪽으로 가, 한 효무제 때의 봉로반선인을 가져와서 궁전 앞에 세워 놓고자 하였다. 신하가 쟁반을 뜯어 내고 수레에 실을 때, 선인이 눈물을 흘렸다. 이에 당 왕조의 후손인 이장길이 「금동선인사한가」를 짓기에 이른다. 魏明帝靑龍九年八月,[2] 詔宮官牽車西, 取漢孝武捧露盤仙人, 欲立置前殿. 宮官旣坼盤仙人臨載, 乃潸然淚下, 唐諸王孫李長吉,[3] 遂作「金銅仙人辭漢歌」.

무릉에 묻힌 추풍객 한 무제는	茂陵劉郞秋風客[4]
밤중에 말 울음 들리더니 새벽 되자 간 곳 없네	夜聞馬嘶曉無跡
채색 난간과 계수나무에는 가을 향기 감돌고	畵欄桂樹懸秋香
서른여섯 옛 궁궐엔 이끼만 파랗구나	三十六宮土花碧[5]
위(魏)나라 관졸이 수레를 끌고 천리길 향할 때	魏官牽車指千里
동관에 부는 쓸쓸한 바람은 선인의 눈동자 찌르네	東關酸風射眸子

다만 한(漢)나라 달을 따라 처량히 궁문을 나서려니	空將漢月出宮門
님 생각에 흘리는 맑은 눈물은 납물 같구나	憶君淸淚如鉛水[6]
쇠잔한 난초도 함양길에서 선인을 전송하는데	衰蘭送客咸陽道[7]
하늘도 정이 있다면 하늘 역시 늙었으리라!	天若有情天亦老
승로반(承露盤) 들고 홀로 나서니 달빛은 황량하고	携盤獨出月荒凉
위성(渭城) 이미 멀어지니 강물 소리도 잦아지네	渭城已遠波聲小[8]

---

1)금동선인(金銅仙人) : 한 무제는 높이가 20丈 크기가 7圍 정도 되며, 承露盤을 높이 들고 있는 금동선인을 제작하여 신선을 구하였음. **2)**위명제(魏明帝) : 삼국시대 魏의 제2대 왕인 曹睿로, 자는 仲元이고 曹조의 아들. 청룡(靑龍) : 위 명제의 연호. **3)**당제왕손(唐諸王孫) : 이하는 당 鄭王 李元懿의 후예로, 여기에서는 자신을 지칭함. **4)**무릉(茂陵) : 한 무제가 묻힌 陵墓로, 지금 陝西省 興平縣 동북쪽에 있음. 유랑(劉郞) : 한 무제 劉徹. 그는 장생불사를 꿈꿔 옥쟁반의 이슬을 먹으면 신선이 될 수 있다고 생각하여 建章宮에 神明臺를 세우고, 대 위에 金銅仙人을 만들었다. 그의 대표작으로 「秋風辭」가 있어, 그를 '秋風客' 이라 칭함. **5)**삼십육궁(三十六宮) : 한대에 長安의 林苑에는 離宮別館이 36군데 있었음. **6)**군(君) : 한 무제. 연수(鉛水) : 눈물이 납처럼 무거운 것을 형용함. **7)**객(客) : 금동선인. 함양도(咸陽道) : 장안성 밖의 길. **8)**위성(渭城) : 秦代의 도성인 咸陽. 한대에는 함양을 위성이라 불렀음.

영원함을 노래함 (古悠悠行)

이 시는 해가 지면 달이 뜨고 바닷모래가 돌이 되는 자연의 변화를 통해 시간의 빠름을 한탄하고, 아울러 진 시황과 한 무제가 염원한 장생불사는 한갓 망령된 짓임을 우회적으로 풍자하고 있다. 이 시에서 주목할 점은 천 년이라는 긴 시간도 바람따라 가 버릴 정도로 허무한 것이라고 인식하는 시간 관념이다. 그런데 이 같은 허무주의적 시간 관념은 일생 동안 죽음에 대해 매우 예민했고 늘 강박관념에 젖어 있던 시인의 정황으로 미루어 볼 때, 인간은 오래 살건 요절하건 간에 누구나 죽음을 맞게 되고, 삶은 찰나적인 것에 지나지 않음을 상기시켜 주는 것이라 하겠다.

해가 서산에 지면	白景歸西山[1]
달은 푸른 구름 몰고 떠오르네	碧華上迢迢[2]
고금은 어디에서 끝날 것인가?	今古何處盡
천 년 세월도 바람따라 흩날리는데	千歲隨風飄
바닷모래는 변하여 돌이 되고	海沙變成石
진교(秦橋)에는 물고기 거품만 불어오네	魚沫吹秦橋[3]
하늘 빛이 아득히 흘러가면	空光遠流浪[4]
구리 기둥도 해마다 삭으리라	銅柱從年消[5]

---

1)백경(白景) : 태양. **2)**벽화(碧花) : 달빛에 비친 푸른색 구름이라는 의미이나, 여기서는 달을 가리킴. **3)**진교(秦橋) : 진 시황이 바다에 들어가 신선을 구하고자 靑城山에 만들어 놓은 돌다리로, 바닷속으로 30리나 들어가 있다 함. **4)**공광(空光) : 하늘 빛. **5)**동주(銅柱) : 한 무제는 建章宮에 큰 구리 기둥을 만들고 그 위에 金銅仙人捧露盤을 설치하여 장생불사를 구했다 함. 종년(從年) : 해마다.

황두랑 (黃頭郎)

떠나간 남편을 그리는 閨情은 중국시의 가장 전통적인 주제 가운데 하나로, 「古詩十九首」에서부터 唐詩에 이르기까지 줄곧 시인들의 주요 테마였다. 이 시는 뱃사공 황두랑을 애타게 그리워하는 여인의 규정을 절실히 나타낸 작품으로, 함축적인 시어와 감각적인 비유가 돋보인다.

황두랑이여!	黃頭郎[1]
출렁이는 배는 가서 돌아오지 않네	撈攏去不歸[2]
남포에는 연꽃 그림자 어른거리고	南浦芙蓉影[3]
수심에 찬 홍화는 홀로 고개 숙였네	愁紅獨自垂
잔물결은 상아(湘娥) 노리개 흔드는 듯	水弄湘娥珮
대나무 슬피 울면 산등성이에 달 떠오르네	竹啼山露月
거문고로 「청문곡」 뜯으니	玉瑟調青門[4]
구름은 노란 갈포를 적시는구나	石雲濕黃葛[5]
강나루 모랫길엔 천궁이 피었는데	沙上蘼蕪花[6]
가을바람은 어느새 불고 있구나	秋風已先發
비단 요 잘 꺼내어 청소하고	好持掃羅薦[7]
향 피어오르니 원앙 향로 따사로워지네	香出鴛鴦熱[8]

1)황두랑(黃頭郞) : 뱃사공. 옛날 사람들은 土가 水를 이긴다고 여겨, 뱃사공들은 모두 황색의 모자를 썼기에 그리 불림. 2)노롱(撈攏) : 흔들리는 배가 요동침. 3)남포(南浦) : 옛사람들은 이별하던 곳을 흔히 남포라 칭했는데, 여기에서는 강변이나 해변을 말함. 부용(芙蓉) : 연꽃. 여기에서는 미인을 가리킴. 4)옥슬(玉瑟) : 애지중지하는 거문고. 청문(靑門) : 노래 이름. 5)석운(石雲) : 구름이 돌에서 생겨난다고 하여 붙여진 이름. 6)미무(蘼蕪) : 천궁의 香草의 한 가지. 7)호지(好持) : 잘 꺼냄. 나천(羅薦) : 비단으로 만든 요, 혹은 방석. 8)원앙(鴛鴦) : 원앙 모양의 향로가 따사로워짐.

마시 스물세 수 · 둘째 (馬詩二十三首 - 其二)

「마시이십삼수」는 이하가 말(馬)에 의탁하여 치열한 현실 인식과 자신의 懷才不遇에 따른 비애 의식을 읊은 5언 4구로 이루어진 23수의 연작시이다. 이 시는 두번째 작품으로, 여기에서 시인은 말이 극도로 굶주리면 주둥이가 가시에 찔려 피투성이가 될지라도 우선 먹고 볼 것이라는 극단적인 세계관을 표출하고 있다. 특히 '장안의 거리에 쌓인 눈은 소금처럼 짜기만 하구나(天街雪似鹽)' 라는 표현은 시인의 경제적 궁핍이 얼마나 심했는지를 단적으로 말하는 시구로, 여러 날 굶주려 있는 시인의 모습이 선명하게 떠오르는 듯하다.

음력 12월엔 풀뿌리도 달다던데　　臘月草根甛[1)]

장안 거리에 쌓인 눈은 소금처럼 짜기만 하구나　　天街雪似鹽[2)]

부드러운지 딱딱한지도 모르면서　　未知口硬軟

우선 당장 납가새 먹으려고만 하네　　先擬蒺藜銜[3)]

---

1)납월(臘月) : 음력 12월. 초근첨(草根甛) : 음력 12월이 되면 풀잎은 다 시들었지만, 뿌리는 단맛이 난다. 곧 먹을 수 있음을 비유. 2)천가(天街) : 장안의 거리. 3)질려(蒺藜) : 납가새. 땅에 넓게 퍼져 덩굴져 자라며 잎은 가늘고 열매는 삼각형으로 가시가 있음.

마시 스물세 수 · 셋째 (馬詩二十三首 – 其三)

이 시는 周나라 穆王이 천하를 순시할 때 여덟 마리의 준마를 함께 모아 수레를 끌게 했는데, 그 가운데 赤驥만 유독 천자의 은총을 많이 받았음을 노래하고 있다. 하지만 시인이 말하고자 하는 의도는, 당시 조정에 훌륭한 인재가 등용되기는커녕 오히려 좌절당하는 인재들이 무수히 많았던 사회적 병폐를 꼬집는 데 있다.

문득 주나라 목왕(穆王)이 떠올라서	忽憶周天子[1]
마차를 몰아 옥산(玉山)에 오르네	驅車上玉山[2]
수레 방울 소리 말발굽 소리 봉원(鳳苑)을 떠나는데	鳴騶辭鳳苑[3]
적기(赤驥)가 가장 은총을 받았다 하네	赤驥最承恩[4]

---

1)주천자(周天子) : 주나라 제5대 왕인 穆王. 이름은 姬滿. **2)**옥산(玉山) : 西王母가 살았다는 산. **3)**명추(鳴騶):수레와 말이 달릴 때 나는 수레 방울 · 말발굽 소리. 봉원(鳳苑) : 宮苑. **4)**적기(赤驥) : 목왕이 천하를 순시할 때 수레를 끈 여덟 마리 駿馬의 하나. 『穆天子傳』에 따르면, 여덟 마리의 준마는 적기를 비롯하여 盜驪 · 白義 · 踰輪 · 山子 · 渠黃 · 驊騮 · 綠耳로, 적기는 이 가운데 가장 뛰어났다 함.

마시 스물세 수 · 넷째 (馬詩二十三首 – 其四)

이 시는 시인의 회재불우에 따른 비애 의식을 읊은 작품이다. 먼저 시인은 당나라 왕실의 후예로서, 매우 뛰어난 詩才를 지니고 있는 인물임을 '非凡馬'와 '房星'으로 각각 비유하고 있다. 반면에 훌륭한 가문의 출신으로 뛰어난 인재임에도 불구하고 지독한 가난과 기나긴 병마의 고통을 겪어야만 하는 처량한 신세를 '瘦骨'로 비유하여 그 비애 의식을 한층 강조하고 있다.

이 말은 보통 말이 아니며	此馬非凡馬
방성(房星)이 말의 정기였다네	房星是本星[1]
옛날에 훌륭한 말 두드리면	向前敲瘦骨[2]
저절로 구리 소리 울렸다네	猶自帶銅聲

---

1)방성(房星) : 二十八宿의 하나. 蒼龍七宿의 넷째 별자리로서 네 별로 구성되었으며, 車馬를 맡았다고 함. 2)수골(瘦骨) : 매우 수척한 준마. 준마는 일반적으로 수척했기 때문에 그리 부름.

마시 스물세 수 · 다섯째 (馬詩二十三首 – 其五)

이 시는 말을 빌어 강한 立功 의욕을 완곡하면서도 함축적으로 표출하고 있는 작품으로, 앞서 감상했던 「남원십삼수 · 기오」와 그 내용이 비슷하다. 다만 차이가 있다면 「남원십삼수 · 기오」가 직접적으로 정치적 포부를 강하게 표출하고 있는 데 반하여, 이 작품은 다양한 비유와 뛰어난 상상력으로 그것을 노래하고 있다는 점이다.

눈처럼 흰 사막의 모래	大漠沙如雪
갈고리처럼 굽은 연산(燕山)의 달	燕山月似鉤[1]
어느 때라도 금낙뇌(金絡腦)를 얻을 수만 있다면	何當金絡腦[2]
질주하여 시원한 가을을 디딜 것인데	快走踏淸秋

1)연산(燕山) : 燕然山으로, 지금 몽고 국경 내의 杭愛山. 2)금락뇌(金絡腦) : 황금 혹은 금속으로 만든 말 굴레.

마시 스물세 수 · 스물셋째 (馬詩二十三首 – 其二十三)

이 시는 「마시이십삼수」 가운데 시인의 치열한 현실 인식이 표출된 대표적인 작품이다. 漢 武帝의 고사를 빌어 장생불사에 빠진 憲宗의 염원은 결국 '자줏빛 연기만 얻을' 뿐 결코 그 뜻을 이룰 수 없음을 강하게 비판하고 있다.

한 무제는 신선을 좋아하여	武帝愛神仙
황금을 태웠지만 자줏빛 연기만 얻었네	燒金得紫煙
마구간 안에는 모두 살찐 말 뿐이라	廐中皆肉馬[1]
푸른 하늘에 오를 방법 알지 못하네	不解上青天

---

1)육마(肉馬) : 보통 말, 혹은 살찐 말.

노부가 옥을 캐면서 부르는 노래(老夫採玉歌)

이 시는 이하의 대표적인 작품 가운데 하나로, 표면상으로는 낭만주의 정신을 한껏 표출하면서도 내용상에 있어서는 옥을 캐는 늙은이들의 비참한 현실과 고통을 읊은 풍유시이다. 더욱이 이 작품의 특징은 당시 사회의 가장 하층민에 속하는 옥을 캐며 살아가는 늙은이를 주인공으로 삼아, 그들이 당하는 삶의 고통을 민중의 고통으로 확대시킴과 동시에, 그들이 힘겨운 삶을 꾸릴 수밖에 없는 요인이 귀족 부인들의 지나친 허영을 충족시키는 데 있음을 우회적으로 풍자하는 것에 있다.

옥을 캐고 캐어도 수중(水中)의 벽옥은 더 필요하며

갈고 다듬어 보요(步搖) 만들면 속절없이 아름답구나

옥 캐는 늙은이 추위에 굶주리면 수중(水中)의 용도 근심하는데

남계(藍溪)는 물 맑을 때 없구나

비 내리는 밤 산기슭에서 노숙하며 개암을 먹으니

두견새는 피를 토하고 옥 캐는 늙은이는 눈물 흘리네

남계의 물은 옥 캐는 사람들을 싫어하니

죽어 천 년이 흐른다 해도 남계의 물 원망하리라

산비탈 측백나무는 비바람에 울부짖는데

샘 밑에 매단 한 가닥 줄은 푸른 실처럼 늘어져 있네

쓸쓸한 초가에서 사랑스런 아이들 그리워하건만

낡은 대의 돌계단에는 현장초만 자라 있구나

採玉採玉須水碧　　琢作步搖徒好色[1]

老夫飢寒龍爲愁　　藍溪水氣無淸白[2]

夜雨岡頭食蓁子　　杜鵑口血老夫淚

藍溪之水厭生人[3]　　身死千年恨溪水

斜山柏風雨如嘯　　泉脚挂繩青裊裊[4]

村寒白屋念嬌嬰[5]　　古臺石磴縣腸草[6]

---

1)보요(步搖) : 고대 부녀자들의 머리 장식품으로, 걸어다닐 때마다 매달린 구슬이 흔들리면서 영롱한 소리가 남. **2)**남계(藍溪) : 좋은 옥이 나는 藍田으로, 지금 陜西省 藍田 동남쪽에 있는 산. **3)**생인(生人) : 옥 캐는 사람들. **4)**천각(泉脚) : 샘 밑. 요뇨(裊裊) : 줄이 움직이는 모양. **5)**백옥(白屋) : 띠와 풀로 엮은 집. **6)**석등(石磴) : 산길의 돌계단. 현장초(縣腸草) : 일명 思子草, 혹은 離別草.

상심해서 부르는 노래 (傷心行)

이 시는 원화 7년(812) 이하가 봉예랑직을 두 해째 수행하고 있을 때 장안에서 지은 작품으로, 한편의 슬픈 영화를 보듯이 매우 서정적이면서도 비애 의식으로 가득 차 있다. 특히 '비바람에 소리 내어 우는 나뭇잎', '희미한 등불 아래 날리는 머리카락', '춤추는 불나비' 등은 절망적인 슬픔에 쌓이고, 병고에 시달리는 가운데서도 끝없이 비상하고자 하는 시인의 복잡 미묘한 심정을 절실히 묘사하고 있다.

슬피 울며 초사(楚辭)를 배우고	咽咽學楚音[1]
몸이 병드니 서글프고 쓸쓸하기 그지없네	病骨傷幽素[2]
쇠약한 얼굴에 머리카락 세어 가고	秋姿白髮生[3]
나뭇잎은 비바람에 소리 내어 우네	木葉啼風雨
꺼져 가는 희미한 등불에는 기름이 떨어져 가는데	燈青蘭膏歇[4]
가물거리는 불꽃에 불나비는 춤을 추네	落照飛蛾舞
옛 벽에는 엉긴 먼지가 생기는데	古壁生凝塵
나그네의 넋은 꿈속에서조차 중얼대네	羈魂夢中語[5]

1)인인(咽咽) : 슬피 우는 소리. 초음(楚音) : 전국시대 楚나라의 屈原과 宋玉 등의 賦를 모아 놓은 『楚辭』. 2)유소(幽素) : 쓸쓸함, 혹은 적막함. 3)추자(秋姿) : 쇠약한 얼굴. 4)등청(燈青) : 등잔의 기름이 다하여 푸른색 불꽃이 나오는 것. 난고(蘭膏) : 좋은 향기가 나는 기름. 5)기혼(羈魂) : 나그네의 넋.

황가동(黃家洞)[1] 이 시는 한편으로는 황가동의 蠻族들이 당의 관군에 대항하여 용감히 싸우는 모습에 찬사를 보내면서, 한편으로는 唐의 관군이 功績을 위장하기 위해 무고한 容州 토착민들을 살상하는 가증스러움을 풍자하고 있다. 이 시에서 가장 주목할 점은 시인의 강도 높은 현실 비판이다. 시인은 혁명적이라고 할 만큼 당나라를 침입하여 관군을 죽이는 황가동 군대의 용맹과 민첩성에 대하여 찬사를 보내고 있다. 그 대신에 아무런 죄가 없는 용주의 주민을 죽여서까지 공적을 탐내는 관군의 비행에 대해서는 과감히 비판하고 있다. 다만 혼동하지 말아야 할 점은, 황가동 군대에 대한 찬사는 국가와 백성의 안녕을 지켜 줘야 하는 관군이 아무 죄 없는 동포까지도 죽이면서 전공을 탐내야만 하는 비인간적인 현실은 더 이상 희망이 없다는 것을 역설하는 방편에 불과하다는 것이다.

참새 걸음으로 싹싹 모래 위를 걸으며

사 척 길이 각궁(角弓)을 만들고 푸른 돌로 화살촉을 만드네

검은 깃발 세 번 흔들고 구리 북 둥둥 울리며

날카로운 원숭이 소리를 내고 화살통 흔드네

비단 수건 다리에 매니 폭건을 반쯤 기울인 듯

시내 어귀에 군사 모이니 칡꽃 같구나

산 못에 저녁 안개 내려 흰 악어 울부짖으면

푸른빛 독사와 나는 독충은 금사독(金沙毒)을 쏘는구나

한가롭게 죽마(竹馬)를 몰아 유유히 황가동으로 돌아가면

관군은 몸소 용주(容州) 주민을 죽이네

雀步蹙沙聲促促[2)]　　四尺角弓青石鏃

黑幡三點銅鼓鳴[3)]　　高作猿啼搖箭箙

綵巾纏骹幅半斜　　溪頭簇隊映葛花[4)]

山潭晩霧吟白鼉[5)]　　竹蛇飛蠹射金沙[6)]

閑驅竹馬緩歸家[7)]　　官軍自殺容州槎[8)]

---

1)황가동(黃家洞) : 지금 廣西 邕寧縣 일대에 거주하던 소수 민족. '黃洞蠻' · '西原蠻' 으로 불린 이들은 唐 官府의 억압이 심해지자 德宗 貞元 연간과 憲宗 元和 연간에 군사를 일으켜 唐 왕조에 대항했음. 2)작보(雀步) : 참새처럼 뛰는 걸음걸이로, 정벌하는 발걸음이 가볍고도 민첩함을 형용함. 촉촉(促促) : 모래 위에서 급히 출발하는 소리. 3)동고(銅鼓) : 고대 남방 소수 민족은 구리를 주조해 큰북을 만들어 전쟁할 때 이 북을 울려서 군중을 모았음. 4)족대(簇隊) : 대오를 형성함. 5)음(吟) : 울부짖음. 백타(白鼉) : 흰 악어. 猪婆龍이라고도 함. 6)죽사(竹蛇) : 독사의 일종인 竹葉青蛇. 여기에서는 황가동 사람들을 말함. 사금사(射金沙) : 고대 전설 중에 蜮이라는 毒物이 있었는데, 모래를 머금어 사람들에게 쏘면 사람들이 죽는다고 함. 7)죽마(竹馬) : 황가동 사람들이 타던 말. 완귀가(緩歸家) : 유유히 황가동으로 돌아감. 8)용주(容州) : 지금의 廣西省 容縣. 사(槎) : 용주의 토착민.

남산의 밭에서 부르는 노래(南山田中行)

이 시는 이하가 원화 8년(813)에 지은 것으로, 맑으면서도 밝고, 淸新하면서도 幽冷한 남산의 가을 정경을 읊고 있는 그의 대표적인 神怪詩이다. 특히 시인은 다양한 색채와 선명한 형상화를 통해 음산하고 鬼氣感이 감도는 남산의 가을 정경을 마치 한 폭의 그림처럼 그리고 있다. 다시 말해 가을 들판과 바람을 '밝음(明)'과 '흰(白)' 것으로 각각 상징하여, 만물이 시드는 계절인 가을을 밝고 활기찬 이미지로 바꿔 더욱 황량하고도 스산한 가을을 만들어 내고 있다. 또 검은 옻나무를 도깨비불로 형상화하여 음산함을 증폭함과 아울러 가을 소나무 숲 속에 도깨비불이 어지럽게 춤추는 시적 효과를 증폭시키고 있다.

가을 들판 훤하며	秋野明
가을 바람 하얗고	秋風白[1]
못의 물은 졸졸, 풀벌레는 찍찍	塘水漻漻蟲嘖嘖
구름 아래 이끼는 산 위 바위까지 나 있고	雲根苔蘚山上石
가을 꽃 이슬에 젖으니 흐느끼는 여인 같구나	冷紅泣露嬌啼色[2]
황량한 구월 논에 벼는 어지럽게 흩어져 있으며	荒畦九月稻叉牙[3]
개똥벌레 낮게 날며, 밭두렁 길은 비스듬하게 나 있네	蟄螢低飛隴逕斜[4]
물은 바위틈으로 흐르고 샘물은 모래를 적시며	石脈水流泉滴沙[5]
옻칠 같은 도깨비불은 소나무 숲을 비추네	鬼燈如漆照松花[6]

1)추풍백(秋風白) : 옛사람들은 흰색을 가을을 상징하는 것으로 여김. **2)**냉홍(冷紅) : 추운 가을날 핀 꽃. **3)**황휴(荒畦) : 황량한 들판. 차아(叉牙) : 윗부분이 들쭉날쭉하여 가지런하지 않은 모양. **4)**칩형(蟄螢) : 개똥벌레가 차가운 기운에 젖어 그 빛이 밝지 않은 것을 말함. **5)**석맥(石脈) : 바위 틈. **6)**귀등(鬼燈) : 도깨비불. 송화(松花) : 소나무 숲.

환관 사령관이 밤 지샐 때까지 즐김 (貴主征行樂)[1]

이 시는 환관 사령관이 번진을 토벌하는 총수가 되어 저지르는 비행을 비판한 풍유시다. 환관 사령관들은 黃銅 갑옷은 물론 깃발과 香幹에 황금 잎사귀를 장식할 정도로 극심한 사치를 일삼는 것도 모자라 술과 여자에 빠지는 극도의 방탕을 자행한다. 이 시에서 시인은 환관 사령관을 '여자 종(奚)'으로 비유할 만큼 매우 깔보고 있으며, 환관 사령관 한 사람으로 인해 야기되는 문제는 바로 최고 통치자의 그릇된 인사 정책에서 비롯된 것임을 은근히 풍자하고 있다.

말 탄 환관 사령관은 놋쇠로 이은 갑옷 입고	奚騎黃銅連鎖甲[2]
비단 깃발과 향간(香幹)에 황금 잎사귀 치장하네	羅旗香幹金畵葉[3]
하양성에 주둔한 관군은 술에 취해 있고	中軍留醉河陽城[4]
교태 지으며 우는 자연마(紫鷰馬)는 꽃 밟으며 가네	嬌嘶紫鷰踏花行[5]
봄 군영에 말 탄 장수는 홍옥 같고	春營騎將如紅玉[6]
말 달리며 채찍 휘두르며 푸른 허공에 오르네	走馬捎鞭上空綠
달빛 받은 낮은 담장에선 뿔피리 울려 퍼지고	女垣素月角咿咿[7]
아장(牙帳)을 밀치지도 않고 금의(錦衣)를 나누어주네	牙帳未開分錦衣[8]

1)귀주(貴主) : 宦官의 사령관. 2)해(奚) : 여자 종, 곧 환관 사령관. 당대에는 환관에 掖庭·宮闈·奚官·內仆·內府 등 五局이 있었음. 3)향간(香幹) : 香木으로 만든 깃대. 4)중군(中軍) : 환관 사령관이 있는 군영. 하양성(河陽城) : 지금 河北省 孟縣. 5)자연(紫鷰) : 훌륭한 말. 6)홍옥(紅玉) : 원래 女色을 지칭하지만, 여기에서는 말 탄 환관 사령관이 술에 취해 여자와 같음을 말함. 7)여원(女垣) : 女墻, 곧 성 위에 쌓은 낮은 담. 8)아장(牙帳) : 本營에 친 장막으로, 대장군의 깃발인 牙旗를 세웠으므로 그리 부름.

술자리를 끝내고 장대철을 찾아 시를 드리다 -

이때 장철은 처음 노주막부라는 벼슬에 나갔다 (酒罷張大徹索贈 – 時張初效潞幕)[1] 이 시는 원화 9년(814), 이하가 25세 되던 가을에 지은 작품이다. 당시 그는 봉예랑직을 사직한 뒤라 심각한 경제적 궁핍에 허덕이고 있었기에, 潞州幕府로 있던 친구 장철에게 의탁하여 가족을 돌보고 있었다. 그래서 이 시에는 가족들의 호구를 해결하기 위해 머나먼 노주까지 와서 친구에게 의지해야만 하는 비참한 타향살이를 하니 '주막 난간에 기대어 있어도 심사가 뒤틀린다(酒闌感覺中區窄)'고 처참한 그 심정을 솔직하게 밝히고 있다.

긴 수염 기른 장랑(張郎)은 38세로	長鬣張郎三十八[2]
하늘에서 보낸 사람처럼 시가 화려하네	天遣裁詩花作骨[3]
오가는 사람 가운데 누가 용두인(龍頭人)인가?	往還誰是龍頭人[4]
공주는 어수홀(魚鬚笏)을 잡게 해 주었다 하네	公主遣秉魚鬚笏[5]
태항산(太行山)에서 벼슬을 시작하고	太行青草上白衫[6]
상자 안에는 임금께 올릴 글월 누에처럼 빽빽하네	匣中章奏密如蠶
금마문(金馬門)과 석거각(石渠閣) 아래 그대 있음을 알겠고	金門石閣知卿有[7]
해태 모서리엔 계향(鷄香)을 조만간 머금으리	豸角鷄香早晚含[8]
농서(隴西) 사람 나는 실의에 찬 나그네 되었으니	隴西長吉摧頹客[9]
주막 난간에 기대어 있어도 심사가 뒤틀리네	酒闌感覺中區窄[10]
가을 조성(趙城)에 해진 칡옷 입고서	葛衣斷碎趙城秋[11]

동방이 밝아오도록 밤새 시만 읊네　　　　　　吟詩一夜東方白

1)장대철(張大徹) : 張徹로 字는 某이며, 河北省 淸河 사람. 韓愈의 문하생이자 조카사위이며, 中唐에 詩名을 떨쳤던 張籍의 동생. 元和 4년 진사에 급제하였고, 范陽府 監察御史를 역임했다. 여기에서 '大'는 이하보다 나이가 많음을 뜻함. 노(潞) : 潞州. 지금의 山西省 長治市. 2) 랑(郎) : 벼슬 이름. 尙書를 보좌하는 차관격인 벼슬을 '侍郎'이라 하였고, 또 各司에 '郎中'을 두었으며, 그 副官을 '員外郎'이라 하였음. 3) 화작골(花作骨) : 재능이 뛰어나고 글이 화려함. 4)용두인(龍頭人) : 재주가 높아 그보다 뛰어난 사람이 없음. 5)어수홀(魚鬚笏) : 笏은 천자 이하 公卿 大夫가 朝服을 입었을 때 끼고 다니는 것을 말하는데, 『예기』에 따르면, 大夫는 魚鬚를 대나무에 장식했다고 함. 6)태항(太行) : 太行山. 백삼(白衫) : 당시의 擧子. 벼슬을 하지 않을 때는 백삼을 입고, 팔품 · 구품 관직에 올랐을 때는 푸른 옷을 입었음. 7)금문(金門) : 漢 武帝 때 건립된 金馬門을 가리키는데, 당시 문인 학사들이 모두 여기에서 천자의 詔勅을 받았음. 석각(石閣) : 조정과 제왕의 秘書만을 감추었던 石渠閣. 8)치(豸) : 시비를 판별할 줄 안다는 전설상의 신령스러운 동물인 해태. 이 때문에 법관이 쓰는 모자를 獬豸冠이라 함. 9)농서(隴西) : 지금 甘肅省일대. 唐을 건국한 李淵이 隴西 사람이었던 까닭에 郡望을 가리킨다. 실제 이하는 隴西人이 아닌 昌谷人으로, 그가 농서를 거론한 것은 군망을 과시하기 위해서임. 10)중구착(中區窄) : 마음이 상쾌하지 않음. 11)갈의(葛衣) : 칡으로 만든 옷, 곧 관직이 없는 사람을 가리킴.

나부산 도사가 칡옷을 주네 (羅浮山人與葛篇)[1]

이 시는 나부산의 한 도사가 그에게 한 벌의 칡옷을 준 데 대한 깊은 감사와 칡옷에 대한 찬사를 노래하고 있다. 전체적으로 구상이 신기하고 풍부한 상상력이 돋보이며 비유가 신선하다. 예를 들어 남방 강물에 내리는 안개비, 즉 '江雨空'으로 섬세한 칡옷을 형용하고 있다. 또 독사의 흉건한 독이 동굴을 적신다는 것은 습도가 아주 많은 날씨를 말하며, 강가의 물고기가 굶고서 모래를 머금고 가만히 있다는 것은 날씨가 매우 뜨겁다는 것을 각각 상징적으로 표현한 것이다.

유연한 의직(宜織)은 세밀하고	依依宜織江雨空[2]
난대(蘭臺)에 부는 바람처럼 시원한 비 내리는 유월이구나	雨中六月蘭臺風[3]
나부산(羅浮山)의 늙은 신선이 동굴을 나설 때	博羅老仙持出洞[4]
천 년 된 돌침대는 기묘한 소리 울리네	千歲石牀啼鬼工[5]
독사의 흉건한 독은 동굴을 적시고	毒蛇濃吁洞堂濕[6]
강가의 고기는 먹지 않고 모래를 머금고 가만히 있네	江魚不食銜沙立
상수(湘水)에 비친 한 조각 하늘 자르고 싶으니	欲剪湘中一尺天
강남 아가씨여 오도(吳刀)가 무디다 말하지 말게나	吳娥莫道吳刀澁[7]

---

1)나부(羅浮) : 羅浮山. 지금의 廣東省 博羅縣 경계에 있는 산으로, 높이는 삼천 丈이고 70개의 石室과 712개의 물줄기가 있음. 산인(山人) : 도사. **2)**의의(依依) : 유연한 모양. 의직(宜織) : 딱 맞는 옷. **3)**난대풍(蘭臺風) : 송옥의 「風賦」에 의하면, 楚 襄王이 蘭臺의 宮에

서 놀 때 송옥과 景瑳가 시중을 들고 있었는데, 그때 상쾌한 바람이 불어오자, 왕이 옷깃을 열어제치고서 '시원하구나 바람이여! 과인은 백성들과 같이 있지 않느냐?' 라고 말했다 한다. 여기서는 유월에 내리는 비가 난대에 부는 바람처럼 시원함을 뜻함. **4**)박라(博羅) : 나부산 博山과 羅山의 경계에 있음. **5**)귀공(鬼工) : 마치 귀신이 가공한 듯이 工人의 기술이 뛰어나서 경탄할 만함. **6**)동당(洞堂) : 동굴. **7**)오아(吳娥) : 강남의 아가씨. 吳는 지금의 江蘇省과 浙江省 일대를 말함. 오도(吳刀) : 吳 지역에서 만든 칼.

인화리에서 황보식과 송별하며 (仁和里雜叙皇甫湜－湜新尉陸渾)[1]

이하의 절대적인 후원자였던 皇甫湜은 원화 4년 侍御史가 되었는데, 그로부터 4년 뒤인 원화 8년에는 오히려 從九品인 陸渾의 新尉라는 낮은 관직으로 좌천되었다. 이 시는 이러한 배경 아래 원화 8년(813)에 지은 작품으로, 시인은 한편으로는 황보식의 좌천을 동정하고, 다른 한편으로는 '家諱' 문제로 인해 겪게 된 엄청난 좌절의 아픔을 노래하고 있다. 특히 시인은 '가휘'를 문제삼아 자신을 끝없는 절망의 늪으로 빠지게 만들었던 진사과의 경쟁자들을 '미친개'(猰犬)라는 극단적인 시어를 사용하여 그들에게 강한 분노를 나타내고 있다. 그리고 그로 인해 감당해야 하는 삶의 무게는 너무나 커서 쓸쓸히 고향에 돌아갈 때 뼈는 앙상해지고, 얼굴은 초췌해졌으며, 몹쓸 병이 들어 머리털은 듬성듬성해졌다고 한탄하고 있다.

대인(大人)에게 얻어 온 말은 야위고 추위에 떨고 있고	大人乞馬癯乃寒
종가(宗家)에서 임대한 집은 담과 집이 황폐해졌네	宗人貸宅荒厥垣
쥐들만 정원 가로질러 왔다 가는 텅 빈 땅 척박해지고	横庭鼠逕空土澁
울타리 넘은 대추나무에는 구슬 같은 열매 늘어졌네	出籬大棗垂朱殘
안정(安定)의 미인 황보식은 노란 인끈을 끊고	安定美人截黃綬[2]
관복을 벗어 던지며 아침저녁으로 술에 취해 있네	脫落纓裾暝朝酒
집에 돌아와서도 머리에 백필(白筆)을 꽂지 않으니	還家白筆未上頭[3]
나의 명성 알릴 길 없네	使我淸聲落人後
칭찬을 받고 특별히 대우해 주며	枉辱稱知犯君眼[4]
끌어 줘서 올라가나 했더니 튼튼한 동앗줄 끊어졌네	排引纔陞强絙斷[5]
낙양 바람결에 말 타고서 장안을 들어서려 하였더니	洛風送馬入長關

문을 열기도 전에 미친개 만났구나 闔扇未開逢猰犬[6]
시험관이 대강대강 해 버릴 줄 어찌 알았으리? 那知堅都相草草[7]
나그네는 외로이 베개 이고서 가는 봄을 볼 뿐 客枕幽單看春老[8]
귀향할 때 뼈는 앙상하며 얼굴은 초췌해지고 歸來骨薄面無膏
몹쓸 병든 머리털은 듬성듬성하구나 疫氣衝頭鬢莖少
하찮은 이야기 써 천관(天官)을 하고도 싶지만 欲彫小說干天官[9]
왕손이 승진 못한들 뉘 가엽게 여겨 주리! 宗孫不調爲誰憐
내일 아침 하원일(下元日)에 다시 서쪽 길에 오를 것이기에 明朝下元復西道[10]
공동산(崆峒山)에 앉아 하늘처럼 오래도록 작별하네 崆峒敍別長如天[11]

---

1)황보식(皇甫湜) : 자는 持正이고 睦州 新安 사람. 元和 원년에 진사가 된 이후 陸渾尉 · 工部郎中 등을 역임했다. 韓愈를 도와 古文 운동에 많은 공헌을 했음. 2)안정미인(安定美人) : 황보식으로, 그의 조상인 東漢의 皇甫規 · 皇甫嵩은 안정(지금의 甘肅省 鎭原) 출신이었다. 美人은 훌륭한 명성을 떨친 사람을 뜻함. 절황수(截黃綬) : 관직을 받지 못함. 3)백필(白筆) : 관직의 등급을 표시하는 장식. 4)왕욕(枉辱) : 겸손의 말로, '~을 입다' 라는 뜻. 범군안(犯君眼) : 특별히 우대함. 5)장관(長關) : 長安. 6)합선(闔扇) : 문짝, 장안의 큰 문. 알견(猰犬) : 미친 개. 7)견도(堅都) : 과거 시험관. 초초(草草) : 바쁜 모양. 8)유단(幽單) : 한적하고 외로움. 간춘로(看春老) : 봄이 가는 것을 바라봄. 9)천관(天官) : 周代 六官의 하나. 冢宰는 그 수장으로 천하의 宗務를 관장하여 궁중의 사무를 맡았음. 10)하원(下元) : 唐代에는 음력 정월 보름을 上元, 칠월 보름을 中元, 시월 보름을 下元이라 했음. 11)공동(崆峒) : 洛陽. 장여천(長如天) : 이별한 후에 다시 만나기를 기약할 수 없음을 비유함.

궁녀의 노래 (宮娃歌)[1]

唐代에는 三宮六院의 제도가 있어서 임금은 제도적으로 많은 궁녀를 거느릴 수 있었기에, 꽃처럼 예쁜 많은 여자들이 궁녀로 뽑혀 궁전에 들어왔다. 하지만 궁녀들은 일생 동안 왕의 총애 한번 받지 못한 채 궁전에 갇혀 꽃다운 청춘을 보내다가 한 많은 인생을 마치는 것이 대부분이었다. 여기에서 시인은 1인칭 시점으로 궁녀의 입장에 서서, 그들이 깊고 깊은 궁궐 안에서 청춘을 보내고 죽어야만 하는 운명에서 벗어나 단 하루라도 고향에 돌아가 행복을 맛보았으면 하는 간절한 소망을 대변하고 있다.

높이 걸린 촛불은 비단 휘장을 비추는데

화방(花房)에서는 밤마다 붉은 도마뱀 빻는 소리 들려오네

상아 향로에 향 피어오르면 담요는 따뜻해지고

북두칠성이 성에 걸리면 누판(漏板) 두드리는 소리 들려오네

담에 찬 기운 서리면 궁전의 그림자 더욱 어둡고

난새에 채색된 발과 편액엔 찬 서리 맺히네

땅강아지가 달빛 흐르는 난간 아래에서 울면

무릎 꿇고서 문고리 열쇠 부여잡고 흐느끼네

꿈속에서는 고향집 대문에 들어서고 물가에 들어가지만

은하수 지는 장주(長洲)는 천리나 떨어져 있네

태양처럼 현명한 임금께 바라옵건데

고기 타고 파도 헤쳐 고향 갈 수 있도록 저를 놓아주십시오

蠟光高懸照紗空[2]　　花房夜擣紅守宮[3]

象口吹香毾㲪暖[4]　　七星挂城聞漏板[5]

寒入罘罳殿影昏[6]　　彩鸞簾額着霜痕

啼蛄弔月鉤欄下[7]　　屈膝銅鋪鎖阿甄[8]

夢入家門上沙渚　　天河落處長洲路[9]

願君光明如太陽　　放妾騎魚撇波去

1)궁와(宮娃) : 궁중의 미녀. 2)납광(蠟光) : 촛불의 빛. 3)화방(花房) : 궁녀들이 거처하는 곳. 홍수궁(紅守宮) : 『博物志』에 따르면, '도마뱀을 길러 丹砂를 먹이면 온몸이 붉어진다. 단사를 7斤을 먹여 도마뱀을 빻아서 여인의 몸에 물들이면 죽을 때까지 없어지지 않으며, 남녀가 交合하는 일이 사라지기에 守宮이라 한다' 고 함. 4)상구취향(象口吹香) : 香煙이 상아 모양의 향로에서 분출되는 모양. 탑등(毾㲪) : 담요. 5)누판(漏板) : 시간을 알리기 위해 두드리는 판자. 6)부시(罘罳) : 궁문 안에 대나무 따위로 엮어 세운 담. 7)고(蛄) : 땅강아지. 조월(弔月) : 달빛 아래 새가 흐느껴 울기 때문에 '弔' 라 함. 8)동포쇄(銅鋪鎖) : 구리로 만든 문고리 열쇠. 아견(阿甄) : 魏 文帝 曹丕의 부인은 궁에 들어와서 황후가 되었으나, 후에 총애를 잃어 幽閉됨. 이름 앞에 '阿' 가 붙는 것은 六朝의 풍습이었음. 9)장주(長洲) : 지금 江蘇省 吳縣.

궁전 (堂堂)[1]

이 시는 한 궁녀가 오랫동안 임금의 은총을 받지 못해 점점 낙담해 가는 처량한 신세를 읊은 것으로, 임금을 따르는 많은 궁녀들의 장면과 대비시켜 宮怨을 효과적으로 묘사한 작품이다. 이 시의 특색은 주관적인 감정을 완전히 배제한 채 궁전의 경물 묘사만으로 궁녀의 적막감과 한 맺힌 응어리를 강조하면서 궁극적으로 宮怨을 극대화시킨 데 있다.

궁전 또 궁전들	堂堂復堂堂
붉은 빛 퇴색하고 매화 향기 사라졌네	紅脫梅灰香
십 년 동안 나무 굼벵이는 화량(畵梁)에 살지만	十年粉蠹生畵梁[2]
굶주린 벌레는 노란 가루 먹지 않네	飢蟲不食堆碎黃
혜화(蕙花)는 벌써 지고 복숭아꽃은 이파리 길게 자랐으며	蕙花已老桃葉長[3]
궁에 걸린 주렴은 어광(御光)을 막는구나	禁院懸簾隔御光[4]
화청궁(華淸宮) 연못 가운데엔 여석(礜石) 온천물이 끓고	華淸源中礜石湯[5]
배회하는 많은 봉황들은 임금을 따르고 있네	徘徊百鳳隨君王[6]

---

1)당당(堂堂) : 악부 고제의 하나로, 여기에서는 堂室, 곧 殿堂. 2)분두(粉蠹) : 나무 굼벵이. 화량(畫梁) : 채색한 대들보와 기둥 3)혜화(蕙花) : 蕙蘭의 꽃. 4)금원(禁院) : 궁전. 어광(御光) : 임금의 광채. 5)화청원(華淸源) : 華淸池. 지금 陝西省 臨潼縣 驪山 아래에 있음. 여석(礜石) : 砒素를 함유하고 있는 광물 이름. 6)백봉(白鳳) : 신화 중 신선의 시종이 타고 다니는 새.

자신을 사랑하자는 노래 두 수 – 여산의 어린 동생에게 보냄 · 첫째

(勉愛行 二首 – 送小李之廬山 · 其一)[1] 이 시는 이하가 봉예랑직을 수행할 때 지은 작품이다. 여기에서 시인은 늙은 말(老馬)을 자신으로, 어린 기러기(小雁)를 동생으로 각각 비유하여, 크나큰 포부와 상관없이 제사를 관장하는 직무를 수행해야만 하는 시인의 처량한 처지와 나그네 신세인 동생의 쓸쓸한 심정을 읊고 있다.

낙양의 교외에는 제기(祭器) 없고	洛郊無俎豆[2]
부서진 마구간은 늙은 말을 부끄러워하네	弊廐慙老馬
어린 기러기는 향로봉(香鑪峰)을 날아가는데	小雁過鑪峯[3]
지나가는 그림자는 초수(楚水)에 어리는구나	影落楚水下[4]
긴 배는 구름에 기대어 정박하고	長船倚雲泊
석경봉(石鏡峰)은 가을밤에 싸늘하기만 하구나	石鏡秋涼夜[5]
어찌 사향(思鄕)이 있음을 알겠는가?	豈解有鄕情
달빛 즐기는 기러기만 지저귀는데	弄月聊鳴啞[6]

---

1)면애(免愛) : 자신을 사랑하기에 힘씀. **2**)조두(俎豆) : 제사 지낼 때 쓰는 그릇. **3**)소안(小雁) : 막내 동생. 노봉(鑪峯) : 廬山 동남쪽에 있은 香鑪峯 **4**)초수(楚水) : 鄱陽湖와 九江의 물줄기. **5**)석경(石鏡) : 『江西通志』에 따르면 石鏡峰은 南江府城 서쪽 25리에 위치한 金輪峰 옆에 있다 함. **6**)명아(鳴啞) : 기러기 울음소리

술 권하는 노래(致酒行)[1]

이 시는 시인이 원화 5년(810)에 지은 작품으로, 문답 형식을 취하면서 술집 주인을 이례적으로 시적 주인공으로 삼아 시인의 좌절과 슬픔을 강조하고 있는 이채로운 작품이다. 여기에서 술집 주인은 단지 술을 파는 사람이 아닌 시인의 정신적 좌절과 절망을 누구보다도 잘 이해해 주고 용기를 북돋아 주는 대상으로 등장하고 있다. 술집 주인의 등장은 시인의 좌절감과 절망감 등의 비애 의식이 얼마나 컸던가를 간접적으로 알 수 있게 하는 것이며, 나아가 누구에게라도 따스한 위로와 동정을 받고 싶어 하는 시인의 안타까운 심정을 말해 준다 할 것이다.

영락한 몸 실의한 채 술 한잔 먹고 있으니
술집 주인은 잔 들어 장수를 빌며 말해 주네
"주부언이 서쪽으로 놀러 갔다가 곤궁해서 돌아오지 못할 때
가족들은 문 앞 버들가지 꺾었다 하네"
나는 옛날에 마주(馬周)가 신풍(新豊)의 나그네 되었을 때
세상에서 늙도록 알아 준 사람 없었으나
단지 두 줄의 글을 황제께 올려
몸소 임금의 눈에 들어 은총을 입었다는 것을 들었네
나의 방황하는 영혼은 불러도 돌아오지 않는데
수탉은 한번 우니 천하가 동이 트네
젊은이의 마음은 응당 구름을 잡아야 하거늘
누가 쓸쓸히 앉아 쓸데없이 한탄하려 하겠는가?

零落棲遑一杯酒[2]　　主人奉觴客長壽

主父西遊困不歸[3]　　家人折斷門前柳

吾聞馬周昔作新豊客[4]　　天荒地老無人識[5]

空將牋上兩行書　　直犯龍顔請恩澤[6]

我有迷魂招不得[7]　　雄雞一聲天下白

少年心事當拏雲　　誰念幽寒坐鳴呃[8]

---

1)치주(致酒) : 술을 권함. **2**)서황(棲遑) : 곤궁해져 失意함. **3**)주부(主父) : 한나라 때의 학자 主父偃. 그는 周易 · 春秋 · 百家 등에 능통하였다. 어린 시절에 장안에 머물렀으나 오랫동안 뜻을 펼치지 못하다가, 武帝에게 獻策을 상서하여 그의 신임을 받아 1년에 네 차례나 승진했음. **4**)마주(馬周) : 당 태종 때의 학자. 그는 젊은 시절 지방 관리의 멸시를 받았으며, 장안으로 가는 도중에 신풍의 술집에 투숙해서도 술집 주인의 푸대접을 받았다. 장안에 도착한 이후에 그는 中將郎 何常家의 집에 머무르게 되었다. 당시 태종은 貞觀 5년 문무백관에게 상서의 득실을 말하라고 분부했는데, 하상가는 경학에 밝지 못하여 마주가 대신 20여 가지의 일을 陳設한 것을 계기로 중용되어 中書令에 올랐음. **5**)천황지노(天荒地老) : 하늘은 황폐해지고 땅은 쇠퇴함. **6**)용안(龍顔) : 임금. **7**)미혼(迷魂) : 방황하는 영혼. **8**)좌(坐) : 쓸데없이. 명액(鳴呃) : 한탄 혹은 탄식.

긴 노래에 이은 짧은 노래(長歌續短歌)[1]

이 시는 표면적으로는 인생의 무상함을 탄식하고 있지만, 실제로는 재능을 지니고서도 조정에 등용되지 못하는 이하 자신의 懷才不遇를 노래하고 있다. 시의 요지는 시간이 흐를수록 빨리 늙는 현상은 뚜렷해지는데 자신의 재능을 알아주는 현명한 군주를 만나기는 너무 어렵다는 것이다.

긴 노래는 옷과 치마를 찢고	長歌破衣襟
짧은 노래는 백발을 끊는다	短歌斷白髮[2]
진왕(秦王)을 알현할 수 없으니	秦王不可見[3]
아침저녁으로 속이 타는구나	旦夕成內熱[4]
목마르면 호리병에 있는 술을 마시고	渴飮壺中酒
허기지면 밭의 조를 먹네	飢拔隴頭粟[5]
처량한 사월은 끝이 없는데	凄凄四月闌[6]
천 리가 일시에 파릇파릇하구나	千里一時綠
밤의 산봉우리는 어찌 늘어서 있는가?	夜峯何離離
밝은 달은 돌 아래까지 비추고 있는데	明月落石底
배회하며 돌따라 찾아들고	徘徊沿石尋
높은 봉우리 너머까지도 비추는구나	照出高峯外

진왕과 수행할 기회 얻지 못하고	不得與之遊[7]
노래 만들자 귀밑머리 먼저 희어지는구나	歌成鬢先改[8]

1)장가속단가(長歌續短歌) : 古樂府에 「長歌行」과 「短歌行」이 있는데, 그 내용의 요지는 모두 짧은 인생을 한탄하는 것이다. 여기에는 長歌 뒤에 短歌가 계속됨을 뜻함. **2)**단백발(斷白髮) : 이하가 일찍 백발이 된 것. **3)**진왕(秦王) : 이하가 활동했을 당시 왕이었던 憲宗을 지칭함. **4)**내열(內熱) : 속이 탐. **5)**농두(隴頭) : 밭. **6)**난(闌) : 한창, 절정. **7)**유(遊) : 수행하다. **8)**빈선개(鬢先改) : 귀밑머리가 하얗게 됨.

그대는 춤추지 말라 (公莫舞歌 – 幷序)

이 시는 시인의 독특한 역사관을 엿볼 수 있는 작품이다. 公莫舞歌는 唐代와 宋代의 춤으로, 鴻門宴에서 項莊과 項伯이 서로 일어나 劍舞를 추었다는 고사에서 기원한다. 특히 항백이 검무를 출 때 항장에게 '公莫'이라고 권유했다는 데서 '公莫舞歌'라 불렸으며, 그것이 뜻하는 바는 유방을 해치지 말라는 것이다. 이 시의 소재는 비록 홍문연에 얽힌 내용이지만 보통 일반 사람들이 대체로 번쾌의 용기와 항우의 우유부단함을 얘기하는 것과 달리, 시인은 역사적으로 그 누구도 높게 평가하지 않았던 항백을 시적 주인공으로 삼아 그의 용맹을 칭송하고 있음이 특색이다.

「공막무가」는 항백이 유방을 보호하는 것을 부른 노래이다. 연회 도중에 장사는 사람들에게 잘 알려져 있으니, 다시 이야기할 필요는 없다. 또 남북조의 악부에서 모두 노래한 바가 있다. 하지만 나는 다른 이들의 견해가 조잡하다고 여기기에, 이제 다시 「공막무가」를 짓는다. 「公莫舞歌者」, 詠項伯翼蔽劉沛公也.[1] 會中壯士,[2] 灼灼於人, 故無復書, 且南北樂府率有歌引, 賀陋諸家, 今重作「公莫舞歌」云.

꽃무늬 새겨진 네모 반듯한 아홉 개 기둥 즐비하고

표범 잡아 받은 피는 물항아리에 가득하네

군중의 연회에 고취곡(鼓吹曲) 울리고 관현악은 울리지 않는데

긴 칼만이 곧게 서 울리는 음악 소리를 자르네

가로 걸린 처마의 조잡한 비단엔 붉은 무늬 어리고

태양이 비단을 달구는데도 왕은 취하지도 않네

허리 아래에서 보결(寶玦)의 빛이 세 번 번쩍이며

항장(項莊)이 칼을 뽑아 왕 앞에서 춤추기 시작하네

재관(材官)! 그대는 춤추지 말라

좌상(座上)의 유방은 적룡자(赤龍子)니라

망산(芒山)과 탕산(碭山) 뻗친 상서로운 구름은 푸른 하늘을 품어 돌아가고

진시황의 기운은 물처럼 깨끗하구나

철추(鐵樞)와 철건(鐵楗)은 함곡관을 에워싸고

한나라의 오 장 대기(大旗)는 쇠고리를 두드리네

한나라 왕이 오늘 진나라의 옥새를 쟁취할지니

뼈와 내장을 자르는 것을 번쾌는 따지지 말라!

方花古礎排九楹　　刺豹淋血盛銀甖

華筵鼓吹無桐竹[3)]　　長刀直立割鳴箏

橫楣粗錦生紅緯　　日炙錦嫣王未醉

腰下三看寶玦光[4)]　　項莊掉箾欄前起[5)]

材官小臣公莫舞[6)]　　座上眞人赤龍子[7)]

芒碭雲瑞抱天迴[8)]　　咸陽王氣清如水[9)]

鐵樞鐵楗重束關[10)]　　大旗五丈撞雙鐶[11)]

漢王今日須秦印　　絶臏刳腸臣不論

---

1)항백(項伯) : B.C. 256~B.C. 195. 項羽의 숙부로 이름은 纏이고 자는 伯이다. 鴻門宴에서 項莊이 검무를 추어 유방을 죽이려고 하자, 항장과 함께 춤추며 몸으로 막아 유방으로 하여금 위기를 모면하게 한 후에 射陽侯에 봉작되고 劉氏의 姓을 받음. 유패공(劉沛公) : 沛縣에서 군사를 일으킨 劉邦(B.C. 256~B.C. 195). 그는 곧 漢 高祖로 자는 季이다. 항우와 같이 秦을 쳐서 멸망시킨 뒤 항우를 멸하고 한나라를 세웠음. **2)**회(會) : 초나라의 항우가 사죄하러 온 유방에게 잔치를 베푼 홍문연을 가리킨다. 홍문은 지금 陝西省 臨潼縣 동쪽에 있음. 장사(壯士) : 홍문연에서 유방을 지키던 項伯과 樊噲. **3)**고취(鼓吹) : 옛날의 기악 합주곡. 즉 군악인 鼓吹曲. 동죽(桐竹) : 현악기와 관악기로 연주함. **4)**보결(寶玦) : 고리 모양으로 한쪽이 트인 허리에 차는 옥. **5)**도소(掉箾) : 칼을 뺌. **6)**재관(材官) : 용기와 힘이 출중한 무관으로 항장을 가리킴. **7)**좌상(座上) : 여러 사람이 모인 자리. 진인(眞人) : 천지의 도를 아는 사람. 여기서는 유방. 적룡자(赤龍子) : 赤帝子. **8)**망탕(茫碭) : 茫山과 碭山. 지금 강소성 碭山縣 동남쪽에 있음. **9)**함양왕(咸陽王) : 진 시황. 함양은 진나라의 서울로, 지금 陝西省 咸陽縣. **10)**속관(束關) : 진나라 군대가 성을 굳게 지키는 것. **11)**대기오장(大旗五丈) : 五丈旗로, 진 시황은 황실을 높힘으로써 四海를 누르려고 아방궁 앞 궁전 기지에 ,위에는 만 명을 앉게 하고 아래로는 오장기를 세웠다 함.

창곡의 북원에 새로 돋은 죽순 네 수·첫째 (昌谷北園新笋四首 – 其一)

이 시는 시인의 고향 창곡의 北園에 새로이 싹튼 죽순을 보고 그 감회를 읊은 것으로, 전체 네 수 중의 첫번째 작품이다. 시인은 대나무가 죽순이었을 때는 잘 판단하기 어렵겠지만 언젠가는 하룻밤에 천 척 이상 자랄 정도로 훌륭한 재목이 될지 모르니, 절대로 가벼이 여기지 말라고 당부하고 있다.시인의 강한 자부심이 배어있는 작품이다.

대 꺼풀 떨어지고 장대 자라니 옥 자른 듯하고	籜落長竿削玉開[1]
그대는 대나무가 용재(龍材)임을 보지 못했는가?	君看母筍是龍材[2]
하룻밤에 천 척 이상 더 자라서	更容一夜抽千尺[3]
북원의 엷은 진흙을 뚫고 솟는다네	別却池園數寸泥[4]

1)탁(籜) : 대 꺼풀. 2)모순(母筍) : 대나무. 용재(龍才) : 진귀한 인재. 3)추(抽) : 죽순이 자라는 속도가 빠르고, 생기가 왕성함을 형용. 4)별각(別却) : 벗어나다. 떠나다. 지원(池園) : 연못과 정원. 여기서는 北園을 가리킴.

창곡의 북원에 새로 돋은 죽순 네 수 · 둘째 (昌谷北園新笋 四首 – 其二)

이 시는 이슬을 머금고 있는 대나무를 빌어 시인의 懷才不遇에 따른 비애 의식을 표출한 작품이다. 시인은 대나무에 '楚辭', 즉 자신의 시를 적어 넣는다. 하지만 피를 토하며 대나무에 쓴 시를 누가 읽어 주고, 자신의 재능을 누가 알아줄 것인가에 대한 짙은 회의감에서 끝내 빠져 나오지 못한다.

대나무의 푸른 껍질을 벗겨 초사(楚辭)를 쓰니	斫取青光寫楚辭[1]
춘분(春粉)은 향기 진하고 글씨는 뚜렷하구나	膩香春粉黑離離[2]
대나무와 그 위에 쓴 시를 어느 누가 보겠는가?	無情有恨何人見[3]
안개를 누르는 이슬만이 수많은 가지에서 울고 있는데	露壓煙啼千萬枝

---

1)작취청광(斫取青光) : 대나무의 푸른 껍질을 벗겨 냄. 초사(楚辭) : 굴원이 쓴 「離騷」를 말하지만, 여기에서는 이하가 쓴 작품을 말함. 2)춘분(春粉) : 새로 난 대나무에 묻어 있는 하얀 가루. 흑리리(黑離離) : 글씨의 흔적이 뚜렷함. 3)무정(無情) : 대나무. 유한(有恨) : 대나무 위에 쓴 시.

느껴 풍자한 다섯 수 · 첫째 (感諷五首 – 其一)

唐은 隋의 제도를 계승하여 均田을 실시하고 租 · 庸 · 調 제도를 시행하였다. 그러나 安史의 난 이후에는 조 · 용 · 조 제도가 사실상 무의미하게 되자 德宗은 兩稅法을 실시한다. 그러나 양세법이 시행된 지 얼마 되지 않으면서부터 갖가지 병폐가 생겼는데, 그 가운데 가장 큰 것이 관리들의 부정과 雜稅의 징수였다. 이 시는 吳越 지방의 태수와 아전들의 수탈을 풍자한 이하의 대표적인 작품이다.

합포(合浦)에는 명주(明珠) 나지 않고	合浦無明珠[1]
용주(龍州)에는 귤나무 없네	龍州無木奴[2]
대자연의 힘으로도	足知造化力[3]
사군(使君)의 수요를 충족시키지 못함을 알 수 있네	不給使君須[4]
월국(越國)의 아낙네는 방직을 시작하지도 못했고	越婦未織作[5]
오국(吳國)의 누에는 이제야 꿈틀거리네	吳蠶始蠕蠕[6]
현관(縣官)은 말을 타고 왔는데	縣官騎馬來
사나운 얼굴에 자색 구레나룻 수염 길렀구나	獰色虯紫鬚[7]
품속에서 한 장의 종이 쪽지 꺼내는데	懷中一方板[8]
그 위에 몇 줄 적혀 있네	板上數行書
"태수가 성내지만 않았더라면	不因使君怒
어찌 그대의 집에 찾아왔겠는가?"	焉得詣爾廬

월국의 아낙네는 현관에서 굽실거리며 말하네	越婦拜縣官
“새 뽕잎이 지금 너무 작아서	桑牙今尙小
늦은 봄이 되기를 기다려야	會待春日晏
방적기를 비로소 돌릴 수 있습니다”	絲車方擲掉[9]
월국의 아낙네가 현관에게 통사정할 때	越婦通言語
어린 시누이가 메조밥을 차려 오면	小姑具黃粱[10]
현관은 포식을 하고 돌아가지만	縣官踏飡去[11]
얼마 지나면 아전이 또 집으로 찾아오네	簿吏復登堂[12]

---

1)합포(合浦) : 지금의 廣西省 壯族 자치구의 合浦縣 일대로, 고대에 귀한 구슬이 많이 생산되었음. **2)**용주(龍州) : 龍陽州. 지금 湖南省 漢壽縣으로 귤이 생산됨. **3)**조화력(造化力) : 대자연의 힘. **4)**사군(使君) : 태수. **5)**월부(越婦) : 농사 짓는 부녀자. 越은 지금의 浙江省 일대. **6)**오잠(吳蠶) : 농가에서 키우는 누에. 吳는 지금의 江蘇省 일대. **7)**영색(獰色) : 모질고 사나운 기색. **8)**방판(方板) : 板은 종이를 말하는데, 여기에는 세금 문서를 이름. **9)**척도(擲掉) : 돌리다. **10)**황량(黃粱) : 메조밥 **11)**답손(踏飡) : 배불리 먹음. **12)**부리(簿吏) : 관아의 문서를 맡아보던 아전.

느껴 풍자한 다섯 수 · 셋째 (感諷五首 – 其三)

이 작품은 전체적으로 음산하면서도 鬼氣가 감돌고 있다. 귀신이 우는 듯한 남산의 풀밭에는 가을비가 뿌리고 황혼길은 어둑어둑하며 푸른 가죽나무는 바람결에 흔들리고 있다. 그리고 휘영청 밝은 달이 중천에 떠 있다가 시간이 흘러 새벽이 밝아올 때 어지러이 나는 도깨비불은 새로운 혼백을 맞이하는 음산함으로 가득 차 있다. 후세 사람들이 이하를 鬼才라 하였는데, 이 작품을 읽으면 조금은 이해할 수 있을 것 같다.

남산은 어찌 이다지도 쓸쓸한가?	南山何其悲
귀신이 우는 듯 빈 풀밭에 비는 뿌리고	鬼雨灑空草
장안의 깊은 가을밤	長安夜半秋
가을바람에 몇 사람이 늙어 가는가?	風前幾人老
안개 서린 황혼길	低迷黃昏逕[1]
흔들리는 푸른 가죽나무 길	裊裊青櫟道[2]
달은 중천에 떠 나무 그림자 어리지 않고	月午樹無影[3]
온 산은 허연 달빛에 밝아오는 새벽 같은데	一山惟白曉[4]
옻등은 새 사람을 맞이하고	漆炬迎新人[5]
깊은 구덩이 부근엔 도깨비불만이 어지럽구나	幽壙螢擾擾[6]

---

1)저미(低迷) : 안개 같은 것이 떠돌아다님. **2**)뇨뇨(裊裊) : 바람이 나무를 흔드는 모양. **3**)월오(月午) : 달이 중천에 뜸. **4**)일(一) : 온, 전체. **5**)칠거(漆炬) : 燈을 가리키는 말로, 사람이 죽으면 묘 앞에 옻등(漆燈)을 켰음. **6**)광(壙) : 관을 넣는 구덩이.

第三卷

동성을 그림 (畵甬東城)

이하가 활동했던 中唐 시기에는 번진 외에도 吐藩 같은 이민족의 침입이 잦아 조정을 괴롭히고 백성들을 힘들게 하였다. 이 작품은 동성의 水軍이 겨울날 새벽 · 대낮 · 저녁 등 시간을 변동하면서 토번과의 전쟁을 대비해 훈련하는 광경을 묘사한 邊塞詩이다. 시인은 주위의 경물의 변화만을 통해서 전쟁을 대비한 훈련이 얼마나 힘들고 고통스러운지를 우회적으로 노래하고 있다.

은하수 굴러 쓸쓸한 새벽

까마귀는 성 위 담에 높이 나네

긴 돛은 월의 교외에 높게 걸려 있고

차가운 벽에는 오도(吳刀)가 걸려 있구나

연한 푸성귀는 추운 날에도 싹이 트고

이어(鰤魚)는 흰 물거품을 뿜어 내네

일렁이는 파도는 군사들의 두건을 적시고

깃발과 북소리는 밤이 되자 조수(潮水)를 맞이하네

河轉曙蕭蕭　　鴉飛睥睨高

帆長摽越甸　　壁冷挂吳刀[1)]

淡菜生寒日　　鰤魚濺白濤[2)]

水花霑抹額[3]　　　　旗鼓夜迎潮

---

1)벽(壁) : 군영. 오도(吳刀) : 군대 병기. **2)**이어(鮞魚) : 물고기 이름. **3)** 말액(抹額) : 군사들이 쓰는 두건.

호련 네 수 · 첫째 (謝秀才有妾縞練,[1] 改從於人, 秀才引留之不得,[2] 後生感憶, 座人製詩嘲誚, 賀復繼四首 — 其一)

원제를 풀이하면, '사수재에게는 縞練이란 애첩이 있었는데, 다른 사람에게 시집가는 것을 수재가 만류했으나 어쩔 수 없었다. 훗날 그 호련은 사수재가 좋았다고 후회하였는데, 나와 동석한 사람들이 시를 지어 애첩을 꾸짖으니, 나도 네 수를 이어서 짓는다' 이다. 원화 2년 이하는 한유를 배알한 후 늘 王參元, 楊敬之 등과 어울렸다. 이 시는 당시 친하게 지냈던 謝秀才의 한 애첩에 대한 감회를 읊은 것으로, 4수의 연작시 가운데 첫번째 작품이다. 여기에서 시인은 호련이 사수재를 매몰차게 버리고 高官에게 시집가서도 그를 그리워하는 것에 매우 못마땅한 심정을 노래하고 있다.

누가 진흙이 구름을 사모하고	誰知泥憶雲
배꽃에 봄이 왔음이 허사인 것을 알리요?	望斷梨花春[3]
가는 명주실로 견직물 짜고	荷絲製機練[4]
댓잎 무늬로 꽃다운 치마 만드네	竹葉剪花裙
밝은 달 아래 아자(阿姊)는 슬피 울고	月明啼阿姊[5]
침침한 등불 아래서 낭인 만나기를 고대하네	燈暗會良人
부부이고 보니	也識君夫婿
금어대(金魚袋)를 차고 있구나	金魚挂在身[6]

---

1)사수재(謝秀才) : 이하와 친하게 지냈던 인물이나 누구인지는 확실하지 않음. 2)인류(引留) : 만류함. 3)망단(望斷) : 바라던 일이 실패로 돌아감. 4)하사(荷絲) : 가는 명주실. 기련(機練) : 세밀한 명주. 5)아자(阿姊) : 謝秀才의 아내. 6)금어(金魚) : 높은 관리가 찼던 金魚袋. 여기에서는 호련이 개가한 남편이 높은 관직에 있음을 말함.

창곡에서 책을 읽다가 파동에게 보여주다 (昌谷讀書示巴童)

이 시는 대략 원화 8년(813), 그의 나이 24세 때 병을 핑계로 봉예랑직을 사직하고서 창곡에 돌아온 후 병고에 시달리는 처량한 신세를 읊은 작품이다. 비록 5언 4구로 구성된 매우 짧은 시이지만, 시인이 정신적으로나 육체적으로 모두 지친 상태를 스산한 가을 정경과 巴童을 통해 절실하게 표현하고 있다.

벌레들은 찍찍 울고 등불 희미한데　　蟲響燈光薄[1]
밤은 차갑고 약 내음 진하구나　　宵寒藥氣濃[2]
너는 날개 늘어뜨린 나그네를 동정하여　　君憐垂翅客[3]
고생하면서도 여전히 나를 따르는구나　　辛苦尙相從

1)충향(蟲響) : 벌레 소리가 맑은 것. 여기서는 고요한 밤을 말함. 2)소한(宵寒) : 차가운 밤기운. 3)군(君) : 巴童. 수시객(垂翅客) : 失意한 사람을 비유함.

파동이 대답하기를 (巴童答)

이 시는 앞의 시 「昌谷讀書示巴童」과 호응하는 작품으로, 시인이 겪어야만 하는 뼈아픈 좌절감과 그로 인해 맛보게 되는 정신적 고통을 잘 나타내고 있다. 더욱이 시동인 파동을 시적 주인공으로 삼고, 시인을 시적 대상으로 삼는 새로운 수법을 구사하여, 가난 속에서 시인으로 살아가야 하는 삶의 고뇌와 진한 슬픔을 매우 효과적으로 그리고 있다. 특히 '큰 코' '짙은 눈썹' 등으로 시인을 형상화 하는 데 성공을 거두고 있다.

큰 코에는 산갈(山褐)이 어울리고	巨鼻宜山褐[1]
짙은 눈썹 나으리님은 시 짓는 일에 고심하네요	龐美入苦吟[2]
나으리님이 시를 읊지 않는다면	非君唱樂府[3]
누가 깊어 가는 가을을 원망하는지 알겠습니까요?	誰識怨秋深[4]

---

1)거비(巨鼻) : 큰 코. 곧 이하. 산갈(山褐) : 산사람들이 입는 조악한 옷. **2)**방미(龐美) : 눈썹이 많다는 말. 곧 이하를 가리킴. **3)**악부(樂府) : 이하가 지은 시. 이하는 이미 15세에 당시 악부 작가로 명성이 높았던 李益과 어깨를 나란히 할 정도로 명성이 자자했으며, 그가 악부를 지으면 악공들이 서로 가지고 가 연주하려고 다툴 정도였음. **4)**추심(秋深) : 깊은 가을밤. 여기에서는 당시 사회의 어둠과 부패를 비유함.

장안을 떠나며 (出城)

이 시는 이하가 원화 5년(810) 겨울에 진사과에 응시하지도 못한 채 비참하게 장안을 떠나가면서 지은 작품이다. 이 시에서 시인은 '家諱'로 인해 겪게 된 일생 일대의 좌절을 맛보아야만 하는 비참한 처지를 '울면서 날아가는 산탄 맞은 까마귀(啼烏被彈歸)'로 비유하여, '가휘'라는 사회적 관습이 큰 포부를 지닌 청년에게 얼마나 가혹한 것인가를 간접적으로 나타냈다. 특히 말이 아닌 '노새'가 주는 시적 상황은 '산탄 맞은 까마귀'와 연계되어 시인의 좌절을 한층 심화시키고 있다. 이 시를 읽노라면 한 편의 슬픈 영화를 보는 듯하다.

눈발 아래 계수나무 꽃은 드문드문 피었고	雪下桂花稀[1]
산탄 맞은 까마귀는 울면서 날아가네	啼烏被彈歸
함곡관(函谷關) 물엔 노새 타고 돌아가는 모습 어른거리고	關水乘驢影[2]
장안의 바람은 사모와 각대에 불어 대네	秦風帽帶垂[3]
만 리나 떨어진 장안에 와서 과거를 보았으나	入鄉試萬里
관인(官印) 없기에 스스로 슬픔을 감당하네	無印自堪悲[4]
사랑하는 아내 애써 나를 위로하겠지만	卿卿忍相問[5]
거울에는 두 줄기 눈물 떨어지겠지	鏡中雙淚姿

---

1)계화희(桂花稀) : 옛날 사람들은 과거에 급제하는 것을 '계수나무를 꺾는다(折桂)'고 했다. 곧 과거에 실패함을 뜻함. **2)**관(關) : 函谷關. 이하가 장안으로부터 고향인 창곡으로 돌아오려면 반드시 여기를 지나야 함. **3)**진풍(秦風) : 장안은 옛날 秦나라의 땅으로, 여기에서는 장안에 부는 바람을 말함. 모대(帽帶) : 紗帽와 角帶. **4)**인(印) : 官印. **5)**경경(卿卿) : 부인에 대한 애칭.

나무를 심지 말자 (莫種樹)

이 시는 나무와 달을 시적 소재로 삼아 시인의 좌절감과 삶의 고뇌를 잘 표현한 작품이다. 시인은 뜰에 나무를 절대로 심지 말라고 당부한다. 나무 심는 일이란, 곧 자신의 마음에 수심을 심는 것이라 생각했기 때문이다. 시인은 뜰 앞에 심어 놓은 나무를 보면서, 그 나무가 자라 열매를 맺는 등 긍정적이고도 희망적인 생각을 하기는커녕, 심은 나무가 자라면 자신의 수심도 그만큼 늘어나고 깊어갈 것이라고 생각한다. 시인의 비애 의식이 얼마나 큰가를 단적으로 보여주는 좋은 예이다.

뜰 안에 나무 심지 말지니	園中莫種樹
심으면 일 년 내내 수심이로다!	種樹四時愁
홀로 자는 남쪽 창 위에 뜬 달	獨睡南牕月
올해 가을은 작년 가을과 비슷하구나!	今秋似去秋

출발하려고 (將發)

이 시는 원화 9년 가을 시인이 가족들의 경제적 궁핍을 해결하려고, 친구 張徹에게 의지하기 위해 潞州로 떠나기 직전에 지은 작품이다. 시인은 본래 전쟁터에 나가 공을 세우고 싶은 마음이 간절했지만, 본래 허약하게 태어난데다가 병도 잦아 늘 좌절감과 절망감만 느끼고 있다. 더욱이 가족을 먹여 살려야 하는 막중한 책임감에 짓눌려 있다. 따라서 潞州幕府로 있는 친구(장대철)에게 의지하기 위해 가는 길에는, 가을이 끝없이 펼쳐져 있고 달빛은 가득 부서지지만, 노주에 도착한 이후 미래를 알 수 없는 심정은 그저 답답하기만 하다.

동쪽 침상에서 행장 꾸리는 것 끝내고서	東牀卷席罷[1]
외로이 멀리 떠나려 하네	濩落將行去[2]
하얀 가을은 끝이 없는데	秋白遙遙空
햇빛은 문 앞 길에 가득 부서지는구나	日滿門前路

---

1)권석(卷席) : 行裝을 차림. 2)호락(濩落) : 아무 데도 의지할 곳 없는 모양.

가충의 귀한 사위를 노래함 (賈公閭貴婿曲)[1]

이 시는 사치와 방탕한 생활에 젖은 지배 계층의 사위의 비행을 묘사하여 인간사의 불평등을 풍자한 작품이다. 中唐은 최고 통치자인 왕의 혼용과 방탕도 사회적 문제였지만, 지배 계층의 방탕과 사치 및 허영 역시 매우 큰 문제였다. 그런데 이하는 이 시에서 지배 계층의 방탕과 사치가 그들 자체에서 끝나지 않고 그들과 인척 관계를 맺은 이들에까지 확대되고 있음을 비판하고 있다.

관복 딱 맞고	朝衣不須長
나뉜 꽃 무늬 대칭으로 장식되었어라	分花對袍縫[2]
말방울 울리며 백마 오지만	嚶嚶白馬來
머리 가득한 황금 장식 한없이 무겁구나	滿腦黃金重
오늘 아침 향기는 너무 진해 숨쉬기조차 어렵고	今朝香氣苦
산호는 껄끄러워 배게 삼기 힘드네	珊瑚澁難枕
장차 기녀를 불러	且要弄風人[3]
따뜻한 부들자리 깔고 백사장에서 술을 마시네	暖蒲沙上飮[4]
제비 소리는 주렴걸이를 밟고	鷰語踏簾鉤
병풍엔 햇빛 비쳐 푸른빛 발하네	日虹屛中碧
반악(潘岳)이 하양(河陽) 땅에 있지만	潘令在河陽[5]
꽃다운 용모를 사랑하며 죽을 사람은 없었다 하네	無人死芳色

1)가공려(賈公閭) : 賈充은 자가 公閭로 太尉를 지냈다. 그의 후처 곽씨에게는 딸이 두 명 있었는데, 첫째딸 時는 晉나라 惠帝의 후궁이 되었고, 둘째딸 午는 韓壽에게 강탈당한 후 그에게 시집감. 2)분화(分花) : 꽃 무늬가 나뉨. 포봉(袍縫) : 웃옷 솔기. 3)풍인(風人) : 妓女. 4)난포(暖蒲) : 따뜻한 부들자리. 5)반령(潘令) : 晉代의 문인인 潘岳(247~300). 자는 安仁으로, 보통 '潘安' 으로 불린다. 그는 아주 잘생겼으므로, 그가 지나가면 부녀자들이 사과를 던지는 바람에 집에 돌아올 때쯤이면 사과가 수레에 가득했다 함. 하양(河陽) : 반악은 太康 말년에 河陽令을 지냈음.

밤새도록 술 마시다 아침에 잠든 노래(夜飮朝眠曲)

이 시는 '왕자' 나 '공주' 등 최고 지배 계층인 왕실의 자제들이 날이면 날마다 밤새도록 연회만 즐기다가, 아침에 이르러서야 잠자는 한심한 작태를 객관적인 필치로 풍자하고 있다. 공주는 버들솜 날고 까마귀 울 때까지 술에 취해 있고, 왕자는 비단 휘장 안에서 아침이 밝아올 때까지 잠만 자고 있다. 국가의 미래를 짊어질 왕자나 공주가 학문에 힘쓰지 않고 방탕에만 빠져 있는 현실을 보고 시인은 얼마나 답답해 하고 절망했을까?

얼큰하게 취해 술자리에서 나오니 이미 날은 밝고	觴酣出座東方高
허리띠는 반쯤 풀어졌으며 새벽 별빛은 적막하기만 하네	腰橫半解星勞勞[1]
버들솜 날고 까마귀 울 때까지 공주는 술에 취해 있고	柳花鴉啼公主醉
살짝 내린 이슬은 혜란(蕙蘭)의 향기 누르네	薄露壓花蕙蘭氣
옥전(玉轉)의 끈으로 새벽 물 길을 때	玉轉濕絲牽曉水[2]
술 취한 얼굴에는 붉은 기운이 여전하구나	熱粉生香琅玕紫
밤에 술 마시고 아침에 잠자는 일 외엔 하는 일 없기에	夜飮朝眠斷無事
초나라 비단 휘장 안에 왕자는 누워 있구나	楚羅之幃臥皇子[3]

1)요횡반해(腰橫半解) : 술 먹은 후 衣冠이 단정하지 않고 허리띠는 풀어져 있는 모양. 노로(勞勞) : 적막한 모양. **2)**옥전(玉轉) : 우물 위의 고패. **3)**초라(楚羅) : 초나라에서 짠 비단.

여행길의 나그네 (客遊)

이 시는 원화 8년(813), 이하가 봉예랑직을 사직한 이듬해 가을 경제적 궁핍을 해결하고자 潞州의 막부로 있던 張徹에게 의지하면서 쓴 작품이다. 노주의 생활은 비록 외롭고 쓸쓸했지만 객지 생활을 버틸 수 있는 원동력은 언젠가 자신의 능력을 마음껏 펼칠 수 있는 기회가 반드시 올 거라는 강한 믿음이었다. 하지만 이런 기대와 전혀 다른 현실이 전개됨에 따라 시인은 머나먼 타지에서 속절없이 시간만 보내며, 이따금씩 고향에 편지만 보내는 비참한 신세를 면치 못한다. 당시 시인의 비애 의식이 얼마나 깊었으면 '슬픔은 천리길 나그네 가슴에 가득한데(悲滿千里心)' 라고 했을까?

슬픔은 천리길 나그네 가슴에 가득한데	悲滿千里心
햇빛은 남산 바위를 따뜻하게 비추네	日暖南山石[1]
승명려(承明廬)에서 임금을 알현하지 못하고	不謁承明廬[2]
오래도록 평원(平原)의 나그네가 되었구나	老作平原客[3]
사시사철 조상의 제사를 모시지 못하고	四時別家廟
삼 년 동안 고향을 떠나 있네	三年去鄉國[4]
나그네는 여러 번 대검 두드리고 노래 부르며	旅歌屢彈鋏[5]
때때로 편지만 보내는구나	歸問時裂帛[6]

---

1)남산(南山) : 이하의 고향에 있는 산. **2)**승명려(承明廬) : 漢代에 侍從官員이 황제를 알현하던 장소. **3)**노(老) : 오래도록. 평원객(平原客) : 平原君의 門客. 平原君은 전국시대 趙나라 귀족인 趙勝의 호로, 그는 수천 명의 문객을 두었다. 潞州는 趙나라의 옛 땅으로 이하는 이곳에서 친구인 장대철에게 의탁하는 신세였으므로 자신을 平原客이라 칭함. **4)**향국(鄉

國) : 고향. 5)여가(旅家) : 객지에서 부르는 노래. 탄협(彈鋏) : 전국시대 齊나라의 귀족 田文은 호가 孟嘗君으로 그에게는 馮諼이라는 문객이 있었다. 풍원은 처음에 맹상군에게 차가운 대접을 받았으나 후에 몇 차례 대검을 두드리며 '긴 칼을 가지고 돌아왔는데, 먹을 고기가 없네' '긴 칼을 가지고 돌아왔는데, 나갈 수레가 없구나' 라고 읊조린 뒤부터 큰 대접을 받았다 함. 6)열백(裂帛) : 비단을 찢어 편지를 쓰는 것. 옛날에는 종이가 없어 비단 위에 편지를 썼다 함.

숭의리의 장마 (崇義里滯雨)[1]

이 시는 원화 6년(811), 이하가 長安의 崇義里에 거처하면서 계속되는 장마를 보고 착잡한 심정을 노래한 작품이다. 숭의리에 장마가 계속되던 어느 가을날, 시인은 시든 풀만 먹는 여윈 말과 차가운 도랑에 하염없이 뿌리는 빗방울을 보며 불현듯 심난해진다. 그것은 바로 천하를 한손에 움켜잡아도 모자랄 청춘인데, 어느새 하얀 머리카락이 절반을 차지하게 되어 언제 죽을지 모르는 극도의 공포감이 걷잡을 수 없게 일어났기 때문이다. 하지만 시인은 힘겨운 삶 속에서도 칼집을 베고 잠자리에 들며 꿈속에서조차 제후에 봉해지려는 의욕을 불태운다. 이 시를 읽노라면 큼에 젖은 채 쉬이 잠 못 이루는 시인의 형상을 보는 듯한 착각이 들 정도로 전체적으로 뛰어난 영상미가 돋보인다.

적막한 그대 누구인데	落漠誰家子[2]
장안의 가을을 슬퍼하는가?	來感長安秋[3]
한창 나이에 나그네의 시름을 품고	壯年抱羈恨
꿈속에서도 백발이 된 것이 슬퍼 울었네	夢泣生白頭
여윈 말은 썩은 풀만 먹고	瘦馬秣敗草[4]
빗방울은 차가운 도랑에 하염없이 뿌리는데	雨沫飄寒溝
남궁(南宮)의 낡은 발에 땅거미 지면	南宮古簾暗[5]
비 오는 하늘은 시간을 전해 주네	濕景傳籤籌[6]
고향 산은 천 리만큼이나 멀리 떨어져 있는데	家山遠千里[7]
구름 자락은 장안 하늘의 동편에 걸려 있구나	雲脚天東頭[8]
시름 속에서도 칼집을 베고 잠자리에 들며	憂眠枕劍匣
객지의 평상 휘장 아래에서도 제후에 봉해지는 꿈을 꾸네	客帳夢封侯[9]

1)체우(滯雨) : 비가 오래도록 내림. 2)낙막(落漠) : 쓸쓸하고 적막함. 3)내(來) : 장차. 4)패초(敗草) : 썩은 풀. 5)남궁(南宮) : 尙書省 六部에 대한 통칭. 6)첨주(籤籌) : 漏壺 중에 시간을 표시하는 것으로, 구리나 대나무의 각도로써 시간을 쟀다. 습경(濕景) : 비 오는 날. 7)가산(家山) : 고향에 있는 산. 원천리(遠千里) : 이하의 고향인 昌谷과 長安의 거리는 약 800여 리 떨어져 있음. 8)천(天) : 長安. 장안은 천자가 거주하는 곳이라 예로부터 '하늘(天)' 이라 칭했음. 9)객장(客帳) : 객지의 평상 휘장.

진상에게 드림 (贈陳商)[1]

이 시는 이하의 절친한 친구인 陳商이 뛰어난 학문과 훌륭한 인격을 지녔음에도 불구하고, 당시 조정이 그의 가치를 알아주지 않아 중용되지 못하는 안타까움과 시인의 비애 의식을 함께 노래한 交友詩이다. 시의 구성을 보면 처음부터 8구까지는 시인의 실의와 좌절이, 9구부터 26구까지는 진상의 높은 학문과 훌륭한 인품이, 27구부터 34구까지는 비참한 심정으로 봉예랑직을 수행하는 시인의 모습과 미래에 대한 포부가 각각 묘사되어 있다.

장안(長安)에 대장부 있는데	長安有男兒[2]
스무 살에 마음은 벌써 썩어 버렸네	二十心已朽
능가경(楞伽經)은 책상머리에 쌓여 있고	楞伽堆案前[3]
초사(楚辭)도 손에서 놓지를 못하네	楚辭繫肘後
인생살이 곤궁하고 못났기만 하니	人生有窮拙
해질 무렵에 애오라지 술잔만 기울이네	日暮聊飮酒
현재 길은 이미 막혀 버렸으니	只今道已塞
백발을 기다릴 필요 어디 있으랴?	何必須白首
처량한 진술성(陳述聖)은	凄凄陳述聖
베옷 입고 밭 갈며 공부했으며	披褐鉏俎豆[4]
요순(堯舜)의 글 배웠거늘	學爲堯舜文[5]
사람들은 쇠한 변려문을 요구하네	時人責衰偶[6]

사립문엔 수레바퀴 자국 얼어붙어 있고	紫門車轍凍
해 기울면 느릅나무 그림자 앙상하네	日下楡影瘦
황혼에 날 찾아왔는데	黃昏訪我來
굳은 절개는 봄을 주름지게 하는구나	苦節靑陽皺[7]
오천 길 태화산(太華山) 만큼이나	太華五千仞[8]
땅을 가르고 우뚝 솟았네	劈地抽森秀
주변에 짧고 작은 산도 없이	旁古無寸尋[9]
한번에 치솟아 견우성과 북두칠성을 털어 버리네	一上戛牛斗[10]
공경(公卿)들이 말하지 않는다 해도	公卿縱不言
어찌 내 입까지 막을 수 있으랴?	寧能鎖吾口
나는 태화산 같은 진술성을 스승으로 모셨건만	李生師太華[11]
책상다리하고 대낮만 바라보네	大坐看白晝
서리 맞으면 작은 나무가 되겠지만	逢霜作樸樕[12]
기운 얻으면 봄 버들이 되리라	得氣爲春柳
참된 예절은 나와 도리어 멀어지고	禮節乃相去
초췌하기가 추구(芻狗)와 같네	顦悴如芻狗[13]
눈보라 치는 한겨울에 재단(齋壇)에서 숙직하고	風雪直齋壇[14]

검은 인끈으로 관인의 끈을 꿰고　　墨組貫銅綬[15]

노비 같은 기색과 태도로　　臣妾氣態間[16]

먼지 털고 쓸고만 할 뿐일세　　唯欲承箕帚[17]

하늘은 언제 열리려나　　天眼何時開

낡은 검은 곧 울려고 하거늘　　古劍庸一吼[18]

---

1)진상(陳商) : 자는 述聖이고 繁昌人으로, 韓愈의 제자 가운데 한 사람이다. 원화 9년(814)에 급제하였고 秘書監을 역임했음. **2)**남아(男兒) : 대장부. 여기에서는 이하를 말함. **3)**능가(楞伽) : 불교 경전인 『楞伽經』으로, 주로 세계 만물의 生滅과 인간의 生死 현상을 해석하고 있음. **4)**조저두(鉏組豆) : 베옷을 입고 俎頭를 나열하면서 제사의 예를 행함. **5)**요순문(堯舜文) : 『尙書』 중의 「堯典」과 「舜典」. 여기에서는 매우 오묘한 문장을 말함. **6)**책(責) : 심히 요구함. 쇠우(衰偶) : 쇠퇴한 騈麗文. 변려문은 남북조 시대에 유행한 문체로 對偶와 聲律을 중시하였으나 지나치게 형식에 치중하여 中唐에 이르러서는 이미 쇠퇴했음. **7)**고절(苦節) : 굳은 절개. 청양(靑陽) : 봄. **8)**태화(太華) : 태화산은 그 높이가 천 仞이나 되고 그 넓이가 십 리나 됨. 지금 陝西省 華陰縣에 있음. **9)**방고(旁苦) : 주변. 촌심(寸尋) : 짧고 작음. **10)**우두(牛斗) : 견우성과 북두칠성. **11)**이생(李生) : 이하. 태화(太華) : 진상. **12)**간백주(看白晝) : 하는 일이 없음. **13)**추구(芻狗) : 짚으로 만든 개. 고대에 제사에 쓰던 것으로 제사가 끝나면 내버렸다. 여기서는 소용이 있을 때는 이용하고, 소용이 없을 때는 버리는 물건을 비유함. **14)**재단(齋壇) : 하늘을 제사 지내는 곳. **15)**동수(銅綬) : 구리로 만든 官印과 그 印의 끈 **16)**신첩(臣妾) : 제사를 지내는 시인의 모습이 너무 비천함을 비유한 것으로, 노비와 같은 의미임. **17)**기추(箕帚) : 쓰레받이와 비. 여기서는 청소함을 말함. **18)**고검(古劍) : 전국시대에 어떤 사람이 京陵에 있는 王子 喬의 무덤을 도굴하려 할 때, 한 보검이 무덤 안에 있는 것을 보고서 가져가려 했으나 보검이 갑자기 용 울음소리와 호랑이 포효를 내면서 하늘로 올라갔다 함.

봄날에 느낀 바 있어 (感春)

이 시는 이하가 원화 8년(813) 창곡에서 지은 작품이다. 지난날 창포와 갈대를 묶어 신발을 지어 노모를 봉양했던 北郭騷처럼, 시인 역시 너무 가난하여 늙은 어머니를 따뜻하게 봉양할 수 없다. 따라서 만물이 생동하고 따스한 기운이 감도는 봄이 한 맺힌 계절로 인식되고, 슬픈 심정에서 타는 비파 연주엔 격한 감정만이 울려 퍼진다.

따스한 햇볕인데도 괜스레 서글퍼져	日暖自蕭條
꽃조차 북곽소(北郭騷)를 슬프게 하네	花悲北郭騷[1]
느릅나무에는 작은 구멍 생기고	楡穿萊子眼[2]
버드나무는 춤추는 아이의 허리처럼 가늘구나	柳斷舞兒腰
장막은 제비를 맞이하고	上幕迎神燕[3]
아지랑이는 백로(伯勞)를 보내네	飛絲送伯勞[4]
오늘의 한을 생각하며 비파를 타니	胡琴今日恨
격한 노랫가락만이 비파 통에 울려 퍼지네	急語向檀槽[5]

---

1)북곽소(北郭騷) : 齊나라 사람으로 창포와 갈대를 묶어 신발을 지어서 어머니를 봉양했다. 여기서는 매우 가난한 이하를 비유함. 2)내자(萊子) : 윤곽이 없고 구멍을 뚫지 않은 돌. 3)신영(神燕) : 옛사람들은 아들을 기원할 때, 제비가 날아오면 혼인을 맡고 있는 神媒에게 제사 지내고 아들을 바랬다는 데서 그리 부름. 4)비사(飛絲) : 공중에 거미줄처럼 떠 있는 아지랑이. 백로(伯勞) : 참새류에 속하는 새로, 사람들은 이 새가 울면 凶兆가 생긴다고 해서 쫓아 냈다 함. 5)단조(檀槽) : 紫檀으로 만든 비파의 胴體.

화유곡 (花遊曲 – 幷序)

이 시는 원화 7년 봄 장안에 있을 때 왕족들과 어울려 기녀들과 노닐면서 느낀 감정을 서술한 것이다. 시인은 마음껏 취하고 싶은데도 쉽사리 취하지 못하는 기녀들의 고단한 삶과, 그들의 복잡한 심사를 주관적인 감정을 완전히 배제한 채, 객관적인 필치로 묘사하여 오히려 시적 효과를 극대화하고 있다.

한식날 여러 왕족들이 기녀들과 노닐 때, 내가 초대받아 참석하였다. 이런 연유로 제량체(齊梁體)의 시를 채용하여, 「화유곡」을 지어 기녀들과 화창하였다. 寒食日諸王妓遊,[1] 賀入座, 因採梁簡文詩調,[2] 賦花遊曲, 與妓彈唱.

봄 버들은 남쪽 길에 자태를 드러내고	春柳南陌態
시린 꽃은 차가운 이슬 머금었구나	冷花寒露姿
오늘 아침 성 밖에서 취하고	今朝醉城外
거울을 닦고 눈썹 짙게 그리네	拂鏡濃掃眉
안개는 젖고 수심에 찬 수레는 무겁기만 한데	煙濕愁車重[3]
붉은 비옷으로 꽃 같은 옷을 가리네	紅油覆畫衣[4]
춤추는 소매에 흐르는 향기 따스하지 않으니	舞裙香不暖
술기운도 더디 올라오는구나	酒色上來遲

1)한식(寒食) : 동지 뒤 105일 뒤에 오는 날로, 이 날은 介子推가 산에 불타서 죽은 것을 애도하는 뜻으로 불을 금하고 찬밥을 먹음. **2**)양간문시조(梁簡文詩調) : 齊梁體, 곧 艶體. **3**) 연(煙) : 흐릿하게 내리는 가는 비가 연기와 같음. **4**)홍유(紅油) : 붉은빛의 기름 옷. 곧 비옷.

나비가 춤추며 날아가네

(蝴蝶飛) 이 시는 7언 4구로, 봄날에 한 소녀가 사랑하는 님을 애타게 그리는 심정을 읊은 宮體詩이다. 전체적으로 여자의 春情과 사모의 정이 객관적인 필치로 묘사되어 있지만, 여기에는 님에 대한 사랑의 갈구와 소녀의 농염함 그리고 야속한 님에 대한 강한 원망 등이 복합되어 나타나 있다.

휘장 두드리는 버들개지, 뜨거운 봄 구름

귀갑 병풍, 화려한 옷

동쪽 집의 나비는 서쪽 집에 날아들고

백마 탄 소년은 오늘에야 돌아오는구나

楊花撲帳春雲熱　　龜甲屛風醉眼纈[1]

東家蝴蝶西家飛　　白騎少年今日歸

---

1)귀갑병풍(龜甲屛風) : 여러 옥으로 장식한 병풍으로, 그 도안이 龜甲과 같음. 취안힐(醉眼纈) : 바느질 구멍이 아주 세밀하고 꽃무늬가 새겨져 있는 견직물.

양공자(梁公子)

이 시는 황실의 자제가 군대에 가서 전쟁에 대비하는 군사 훈련에 전념하기는커녕, 말을 몰고서 한가롭게 놀러 다니거나 극심한 사치를 일삼고, 그것도 모자라 어둠이 찾아오면 기녀를 찾아 음란함에 빠지는 등의 극심한 방탕을 풍자하고 있다.

풍채는 소씨 가문에서 나왔지만　風采出蕭家[1]
본래 창포꽃이었다네　本是菖蒲花[2]
남쪽 연못에 연밥이 익어 갈 때　南塘蓮子熟
말 씻겨 강가 모래 위를 달리네　洗馬走江沙
황실에서 내린 종이는 은가루 입혀 있어 차갑고　御箋銀沫冷[3]
긴 대자리에는 봉황새 둥근 문양이 비껴 새겨져 있네　長簟鳳窠斜[4]
버드나무 심은 군영에 어둠이 깔리면　種柳營中暗[5]
편지를 써서 기녀에게 전하는구나　題書賜館娃[6]

---

1)소가(蕭家) : 南朝 梁나라의 皇族의 성이 蕭였음. 2)창포화(菖蒲花) : 『梁書』에 따르면 太祖(蕭順之)가 황후 張氏에게 술을 권할 때, 실내에서 정원 앞에 광채가 빛나는 창포꽃을 보았는데 세상에 없는 것이었다. 황후가 놀라며 시종에게 "보이느냐?"고 물으니, 시종이 "보

이지 않습니다"라고 대답하였다. 황후가 말하기를 "일찍이 듣고 보는 것은 부귀함이 마땅하다"고 하고서 창포화를 삼키니 그 달에 고조를 낳았다고 함. **3)**어전(御箋) : 황실에서 사용하던 종이. **4)**봉과(鳳窠) : 둥근 꽃을 봉황 형태로 짬. **5)**종류(種柳) : 『晋書』에 따르면, 陶侃은 武昌에 진영을 설치하고 군영에 버드나무를 심었다 한다. 여기서는 군영을 가리킴. **6)**관왜(館娃) : 미녀. 여기서는 吳나라 궁궐의 관기를 말함.

모란을 심는 노래

(牧丹種曲) 중당에는 귀족 부인들 사이에 모란을 가꾸는 풍조가 유행했는데, 당시 모란의 가격은 상당히 비싸 '중산층 열 가구의 세금과 맞먹는' 정도였다. 이 시는 이런 사회 풍조를 보고 느낀 감회를 읊은 풍유시로 白居易의 「買花」와 작품 내용이 비슷하다. 다만 차이가 있다면 백거이가 한 노인의 '한숨과 넋두리'를 통해 많은 금으로 꽃을 사는 허영을 풍자한 반면, 이하는 그보다 진일보하여 '미인'을 통해 많은 돈으로 모란을 산 이후 그 꽃이 시들고 초췌해지면 두 번 다시 찾지 않고 내팽개쳐 버리는 극심한 사치와 허영을 비판하고 있음이다.

연꽃 줄기 짧아지고 진형화(秦蘅花) 질 때

말에 금을 싣고 가 모란꽃 사오네

반달형 화분에 향긋한 흙으로 심어 물을 주면

밤새 꽃들은 여명을 맞이하네

미인이 취해 중얼거리면 정원에는 안개 피어 오르고

뒤늦게 핀 꽃잎 시들면 나비의 발길도 끊기네

양왕(梁王)은 늙어 죽었지만 비단옷은 그대로 있어

소맷자락 흔들릴 때마다 촉국현(蜀國絃) 울리네

노을 질 때 치마 끌어당기면 촉장에 어둠이 깔리고

아름다운 붉은 꽃가루 떨어지면 은총의 손길도 끊기네

단랑(檀郞) 같은 미남과 사녀(謝女) 같은 미녀가 어느 곳에 잠들었기에

달 밝은 누각엔 제비만 지저귀는가!

蓮枝未長秦蘅老[1]　　走馬馱金劚春草[2]

水灌香泥却月盆　　一夜綠房迎白曉[3]

美人醉語園中煙　　晚華已散蝶又闌

梁王老去羅衣在[4]　　拂袖風吹蜀國絃[5]

歸霞帔拖蜀帳昏[6]　　嫣紅落粉罷承恩[7]

檀郞謝女眠何處[8]　　樓庭月明鸞夜語[9]

---

1)진형(秦蘅) : 향초. 2)춘초(春草) : 모란. 3)녹방(綠房) : 꽃들. 백효(白曉) : 여명, 새벽. 4)양왕(梁王) : 漢나라 文帝의 아들 劉武로, 여기에서는 귀족을 뜻함. 5)촉국현(蜀國絃) : 樂府曲名으로, 여기에서는 모란의 가지가 흔들리고, 이파리들이 나부끼며 소리 내는 것이 촉국현 가락 같음을 비유함. 6)피타(帔拖) : 끌어당김. 촉장(蜀帳) : 촉나라에서 생산된 모란을 덮은 장막. 7)언홍(嫣紅) : 곱고 예쁜 모란꽃. 낙분(落粉) : 落花. 8)단랑(檀郞) : 潘郞. 西晉의 시인 潘岳. 그는 유년 시절의 이름이 檀奴였는데 훌륭한 소년이 되자 반랑이라 불렀다. 여기에서는 소년을 말함. 사녀(謝女) : 東晉의 재능이 많았던 여자 謝道韞으로, 여기서는 소녀를 가리킴. 9)연야어(燕夜語) : 반랑과 사녀의 정다운 소리가 마치 달 밝은 밤에 제비가 우는 것과 같음.

후원 우물을 파는 노래 (後園鑿井歌)

이 시는 民歌의 수법을 사용하고 7 · 3 · 5언을 혼용하면서 9구로 구성한 독특한 작품으로, 자유로운 형식을 통해 부부간의 돈독한 사랑을 함축적으로 노래하고 있다. 또 '녹로' '물소리' '현소리' 등 다양한 청각적 소재를 동원하여 부부의 화합과 무한한 정을 효과적으로 나타냈다. 특히 '하루가 천 년이 되어 제발 흘러가지 마라(一日作千年, 不須流下去)'는 시구에는 부부간의 사랑이 영원하기를 기원하는 시인의 애틋한 마음이 흥건히 배어 있다고 하겠다.

우물 위 녹로(轆轤)를 받침대 위에서 굴리니	井上轆轤牀上轉[1]
물소리는 무성히 일고	水聲繁
현(絃)의 소리는 희미해지네	絃聲淺
정이란 어떠한 것인가?	情若何
순봉천(荀奉倩) 같은 것이라네	荀奉倩[2]
성 앞을 비추는 해야	城頭日
오래도록 성 꼭대기에 머물러라!	長向城頭住
하루가 기나긴 천 년이 되어	一日作千年
제발 흘러가지 마라!	不須流下去

---

1)녹로(轆轤) : 우물 위에 물을 긷도록 설치된 둥근 나무. **2)**순봉천(荀奉倩) : 『世說新語』에 따르면, 荀奉倩은 아내와 정이 매우 깊었는데, 겨울에 아내가 열이 나자 정원에 나가 찬바람을 쏘여 몸을 차갑게 한 후에 아내의 몸을 비벼 열을 내려 주었다 한다. 훗날 아내가 죽자 얼마 후 그도 죽었음.

근심을 푸는 노래(開愁歌 – 筆下作)[1]

이 시는 이하가 진사과에 응시해 보지도 못한 이후 실의에 찬 생활을 하던 어느 가을날 해 질 무렵에 지은 작품으로, 가슴속에 쌓인 수심과 세상에 대한 울분을 술에 흠뻑 취해 잊어버리고 싶어하는 간절한 심정을 노래하고 있다. 이 작품은 시의 제목조차 '근심을 푸는 노래'라고 하였듯이, 그 어떤 시보다도 시인의 격한 감정과 세상에 대한 저항이 강하게 노출되어 있다.

가을바람은 대지에 불어 온갖 풀 말리는데

붉은 꽃과 꽃나무 그림자엔 차가운 밤 기운 감도는구나

내 나이 스물에 뜻을 얻지 못하여

시름에 쌓인 마음은 시든 난 같구나

옷은 나는 메추라기 같고 말은 개 같은데

갈림길에서 칼 내리치니 쇳소리 울리네

술집 앞에서 말 멈추고 가을 옷 벗어 들어

의양의 좋은 술과 바꾸기를 청하네

술 마시며 하늘에 소리쳐 보아도 구름은 걷히지 않고

밝은 대낮은 만 리에 뻗쳐 있는데도 적막하고 외롭네!

술집 주인은 내게 의지를 길러

세속사에 시달리지 말라 권하네

秋風吹地百草乾　　華容碧影生晚寒[2]

我當二十不得意　　一心愁謝如枯蘭

衣如飛鶉馬如狗[3]　　臨岐擊劍生銅吼[4]

旗亭下馬解秋衣[5]　　請貰宜陽一壺酒[6]

壺中喚天雲不開　　白晝萬里閑凄迷

主人勸我養心骨[7]　　莫受俗物相塡猝[8]

---

1)개수(開愁) : 근심을 풂. **2**)벽영(碧影) : 꽃나무의 그림자. **3**)비순(飛鶉) : 옷이 남루함. **4**)임기(臨岐) : 갈림길에 임함. 곧 시인이 순탄하지 않는 곳에 있음을 비유함. **5**)기정(旗亭) : 술집. **6**)의양(宜陽) : 지금 河南省 宜陽縣으로, 名酒의 산지로 유명함. **7**)심골(心骨) : 의지. **8**)속물(俗物) : 세속의 인간사.

양생이 갖고 있는 청화자석연을 부르는 노래

(楊生青花紫石硯歌) 이 시는 '青花紫石硯'이라는 훌륭한 벼루와 이런 벼루를 만든 工人의 신묘한 솜씨에 대해 찬사를 읊은 작품이다. 처음 두 구에서는 端州의 석공이 위험을 두려워하지 않고 높은 산꼭대기에 올라 돌을 캐어 청화자석연을 만드는 과정을 묘사하고 있다. 3구에서부터 7구까지에는 포진의 수법을 사용하여 벼루의 기묘함과 아름다움, 그리고 탁월한 효용을 노래하고 있으며, 끝구에서는 이 벼루의 훌륭함은 孔子가 생전에 사용한 벼루보다 훨씬 훌륭하다고 극찬하고 있다.

단주(端州)의 석공 솜씨 신처럼 교묘하여

높이 오르고 칼을 갈아 자운석 자르네

벼루 갈아 물을 연지에 가득 담으니

어둠 속에서 장홍(萇弘)의 푸른 피 같구나

낮에 깁의 휘장 따뜻해지면 검은 먹물에 봄이 완연해지고

약간의 물 부어 먹을 갈면 소나무 향기와 사향 진동하네

마르고 윤기 흐르며 진하고 연한 잡티 없는 먹물

가을빛처럼 맑고 깨끗하네

둥근 붓 찍는 소리 극히 조용하니

공자(孔子)가 사용한 큰 벼루라도 어찌 족하다고 할 수 있으리?

端州石工巧如神[1]　　　踏天磨刀割紫雲[2]

傭刓抱水含滿唇　　暗灑萇弘冷血痕[3]
紗帷晝暖墨花春　　輕漚漂沫松麝薰[4]
乾膩薄重立脚匀[5]　　數寸光秋無日昏[6]
圓毫促點聲靜新[7]　　孔碩寬碩何足云[8]

---

1) 단주(端州) : 당대의 州名으로, 지금 廣東省 高要縣. 예로부터 훌륭한 벼루가 생산되어 '端硯' 이라 했음. **2**)답천(踏天) : 높이 오름. 자운(紫雲) : 높은 산꼭대기에 있는 자색 벼루 만드는 돌을 형용. **3**)장홍(萇弘) : 周나라 敬王의 大夫로, 그가 죽은 후 3년이 되자 그의 피가 푸른 옥이 되었다 한다. 여기서는 벼루 위에 조각된 푸른 꽃무늬가 마치 장홍의 피와 같음을 말함. **4**)송사훈(松麝薰) : 옛 먹은 松烟과 사향을 섞어 만들었는데, 먹을 갈 때면 이들 향기가 진하게 풍겼다 함. **5**)입각(立脚) : 먹을 벼루에 대는 것을 가리킴. 균(匀) : 먹물에 이물질이 없는 것. **6**)무일혼(無日昏) : 벼루의 먹물이 깨끗하며 빛을 발하는 것을 비유함. **7**)원호(圓豪) : 붓. **8**)공연(孔硯) : 孔子가 생전에 사용했다는 벼루.

규방을 생각하며 (房中思) 이 시는 봄부터 가을까지 변화하는 계수나무 잎을 통해, 이별 후의 적막한 생활을 참아 내고 있는 새색시의 비애를 읊고 있는 閨怨詩이다. 이 시에는 시인의 탁월하고도 세심한 관찰력과 감수성이 돋보인다. 즉 시인은 계수나무 이파리에 思夫의 절실한 심정을 이입시키고 있으며, 새색시의 깊은 적막감에 대해 새벽 정원조차도 '쓸쓸하고 적막하다(幽澁)' 고 표현하고 있다.

새로 움튼 계수나무 이파리는 아미처럼 예쁜데	新桂如蛾眉
가을바람은 계수나무 새싹에 부네	秋風吹小綠[1]
문 밖으로 수레 행차하니	行輪出門去
수레방울 소리 끊어졌다 이어졌다 하네	玉鸞聲斷續
달빛은 난간 아래 비추고 바람은 이슬을 날리며	月軒下風露
새벽 정원은 절로 깊고 적막하기만 하네	曉庭自幽澁[2]
누가 고결한 절개를 섬기리요	誰能事貞素[3]
누워 귀뚜라미 우는 소리만 듣고 있구나	臥聽莎鷄泣[4]

---

1)소록(小綠) : 막 싹튼 계수나무 잎. **2)**유삽(幽澁) : 쓸쓸하고 적막함. **3)**정소(貞素) : 고결한 절개. **4)**사계(莎鷄) : 귀뚜라미.

낮이 짧아 괴로워

(苦晝短) 이 시는 풍부한 비유와 다양한 신화 · 전설을 동원하고 3 · 4 · 5 · 6 · 7언 등 자유로운 형식을 통해 죽음에 대한 확고한 인식을 표출한 작품이다. 시인은 진시황과 한 무제 같은 위대한 역사적 인물은 물론이고, 神君 · 太一 · 任公子 등과 같은 신화 · 전설의 주인공들까지도 반드시 죽는다고 역설한다.

세월이여, 세월이여!	飛光飛光[1]
그대에게 술을 권하오	勸爾一杯酒
나는 하늘이 얼마나 높고	吾不識青天高
땅이 얼마나 두터운지 모르지만	黃地厚
단지 달이 차고 해가 뜨거워지며	惟見月寒日暖[2]
사람 목숨을 재촉하는 것을 보았소	來煎人壽
곰을 먹으면 살이 찌고	食熊則肥[3]
개구리를 먹으면 야위네	食蛙則瘦[4]
신군(神君)은 어디에 있으며	神君何在[5]
태일(太一)은 어디에 있는가?	太一安有[6]
하늘의 동쪽에는 약목(若木)이 있고	天東有若木[7]
그 아래에는 촉용이 있다 하는데	下置御燭龍[8]

내가 장차 그 용의 다리를 자르고	吾將斬龍足
살을 먹어	嚼龍肉
아침에도 돌리지 못하게 하고	使之朝不得廻
저녁에도 숨지 못하게 하면	夜不得伏
자연히 늙은이는 죽지 않고	自然老者不死
젊은이는 울지 않으리니	少者不哭
어찌 황금을 복용하고	何爲服黃金
백옥을 삼킬 것인가?	呑白玉[9]
누가 임 공자(任公子) 같은가?	誰似任公子[10]
구름 속에 백려(白驢)를 타고 등선했다는	雲中騎白驢[11]
한 무제의 무덤에는 뼈만 있고	劉徹茂陵多滯骨[12]
진 시황의 재관은 절인 고기를 썼다 하네	嬴政梓棺費鮑魚[13]

---

1)비광(飛光) : 빠르게 흘러가는 세월. **2)**월한(月寒) : 늦은 밤. 일난(日暖) : 대낮. **3)**웅(熊) : 곰 발바닥. 부유한 사람들이 먹는 진귀한 음식. **4)**와(蛙) : 개구리 살. 가난한 사람들이 먹는 조악한 음식. **5)**신군(神君) : 神의 높임말. **6)**태일(太一) : 天神 가운데 가장 존귀한 신. **7)**약목(若木) : 신화 중에 형야산에 사는 나무 이름으로, 푸른 잎에 붉은 꽃이 핌. **8)**촉룡(燭龍) : 章尾山의 신으로서, 눈을 뜨면 낮이 되고 눈을 감으면 밤이 된다는 용의 이름. **9)**복황금(服黃金) · 탄백옥(呑白玉) : 황금과 백옥은 오래도록 변하지 않으므로, 고대인

들은 황금과 백옥으로 정련한 약물을 복용하면 오래 살 수 있다고 여김. **10**)임 공자(任公子) : 전설 중에 신선이 되었다는 사람. **11**)백려(白驢) : 임 공자는 당나귀를 타고 하늘로 올라갔다 함. **12**)유철(劉徹) : 한 무제의 이름. **13**)영정(嬴政) : 진 시황의 이름. 재관(梓棺) : 가래나무로 만든 관. 비포어(費鮑魚) : 진 시황은 만년에 巡行을 떠났다가 沙丘에서 죽었다. 진 시황이 죽었을 때 환관 趙高와 승상 李斯는 변고가 두려워 초상을 치르지 않고, 비밀리에 수레로 시체를 조금씩 長安으로 옮기면서 시체에서 나는 악취를 가시게 하기 위해 수레에 절인 고기를 덮었다 함.

구리 낙타의 슬픔 (銅駝悲)

이 시는 이하가 그의 나이 22세(원화 6년) 되던 봄에 지은 작품으로, 구리 낙타를 빌려 자신의 懷才不遇에 따른 비애 의식을 읊고 있다. 전체적으로 艶麗한 풍격이 다양한 상징과 결합하여 시적 성공을 거두고 있다. 참으로 '바람은 승로반의 촛불에 불 것이니(風吹盤上燭)'는 시인의 허무한 인식은, 그가 삶에 얼마나 지치고 힘들어 하는가를 단적으로 보여준다 할 것이다. 다른 시에 비하여 여기에는 시인의 비애 의식을 심화시키는 시어들, 예를 들면 '落魄' '悲' '厭' '哭' 등이 많이 사용되고 있음도 주목된다.

실의에 젖은 삼월도 끝나 갈 때	落魄三月罷[1]
기녀를 찾아 동가(東家)로 간다	尋花去東家
누가 송춘곡(送春曲)을 짓는가?	誰作送春曲
낙안은 구리 낙타를 슬퍼하거늘	洛岸悲銅駝[2]
교남(橋南)엔 말 탄 상춘객이 많고	橋南多馬客[3]
북산(北山)엔 죽은 혼령이 널려 있네	北山饒古人[4]
그대들 술잔을 기울이게나	客飮盃中酒
구리 낙타는 수없이 많은 봄을 슬퍼했네	駝悲千萬春
한평생을 헛되이 살지 말게나	生世莫徒勞
바람은 승로반의 촛불에 불 것이니	風吹盤上燭
피고 지는 복사꽃 싫도록 보며	厭見桃株笑[5]
밤마다 구리 낙타는 울었다 하네	銅駝夜來哭

1)낙백(落魄) : 뜻과 행동 모두 실의에 젖고 피폐해진 모양. 2)낙안(洛岸) : 낙양의 언덕. 3)교남(橋南) : 洛岸의 다리 남쪽으로, 항상 말을 몰아 봄을 찾던 곳. 4)북산(北山) : 北邙山. 곧 무덤 · 묘지를 뜻함. 5)소(笑) : 복숭아꽃이 핌.

쓸쓸한 가을날 시를 정자 십이 형에게 부침(秋涼詩寄正字十二兄)

이 시는 원화 8년(813) 이하가 가을날 집에 있을 때, 정자(正字)를 하고 있는 그의 十二兄에게 부친 작품으로, 시인의 적막한 생활과 비참한 심정을 편지 형식으로 읊은 작품이다. 이 시에서 시인은 끊임없이 일어나는 근심과 번뇌를 '뻗어 나는 칡덩굴(抵覃葛)'로 함축하고 있다. 더욱이 '한스런 노래 부르고 있으면 팽팽한 얼굴도 사라진다(恨唱華容歇)'는 표현을 통해, 절망에 빠진 자신의 심정이 얼마나 비참한가를 절실히 노래하고 있다.

문을 닫고서도 가을바람의 스산함을 느끼니

조용한 자태를 오랫동안 뵙지 못했습니다

넓은 들판엔 가을 하늘이 생겨나고

천지엔 살을 에는 듯한 차가움으로 가득 차 있습니다

영롱한 이슬은 시든 혜초(蕙草)에서 울고

벌레 소리는 밤새도록 끊이질 않습니다

차가운 방엔 등불 침침하고

바람 불면 빨간 깁은 젖혀집니다

책을 펴면 묵은 책 내음 진동하고

한스런 노래 부르고 있으면 팽팽한 얼굴도 사라집니다

많은 날 소식 전하지 못했는데

꽃피던 봄은 어느새 쓸쓸한 가을로 바뀌었습니다

형제 가운데 누가 저를 생각해 주겠습니까?
편지는 이미 도착했겠지요
푸른 도포를 걸치고 백마에 올라
황제께 바치는 글 받들고 조정에 들어가는 모습 선합니다
꿈속에서는 환하게 웃었는데
깨어 보면 반쯤 달빛이 침실에 들어와 있습니다
그리움은 숨가쁘게 도는데
얽힌 수심은 칡덩굴처럼 뻗어 갑니다.

閉門感秋風　　幽姿任契闊[1)]
大野生素空[2)]　　天地曠肅殺
露光泣殘蕙　　蟲響連夜發
房寒寸輝薄[3)]　　迎風絳紗折[4)]
披書古芸馥[5)]　　恨唱華容歇
百日不相知　　花光變涼節
弟兄誰念慮　　牋翰旣通達
靑袍度白馬[6)]　　草簡奏東闕[7)]

夢中相聚笑　　覺見半牀月

長思劇循環[8)]　　亂憂抵覃葛[9)]

---

1)계활(契闊) : 오랫동안 헤어짐. **2)**소공(素空) : 가을 하늘. **3)**촌휘(寸輝) : 등불. **4)**강사(絳紗) : 빨간 집. **5)**고운(古芸) : 향초의 하나로 잎을 책 속에 넣으면 좀이 슬지 않음. **6)**청포(靑袍) : 正字 관직은 종9품으로 청색 도포를 입었음. **7)**초간(草簡) : 황제에게 바치는 의견서. 동궐(東闕) : 조정. **8)**극순환(劇循環) : 숨가쁘게 돎. **9)**난우(亂憂) : 얽힌 수심. 담갈(覃葛) : 만연한 칡덩굴.

第四卷

널려 있는 쑥 (艾如張 – 艾音又見詩也)[1] 이 시는 꿩을 시적 소재로 삼고 악부의 형식

을 빌어, 당시 험악한 사회에서는 정직한 사람이 재앙을 당해 결국에는 좌절하게 된다는 인간사의 부당한 세태를 반영한 詠物詩이다. 여기서 시인은 세상사에 대한 뼈아픈 이치를 안타깝게 충고하고 있다. 다시 말해 먹이가 없다고 해서 籠媒의 유혹에 속아 들판에 쳐져 있는 새그물을 건드리게 되는 경우가 있다면 반드시 피투성이가 된다는 것이다. 따라서 시인은 그물의 화려한 장식 뒤에 숨겨진 재앙을 누구도 알 수 없으니 매사에 조심하라고 신신당부한다.

비단으로 짠 치마인가	錦襜褕[2]
수놓아 짠 배자인가	繡襠襦[3]
열심히 먹고 마셔	强飮啄
너의 새끼 젖먹이거라	哺爾雛
동편 논두렁엔 비바람에 쓰러진 벼이삭이 가득하니	隴東臥穟滿風雨
못된 농매(籠媒) 믿고 서쪽 논두렁에 가지 마라	莫信籠媒隴西去[4]
제나라 사람이 짠 망은 하얀 허공처럼 보이지 않고	齊人織網如素空[5]
평평하고 짙푸른 들판에 펼쳐져 있단다	張在野田平碧中[6]
촘촘한 그물은 형체도 그림자도 없으니	網絲漠漠無形影[7]
잘못 건드리는 날에는 머리 다쳐 피투성이 되리라	誤矣觸之傷首紅
그물에 쑥 잎과 푸른 꽃을 누가 장식해 놓았는가?	艾葉綠花誰剪刻[8]
그 가운데 숨겨진 화의 기운은 알 수 없는데	中藏禍機不可測

1)애여장(艾如張) : 樂府의 옛 제목으로, 들풀을 베고 그물을 쳐 놓은 것을 말함. 2)첨유(襜褕) : 짧은 치마. 3)당유(襠褕) : 짧은 옷. 4)농매(籠媒) : 수렵하는 사람이 들새를 잡기 위해 어릴 때부터 기르는 새. 潘岳의 「謝雉賦」에 따르면, 새끼를 길러 키우면 자라서 사람에게 스스럼없이 굴고 들새를 불러 모을 수 있어 媒라 하였다 함. 5)제인(齊人) : 제나라 사람. 제는 춘추전국 시대의 나라 이름으로, 현재 산동성 동북 일대. 전하는 바에 따르면, 제나라 사람은 새와 고기를 잘 잡았고 그물을 짜는 기술이 매우 뛰어났다고 함. 6)평벽(平碧) : 평평하고 짙푸름. 7)막막(漠漠) : 촘촘한 베의 모양. 8)애엽록화(艾葉綠花) : 그물 위에 쑥 잎으로 위장한 것으로, 그 모양이 꽃과 비슷하여 녹화라 불렀음. 전각(剪刻) : 장식함.

높은 무산 (巫山高)[1]

이 시는 무산의 아름다운 풍경을 읊은 작품으로, 전체적으로 청각과 시각적 소재를 십분 활용하고 있으며 환상적인 분위기가 농후하다. 예를 들어 기운차게 흐르는 양자강 · 울부짖는 원숭이 등은 청각의 효과를, 무성한 초목 · 날리는 비 · 붉게 물든 구름 등은 시각의 효과를 증폭시키는 요소이다. 또 '신녀 사당 가까이 비치는 달빛은 차고 / 붉게 떨어진 산초 꽃은 구름을 붉게 물들이네' 하는 시구에는 환상적 분위기가 짙게 배어 있다.

무성한 초목은

높이 솟아 하늘을 찌르네

양자강은 기운차게 흐르고, 신선은 구름 이끌며

초 회왕이 꿈속에서 무산 신녀 만났는지 바람 시원하게 불어오고

새벽에 부는 바람에 비 날리니 이끼 생기네

신녀는 한번 가면 천 년이 흐르고

정향(丁香)과 공죽(筇竹)에선 늙은 원숭이 울부짖네

신녀 사당 가까이 비치는 달빛은 차고

붉게 떨어진 산초 꽃은 구름을 물들이네

碧叢叢　　高插天

大江翻瀾神曳煙[2]　　楚魂尋夢風颸然[3]

曉風飛雨生苔錢　　瑤姬一去一千年[4]

丁香筇竹啼老猿[5]　　古祠近月蟾桂寒[6]

椒花墜紅濕雲間

---

1)무산(巫山) : 지금 四川省 巫山縣 동쪽에 있다. 산의 모양이 巫字와 비슷하여 이름이 붙여짐. 2)대강(大江) : 揚子江. 3)초혼심몽(楚魂尋夢) : 宋玉의 「神女賦」에 따르면, 초나라 懷王과 襄王은 꿈속에서 巫山의 神女를 만났다고 함. 4)요희(瑤姬) : 무산의 신녀. 5)정향(丁香) : 樨科에 속하는 낙엽 관목. 공죽(筇竹) : 筇都. 筇山에서 나는 대나무로 속이 차고 마디가 높아 지팡이를 만드는 데 쓰임. 6)고사(古祠) : 무산 신녀의 사당. 월섬계(月蟾桂) : 달에 산다는 두꺼비와 계수나무, 곧 달빛을 말함.

사나운 호랑이 노래 (猛虎行 – 四言)

이 시는 번진을 '사나운 호랑이(猛虎)'에 비유하여, 그들이 강성함만 믿고 오직 무력으로만 唐을 통일하려는 흉폭함과 비행, 번진을 토벌할 능력이 전혀 없는 관리들의 무능, 암울한 시대 상황에서 살아 가야만 하는 백성들의 고통 등을 한꺼번에 표출하고 있다.

긴 창으로 찌를 수도 없고	長戈莫舂
강한 화살로도 쏠 수가 없네	强弩莫抨[1]
자손을 기르며	乳孫哺子
사납고 흉악하도록 가르치네	教得生獰[2]
머리를 들면 성곽이 되고	擧頭爲城
꼬리를 흔들면 정기(旌旗)가 되니	掉尾爲旌
동해의 황공(黃公)조차도	東海黃公[3]
밤길 가다 만나는 것 두려워하네	愁見夜行
길에서 추우(騶虞)를 만나면	道逢騶虞[4]
우애(牛哀)는 불만스러워하네	牛哀不平[5]
언제 칼을 쓸 것인가?	何用尺刀[6]
벽 위에서 울고만 있는데	壁上雷鳴

태산 아래에서	泰山之下
흐느끼는 여인의 곡소리	婦人哭聲[7]
황제께선 번진의 토벌 명령을 내려도	官家有程[8]
관리들은 감히 명령 받들지 못하네	吏不敢聽[9]

---

1)평(抨) : 쏘다. **2**)생녕(生獰) : 야만스럽고 영악하다. 곧 번진의 전횡과 발호를 가리킴. **3**)동해황공(東海黃公) : 『西京雜記』에 따르면, 동해 사람 黃公은 어렸을 때부터 묘술을 부려 호랑이를 다스릴 수 있었다. 그러나 그는 후에 노쇠해지고 폭음을 즐긴 탓에 묘술을 부리지 못해 결국 호랑이에게 잡혀 먹혔다 함. **4**)추우(騶虞) : 전설 중에 나오는 동물로, 겉모습은 호랑이와 비슷하나 살아 있는 것을 먹지 않는 동물. 여기에서는 발호하는 번진을 가리킴. **5**)우애(牛哀) : 『淮南子 · 俶眞訓』에 따르면, 魯國人 公牛哀는 태어난 지 7일 만에 병이 났는데 갑자기 호랑이로 변했다 한다. 곧 사나운 호랑이를 가리킴. **6**)척도(尺刀) : 짧은 보검. **7**)태산지하 부인곡성(泰山之下 婦人哭聲) : 『禮記 · 檀弓』에 따르면, 孔子가 태산을 지나갈 때 한 부인이 슬피 우는 것을 보고 자로에게 가서 그 연유를 물어 보라 하니, 그 부인이 호랑이가 시아버지와 남편, 그리고 아들을 물어 갔기에 슬피 운다고 했다 함. **8**)정(程) : 기한. **9**)청(聽) : 명령을 들음.

해뜨는 노래 (日出行)

이 시는 태양을 보면서 느낀 감회를 읊은 神怪詩이다. 시인은 멈추지 않고 끊임없이 흘러가는 시간의 흐름을 보면서 항시 죽음에 직면해 있는 자신이 세상으로부터 버림받고 있다는 강한 피해 의식에 젖어 있다. 여기에서 시인은 신화 중에서, 하늘에 떠 있는 열 개의 해 가운데 아홉 개의 해를 화살로 떨어뜨린 영웅 羿의 고사에 의탁하여, 해의 다리를 명중시켜 영원히 달아나지 못하게 했으면 새벽 되고 저녁 되는 시간의 흐름이 정지되었을 것 아니냐고 안타까워한다. 시인이 흘러가는 시간에 대해서 얼마나 안타까워했는지, 그리고 죽음에 대해 얼마나 민감했는지 잘 알 수 있다.

해가 곤륜산에 비치면	白日下崑崙[1]
찬란한 햇살 실을 펼친 듯하네	發光如舒絲[2]
부질없이 해바라기는 비춰 주지만	徒照葵藿心[3]
나그네의 슬픔은 비춰 주지 않네	不照遊子悲[4]
구비치며 황하 흘러가도	折折黃河曲
태양은 가운데에서 돌고 있네	日從中央轉
해 돋는 양곡(暘谷)은 들어 봤어도	暘谷耳曾聞[5]
해 지는 약목(若木)은 본 적이 없네	若木眼不見[6]
어찌하여 돌을 녹이고	奈爾鑠石
어찌하여 사람을 늙게 만드느냐?	胡爲銷人[7]
활 잘 쏘는 예(羿)야, 화살을 쏘아	羿彎弓屬矢[8]
왜 해의 다리를 명중시키지 못한단 말이냐?	那不中足[9]

영원히 달아나지 못하게 하지　　　令久不得奔

어쩌자고 새벽을 밝게 하고 저녁을 어둡게 하느냐?　　　詎教晨光夕昏[10]

---

1)곤륜(崑崙) : 신화 중의 산으로, 西王母의 사당이 있다 함. **2)**서사(舒絲) : 펼친 실과 같다는 뜻. 곧 태양빛이 매우 세밀함을 형용. **3)**규곽(葵藿) : 해바라기. **4)**유자(遊子) : 나그네. 여기서는 이하를 말함. **5)**양곡(暘谷) : 신화 중에 태양이 뜨는 곳. **6)**약목(若木) : 신화에 나오는 나무로, 태양이 지는 곳. **7)**호위(胡爲) : 어찌, 왜. **8)**예(羿) : 신화에 의하면 하늘에 떠 있는 열 개의 해 가운데 아홉 개를 화살로 쏘아 떨어트린 영웅. **9)**나(那) : 어찌, 왜. **10)**거(詎) : 왜. 신광석혼(晨光夕昏) : 아침에는 밝아지고 저녁에는 어두워짐.

공후를 타며 (箜篌引)[1]

이 시의 원형은 조선 곽리자고의 아내 여옥이 지은 「공무도하가」로, 애타는 閨情을 절실하게 읊고 있다. 이 시를 보면 앞에서 살펴보았던 규정시와 달리, 사랑하는 님이 떠나가는 슬픔은 여인 한 사람의 슬픔에 그치지 않고, 북쪽 마을에 사는 현명한 형과 동쪽 마을에 사는 어린 시누이 등 모든 가족 구성원들의 비애라고 강조한다. 특히 이 시는 4언으로부터 시작하여 5언 · 7언 · 3언 등을 혼용하다가 7언으로 끝을 맺는 다양한 구법을 통해, 시의 외형적인 변화 속에 여인의 심난한 심정을 불어넣는 시각적 효과까지도 노리고 있다.

그대여! 그대여!

호리병 들고 장차 떠나시렵니까?

굴원(屈原)은 상수에 빠져 죽어 추모되지 않았고

서연(徐衍)은 바다에 빠져 죽어 참으로 어리석은 이 되었습니다

그대여! 그대여!

침상 위엔 솔새 자리가 있고 쟁반엔 고기가 있습니다

북쪽 마을에는 현명한 형이 계시고

동쪽 마을에는 어린 시누이도 있습니다

밭에는 기름진 기장과 마늘이 심어져 있고

술단지엔 막 개봉한 탁주에 술꽃이 피었습니다

기장을 먹을 수 있고

탁주를 마실 수 있어요

그대여! 그대여! 그대 없이 어찌 살 수 있으리오?

머리카락 풀어 헤치고 분주히 어디로 떠나시렵니까?

현명한 형과 어린 시누이는 엉엉 슬피 웁니다

公乎公乎	提壺將焉如
屈平沈湘不足慕[2]	徐衍入海誠爲愚[3]
公乎公乎	牀有菅席盤有魚[4]
北里有賢兄	東隣有小姑
隴畝油油黍與葫	瓦甒濁醪蟻浮浮[5]
黍可食	醪可飮
公乎公乎其奈居	被髮奔流竟何如
賢兄小姑哭嗚嗚	

---

1)공후인(箜篌引) : 朝鮮 霍里子高의 아내 麗玉이 지은 「公無渡河歌」를 말함. 2)상(湘) : 굴원은 湘水의 汨羅江에 빠져 죽었음. 3)서연(徐衍) : 『漢書』에 따르면, 서연은 周나라 말기 사람으로 돌을 지고 바다에 빠져 죽었다 함. 4)관(菅) : 벼과에 속하는 다년초인 솔새. 5)료(醪) : 막걸리. 의부부(蟻浮浮) : 술꽃.

평성의 아래에서 (平城下)[1]

이 시는 이민족의 침입이 잦았던 당시의 시대 상황 속에서, 고향을 떠나 수만 리 떨어진 변방에서 적과 대치하면서 싸워야 하는 병사의 입장에 서서, 백성들의 고충을 절실히 표출한 諷諭詩이다. 여기에서 시인은 변방에서 나라를 위해 목숨을 바칠 각오가 되어 있는 병사들이 당하는 가장 큰 고통은 나라 위해 싸워 죽는 것이 아니라, 머리카락을 끊을 것 같은 매서운 추위 속에서 겪어야 하는 굶주림이라고 역설하고 있다.

춥고 배고픈 평성(平城) 아래에서	飢寒平城下
밤마다 밝은 달을 지킨다	夜夜守明月
별검(別劍)엔 옥 같은 빛깔 어리지 않고	別劍無玉花[2]
사막의 바람은 머리카락을 끊어 낼 듯 매섭게 부네	海風斷鬢髮[3]
만리장성은 길다랗게 가을 하늘에 이어져 있고	塞長連白空[4]
한(漢)나라 붉은 깃발들은 아득히 보이는구나	遙見漢旗紅[5]
푸른 장막은 피리 소리 내고	青帳吹短笛
짙은 안개는 용이 새겨진 깃발을 적시네	煙霜濕畵龍[6]
해 저무는 성 위에 올라	日晩在城上
어렴풋이 성 밑을 바라보면	依稀望城下[7]
마른 쑥대는 바람에 흩날리고	風吹枯蓬起
여윈 말은 성 안에서 울부짖네	城中嘶瘦馬

성 지키는 관리에게 묻기를, 借問築城吏[8]

"관은 이곳에서 몇천 리쯤 떨어져 있습니까?" 去關幾千里

수심 속에서 주검이 되어 가니 唯愁裏屍歸

전쟁터에서 죽는 것 애석하지 않네 不惜倒戈死[9]

---

1)평성(平城) : 古平城. 지금 山西省 大同 일대로 만리장성 북쪽에 있음. **2**)별검(別儉) : 고향에서 이별할 때 허리에 찼던 칼. 옥화(玉花) : 맑고 밝은 劍光을 형용. **3**)해풍(海風) : 북방의 큰 사막에서 불어오는 바람. **4**)새(塞) : 변방. 여기에서는 만리장성을 가리킴. 백공(白空) : 하늘. **5**)한기(漢旗) : 한나라의 깃발. 여기서는 唐을 말함. **6**)화룡(畵龍) : 용이 새겨진 깃발. 곧 한나라 깃발. **7**)의희(依稀) : 모호하고 선명하지 않은 모양. **8**)축성리(築城吏) : 변방을 지키는 관리. **9**)도과(倒戈) : 싸우다 죽음.

그대는 문을 나가지 말지니 (公無出門)

이하가 활동했던 당시의 시대 상황은 번진이 할거하고 환관이 발호하였으며, 최고 통지자와 지배 계급은 방탕과 昏用에 젖어 있었다. 이 시의 주제는 시의 제목인 公無出門, 즉 '그대는 문을 나가지 말라' 에 함축되어 있다. 시인은 어두운 사회 현실에서는 양심 있고 정직한 인재들이 오히려 상처받으므로 절대로 문 밖에 나가지 말라, 즉 出仕하지 말라고 당부하고 있다.

캄캄한 하늘

빽빽한 땅

살무사는 사람의 혼을 먹고

눈과 서리는 사람의 뼈를 깎네

성난 개는 짖어 대며 사람 찾아 헤매는데

발바닥 핥으며 오직 덕이 있는 사람만 물려 하네

천제께서 보낸 수레 타야만 재앙 없어지며

옥으로 장식한 칼에 황금 멍에 씌울 수 있네

내 비록 말 타고 가나 돌아올 수 없는 것은

역양호(歷陽湖)의 물결이 산더미 같아서 그러네

독규(毒虯)는 서로 노려보며 소리내어 울고

산예(狻猊)와 알유(猰貐)는 침 흘리며 먹이 기다리고 있네

포초(鮑焦)는 한평생 풀을 깔고 잤으며
안회(顔回)는 스물아홉 살에 귀밑털 희어졌네
이는 안회의 혈기가 쇠해서가 아니며
포초가 천도(天道)를 어겨서도 아니네
하늘은 이들이 화 입는 것 두려워해
그리했을 뿐이네
분명 두려워 그대가 믿지 못한다면
그대는 하늘을 원망하여 벽에다 쓴 천문(天問)을 읽어 보게나!

天迷迷　地密密
熊虺食人魂[1)]　雪霜斷人骨
嗾犬狺狺相索索[2)]　舐掌偏宜佩蘭客[3)]
帝遣乘軒災自息　玉星點劍黃金軛[4)]
我雖跨馬不得還　歷陽湖波大如山[5)]
毒虯相視振金環[6)]　狻猊猰貐吐嚵涎[7)]
鮑焦一世披草眠[8)]　顔回廿九鬢毛斑
顔回非血衰[9)]　鮑焦不違天

天畏遭銜齧　　所以致之然

分明猶懼公不信　　公看呵壁書問天[10]

---

1)웅훼(熊虺) : 사람의 혼백을 먹기 좋아하는 머리가 아홉 개 달린 살무사. **2)**은은(狺狺) : 개가 으르렁거리는 소리. 색색(索索) : 마음이 불안한 모양. **3)**패란(佩蘭) : 인품이 고상한 사람을 비유함. **4)**옥성점검(玉星點劍) : 춘추시대 초나라 사람 伍子胥가 차던 명검과 같은 것으로, 칼 위에 은을 새겨 넣었음. **5)**역양호(歷陽湖) : 歷湖 또는 麻湖라고 불리는 호수로 지금의 安徽省 和縣에 있다. 전설에 따르면 역양호는 본래 육지였는데 밤 사이에 땅이 꺼져서 호수가 되었다 한다. 여기서는 어두운 사회 현실을 비유함. **6)**독규(毒虯) : 전설 가운데 뿔이 없는 용으로, 사람이 독기에 닿으면 죽는다 함. 금환(金環) : 독규가 우는 소리. **7)**산예(狻猊) : 사자의 일종. 알유(猰貐) : 전설 중의 용머리, 말꼬리, 호랑이발톱을 가진 맹수로 사람을 잡아먹음. **8)**포초(鮑焦) : 周代의 은사로, 그는 산에 은거하면서 자기가 심은 것이 아니면 먹지 않고, 자기 아내가 만든 옷이 아니면 입지 않다가 최후에는 나무를 껴안고 굶어 죽었음. **9)**안회(顔回) : 孔子가 가장 아끼던 제자로 자는 子淵이다. 그는 29세에 갑자기 머리가 희어지더니 31세로 요절했음. **10)**문천(問天) : 「天問」을 말함. 굴원이 벽에다 쓴 문장. 전편이 370여 구 1,500여 자로 이루어졌으며 천문, 지리, 신화, 역사 등에 대한 다양한 질문을 던지고 있다.

회중에 올라 (上之回)[1]

「上之回」란 본래 3 · 5 · 7언 12구로 이루어진 악부의 옛 제목으로, 그 내용은 천자가 서울로 돌아온 것을 묘사한 것이다. 그런데 시인은 「상지회」가 지니고 있는 본래의 형식을 3 · 7언으로 새로이 변형시켜 자유스러움을 꾀하고, 그 요지도 조정이 안정되어 모든 백성들이 안심하고 살 수 있는 태평성대가 하루속히 이루어지기를 간절히 바라는 것으로 바꿨다. 특히 이하 시의 대부분이 비애 의식을 그 바탕으로 하고 있는데, 이 작품만은 전체적으로 기쁨의 정서가 농후하게 표출된 매우 이채로운 작품의 하나이다.

회중(回中)에 오르니	上之回
큰 깃발도 기뻐하네	大旗喜
깃발엔 붉은 구름 걸려 있고	懸紅雲[2]
바람은 봉황 꼬리 모양의 깃발을 때리네	撻鳳尾[3]
칼집이 부서지면	劍匣破[4]
교룡이 춤추는 듯하네	舞蛟龍
치우(蚩尤)가 죽으니	蚩尤死[5]
북소리조차 평화스럽게 들리누나	鼓逢逢[6]
높은 하늘도 축하하여 번개 치니	天高慶雲齊墮地[7]
땅에는 봉화 사라지고 바다는 끝이 없네	地無驚煙海千里[8]

1)상지회(上之回) : 樂府의 옛 제목으로, 天子가 서울로 돌아오는 것을 가리킴. 2)홍운(紅云) : 큰 깃발. 3)봉미(鳳尾) : 봉황 꼬리 모양의 깃발. 4)검갑파(劍匣破) : 『拾遺記』에 따르면, 顓頊은 曳影이라는 검이 있었는데 사용하지 않을 때는 자주 갑 속에서 용과 호랑이 울음소리를 냈다 함. 5)치우(蚩尤) : 고대 제후의 이름으로, 兵亂을 좋아하였기 때문에 黃帝에게 誅伐당하였음. 6)봉봉(逢逢) : 북이 둥둥 울리는 소리. 7)타지(墮地) : 땅에 떨어짐. 8)무경연(無驚烟) : 驚烟은 봉화. 봉화가 없다는 것은 곧 천하가 태평함을 말함. 해(海) : 海內.

크고 화려한 수레가 찾아 옴 (高軒過)[1]

이 시는 원화 4년(809), 이하가 그의 나이 20세에 지은 작품으로, 이하의 일생에서 매우 의미 있는 작품이다. 이하는 이 시를 짓기 전인 원화 2년(807) 「雁門太守行」으로 韓愈를 찾아뵈면서 자신의 詩才를 알렸고, 한유는 이를 계기로 그의 뛰어난 능력을 인정해 주었다. 한유는 그 일이 있고 난 이후 두 해가 지나서 그의 문하인 皇甫湜을 데리고 이하의 집을 몸소 찾아왔으니, 시인이 얼마나 기뻤겠는가? 그래서 그 벅찬 심정을 읊게 된 것이다.

원외랑 한유, 시어 황보식이 방문한 연유로 그들의 명을 받들어 짓는다. 韓員外愈,[2] 黃甫侍御湜見過,[3] 因而命作.

화려한 의복은 파처럼 푸른 비취빛 발산하고

말고삐에 늘어뜨린 금환(金環)은 영롱한 소리 내며 흔들리네

우뢰 같은 말발굽 소리 귀를 진동할 정도로 요란한데

문에 들어서 말에서 내리니 기개는 무지개 같구나

그대 낙양성의 대재자(大才子)들

글 잘하는 대문호라 하지요

가슴속엔 하늘의 이십팔수를 나열한 듯하고

하늘의 정기는 그 속에서 솟아 빛을 발하며,

황제 앞에서 부를 지으면 명성은 하늘을 어루만지고

붓은 조화를 도우니 하늘은 공이 없구나
희끗희끗한 눈썹의 서생은 가을 쑥이라 느꼈는데
죽은 풀에 생기 돋는 바람이 불 줄 뉘 알았으랴?
내 지금은 날개 늘어트려 기러기에 의지하지만
훗날 부끄럽지 않게 뱀이 용이 되리라

華裾織翠青如蔥[4)] 金環壓轡搖玲瓏
馬蹄隱耳聲隆隆[5)] 入門下馬氣如虹
云是東京才子[6)] 文章鉅公[7)]
二十八宿羅心胸[8)] 元精照耀貫當中[9)]
殿前作賦聲摩空[10)] 筆補造化天無功[11)]
厖美書客感秋蓬[12)] 誰知死草生華風[13)]
我今垂翅附冥鴻[14)] 他日不羞蛇作龍

---

1)고헌(高軒) : 높고 크며 화려한 수레. 軒은 고대의 비교적 높고 帷幕이 있는 수레로, 大夫 이상의 신분만 탈 수 있었음. 과(過) : 光臨함. **2)**한원외유(韓員外愈) : 中唐의 대학자 韓愈. 자는 退之, 鄧州 南陽 사람. 벼슬은 國子博士 등을 거쳐 吏部侍郎에 이르렀다. 당시 都官員外郎의 벼슬에 있어서 '韓員外'라 하였음. **3)**황보시어식(皇甫侍御湜) : 皇甫湜. 新安

사람으로 자는 持正이며 한유의 제자. **4)**화거(華裾) : 官服으로 唐代에는 7品은 녹색, 9品은 청색을 입었음. **5)**은이(隱耳) : 소리가 귀에 들려옴. **6)**동경재자(東京才子) : 한유와 황보식의 재주와 학식. **7)**문장거공(文章鉅公) : 한유. **8)**이십팔수(二十八宿) : 옛날 천문학에서는 하늘을 四宮으로 나누고, 다시 각 궁마다 일곱 星宿로 나눈 것을 일컬음. **9)**원정(元精) : 하늘의 정기. 조요(照耀) : 밝게 빛남. **10)**마공(摩空) : 하늘을 어루만짐. **11)**조화(造化) : 대자연. **12)**방미서객(厖眉書客) : 李賀. 추봉(秋蓬) : 가을에 시든 쑥. 이하의 곤궁하고 실의함을 비유함. **13)**생화풍(生華風) : 꽃바람으로 인해 소생하다. 여기서는 한유와 황보식 두 사람을 가리킴. **14)**수익(垂翅) : 날개를 늘어트림. 명홍(冥鴻) : 높이 날아가는 기러기.

함곡관에 들어서는 위인실을 전송하며 (送韋仁實兄弟入關)[1]

이 시는 이하가 韋仁實 형제와 이별하면서 그들을 통해 자신의 懷才不遇를 읊은 교우시이다. 다만 다른 시들에 비해 주목할 점은, 시인의 회재불우의 초점이 정신적 측면보다는 경제적 곤궁에 집중되어 있다는 것이다. 이 시에서 이하는 '술' '금환 소리' '자연 경물' '텅 빈 하늘' '느티나무 길' 등의 시어로 위인실 형제와의 헤어짐의 아픔을 심화시키고 있다. 특히 '천 잔의 술을 마셔도 좀처럼 취하지 않을(千觴無赭顔)' 정도로 이별의 슬픔이 크다는 점과, 무엇이 가장 상심하게 만드느냐는 질문에 '말머리에선 금환 소리만 울리네(馬首鳴金環)' 하는 동문서답식의 문답은, 참으로 이하만의 뛰어난 시적 감각을 유감없이 보여 주는 시구라 하겠다.

손님을 보내며 이별의 술잔을 드는데	送客飮別酒
천 잔을 마셔도 붉은 술기운 어리지 않네	千觴無赭顔
무엇이 가장 상심하게 만드는가?	何物最傷心
말머리에선 금환 소리만 울리네	馬首鳴金環[2]
들판의 경치는 넓고 넓어 주인 없는데	野色浩無主
가을의 밝은 빛만이 텅 빈 하늘을 메우네	秋明空曠間[3]
돌연 장담(壯膽)을 깨뜨리고	坐來壯膽破[4]
아득히 멀어지니 볼 수 없구나	斷目不能看[5]
늘어선 홰나무는 서쪽 길을 인도하여	行槐引西道[6]
녹음은 길고 좁게 펼쳐져 있구나	靑稍長攢攢
훌륭한 위랑 형제	韋郎好兄弟

한 쌍 벽옥 같은 문장 지녔어라	疊玉生文翰[7]
나는 산 위에 살고	我在山上舍
한 이랑밖에 안 되는 메마른 밭엔 마른 쑥만 자라 있네	一畝蒿磽田
밤비는 세금 징수하는 관리를 불러들이고	夜雨叫租吏[8]
방아 찧는 소리와 어둠 속에서 섞이는데	舂聲暗交關[9]
누가 이 고생을 알아주리?	誰解念勞勞[10]
아마도 저 푸르고 우뚝 솟은 남산뿐이겠지	蒼突唯南山[11]

1) 위인실(韋仁實) : 이하의 친구. 『舊唐書 · 王播傳』에 따르면, 위인실은 長庆 4년(824), 延英殿에 엎드려 왕이 많은 뇌물을 중히 여기는 것에 대해 상소하여 鹽鐵使를 다스리기를 간청하였다 할 정도로 강직했음. 2)금환(金環) : 말머리에 씌운 구리로 만든 고리. 3)추명(秋明) : 가을색이 밝고 깨끗함. 4)좌래(坐來) : 갑자기 勇壯한 담력. 5)단목(斷目) : 아득히 멀어져 보이지 않게 됨. 6)괴(槐) : 콩과에 속하는 낙엽 교목으로 당대에는 관청 도로에 많이 심었음. 7)첩옥(疊玉) : 벽옥 한 쌍으로, 위랑 형제를 비유함. 8)조리(租吏) : 조세를 징수하는 관리. 9)교관(交關) : 뒤섞임. 곧 조세를 재촉하는 하급 관리가 외치는 소리와 봄에 쌀을 찧는 소리가 함께 뒤섞이는 것을 말함. 10)노로(勞勞) : 비참하고 쓸쓸한 모양. 11)창돌(蒼突) : 푸르게 솟은 산.

계곡의 늦추위

(溪晩涼) 이 시는 늦가을 밤 山村의 정적과 쓸쓸한 풍경을 세밀한 필치로 묘사한 작품으로 영상미가 돋보인다. 특히 흰여우가 휘영청 밝은 달을 향해 울부짖고, 차가운 가을 기운은 구름을 몰며, 대나무엔 바람 소리만 윙윙거리는 풍경들은 소름끼칠 듯이 을씨년스럽고 음산함을 가져다준다 .

흰 여우는 달을 향해 산바람을 부르고

가을의 찬 기운은 구름 몰아 푸른 하늘에 머무네

밥 짓는 연기는 나부끼는 깃발 같은 해를 적시고

은하수는 밤새 돌아 동쪽 하늘로 흐르네

모래톱에서 조는 백로는 떠나가는 기러기를 꿈꾸고

잔물결은 소리없이 완만히 흐르네

층 이룬 산봉우리, 굽이진 산고개는 뭇 용이 감싼 듯

나그네 마주한 쓸쓸한 대나무엔 바람 소리만 윙윙거리네

白狐向月號山風[1]　　秋寒掃雲留碧空
玉煙青濕白如幢[2]　　銀灣曉轉流天東[3]
溪汀眠鷺夢征鴻　　輕漣不語細游溶[4]

層岫廻岑複疊龍　　　　苦篁對客吟歌筒[5)]

1)백호(白狐) : 여우는 황색 · 검은색 · 백색의 세 종류가 있는데, 이 가운데 하얀 여우는 매우 희귀함. 2)옥연(玉烟) : 밥 짓는 연기. 당(幢) : 나부끼는 깃발. 3)은만(銀灣) : 은하수. 효전(曉轉) : 여명처럼 밝음. 4)불어(不語) : 물 소리가 매우 희미함. 유용(游溶) : 시냇물이 완만하게 흐르는 것. 5)음가통(吟歌筒) : 대숲에 부는 바람 소리가 마치 노래를 부르는 것과 같음.

나리가 오지 않아 황보식 선배 댁에서 짓다 (官不來題皇甫湜先輩廳)[1]

황보식은 원화 원년 진사가 되었고, 후에 陸渾尉를 제수받았다. 시인은 진사과에 응시하기 전 자신의 든든한 후원자인 황보식을 찾아뵈러 관청에 오지만, 온종일 기다려도 오지 않는다. 그래서 시인은 그 답답하기 그지없는 마음을 '나리는 오지 않는데, 문만 굳게 닫혀 있구나(官不來, 門幽幽)' 하고 한숨 짓는다.

나리는 오지 않았는데	官不來
나리 집 정원에는 가을이 왔구나	官庭秋
늙은 오동나무의 엉킨 가지는 수심에 젖고	老桐錯幹靑龍愁[2]
서사조좌(書司曹佐)는 소처럼 가는구나	書司曹佐走如牛[3]
걱정스런 소리로 나리가 오지 않았느냐고 묻지만	疊聲問佐官來否[4]
나리는 오지 않고	官不來
문만 굳게 닫혀 있구나	門幽幽

---

1)선배(先輩) : 당대에 擧子로 進士가 된 사람. **2)**착(錯) : 오동나무 가지가 뒤섞여 있음. 청룡(靑龍) : 가을날 오동나무는 잎이 떨어지고 줄기가 휘어지며 푸르게 되는 까닭에 그렇게 부름. **3)**서사조좌(書司曹佐) : 문서 혹은 錢物을 관리하는 曹, 司, 官佐. **4)**첩성(疊聲) : 걱정스러운 소리.

장평의 화살촉을 노래함 (長平箭頭歌)[1]

이 시는 戰國時代 유명한 격전지의 하나였던 趙나라의 장평역을 방문하여 느낀 감회를 노래하고 있다. 전체적으로 지난날 전쟁의 참상에서 우러나오는 비장감이나 살벌함, 그리고 전장의 처참함은 물론 죽은 혼백들이 배고파 울부짖고 도깨비불이 날아다니는 등 鬼氣로 가득 차 있다. 그런데 흥미로운 점은, 鬼氣感이 사실적으로 묘사가 되지 않고 艶麗하면서도 奇險한 시어로 이루어져 있어서 낭만주의 정신이 농후하다는 것이다. 아마도 이런 시적 특성이 이하 시의 가장 독특한 풍격이 아닐까 한다.

새까만 재, 하얀 뼈, 붉은 단사같이

흥건이 흐른 옛 붉은 피에는 구리 녹이 생겼구나

흰 깃과 단단한 화살대는 비바람에 삭아 버리고

이리 이빨 같은 삼각 살촉만 덩그러니 남았구나

나는 장평역을 찾아 두 마리 말을 타고

장평역 동쪽 돌밭 잡초덤불 밑을 지나네

바람은 끝없이 불고 해는 짧으며 별빛은 쓸쓸한데

검은 깃발과 젖은 구름은 텅 빈 하늘에 걸려 있네

좌우의 혼백들 배고파 울부짖어

낙병을 땅에 붓고 양고기를 바치네

풀벌레는 쉬고 기러기는 병들었으며 갈대와 죽순은 붉고

회오리바람은 나그네를 떠나가게 하며 도깨비불을 부네

옛 싸움터 찾아 눈물 흘리며 화살촉 줍는데
붉게 금이 간 부러진 화살촉은 일찍이 사람을 찔렀으리라
남쪽 길, 동쪽 성에 말 탄 젊은이
나에게 화살촉을 제기(祭器)로 바꾸라 권하네

漆灰骨末丹水沙　　凄凄古血生銅花[2]
白翎金簳雨中盡[3]　　直餘三脊殘狼牙[4]
我尋平原乘兩馬[5]　　驛東石田蒿塢下
風長日短星蕭蕭[6]　　黑旗雲濕懸空夜[7]
左魂右魄啼肌瘦　　酪瓶倒盡將羊炙[8]
蟲棲鴈病蘆筍紅[9]　　迴風送客吹陰火[10]
訪古汍瀾收斷鏃[11]　　折鋒赤璺曾刲肉
南陌東城馬上兒　　勸我將金換簝竹[12]

---

1)장평(長平) : 지금의 山西省 高平縣 서북쪽에 있는 王報村. 『圖書編』에 따르면, 이곳은 진나라 白起가 병사 사십만 명을 매장한 곳으로, 옆 마을 사람들이 김을 매다가 에머럴드와 같은 구리 화살촉을 찾아 냈다 함. **2)**동화(銅花) : 구리 녹. **3)**백령(白翎) : 화살 끝의 깃털. **4)**삼척(三脊) : 모서리가 셋인 화살촉으로, 狼牙箭(화살촉의 모양이 이리의 이빨과 비슷하

고 매우 날카로움)이라고도 함. **5)**평원(平原) : 長平驛. **6)**풍장일단(風長日短) : 긴 바람, 짧은 해. 소소(蕭蕭) : 쓸쓸한 모양. **7)**흑기운습(黑旗雲濕) : 해질녘에 별이 나오면 구름이 가리고 안개가 차단되는 현상을 말함. **8)**낙(酪) : 우유 또는 양유를 끓여 만든 음료. **9)**노순홍(蘆荀紅) : 갈대는 처음에 날 때는 하얀색이나 점차 자라면서 푸른색으로 변하며, 가문 땅에서 자라기 때문에 벌레가 서식한다. 죽순 역시 붉은색을 띠기 때문에 이렇게 불림. **10)**회풍(廻風) : 회오리바람. 음화(陰火) : 도깨비불. **11)**환란(汍瀾) : 흐느껴 우는 모양. **12)**금(金) : 화살촉. 요(簝) : 宗廟 안에 고기를 담아 놓는 그릇으로, 대나무로 만들었음.

오립소송가 (五粒小松歌 – 幷序)

이 시를 짓게 된 동기는 謝秀才와 杜雲卿이 이전에 시인에게 「오립소송가」를 짓게 하였는데, 그때는 제대로 짓지 못했기 때문이었다. 그래서 시인은 그런 일이 있은 10여 일이 지난 뒤 이를 완성하였다. 이 작품은 '어린 소나무(小松)'를 보고 느낀 감회를 읊은 詠物詩로, 전체적으로 오립소송에 대한 예찬을 노래하고 있다. 다만 시의 후반부에 가서 시인은 오립소송은 그토록 고결한데 오립소송이 심어져 있는 주인집 앞을 왕래하는 사람들은 속물 근성의 유가들로 가득 차 있다고 꼬집고 있다.

이전에 사수재와 두운경이 나에게 「오립소송가」를 짓게 하였는데, 나는 쓸 것을 고르느라 바빴기 때문에 노래를 만들지 못하였다. 열흘이 지나서야 잠시 여덟 구로 된 시를 지어 이로써 그 뜻에 따른다. 前謝秀才杜雲卿, 命予作「五粒小松歌」, 予以選書多事, 不治曲辭[1], 經十日, 聊道八句以當命意.

어린 솔가지 굽어 있고 솔껍질 꿈틀거리고　蛇子蛇孫鱗蜿蜿[2]
신선한 향기 지닌 솔방울은 선인의 식사구나　新香幾粒洪崖飯[3]
푸른 물결에 솔잎 적시면 더 짙푸르고　綠波浸葉滿濃光
잘게 묶인 솔잎은 가위로 자른 듯하네　細束龍髥絞刀剪[4]
주인집 벽에는 지도가 늘어져 있는데　主人壁上鋪州圖[5]
주인집 앞에는 속된 선비들 많구나　主人堂前多俗儒[6]
훤한 달빛 받은 흰 이슬은 가을을 적시고　月明白露秋淚滴
석순 자란 계곡에 피어난 구름은 편지를 부치게 하네　石筍溪雲肯寄書

1)곡사(曲辭) : 歌辭. 2)사자사손(蛇子蛇孫) : 옛사람들은 소나무 가지가 굽었고 비늘이 있는 까닭에, 소나무를 蛟龍에 자주 비유하였다. 여기에서는 소나무가 어리기 때문에 龍이 아닌 뱀에 비유하고 있음. 원원(蜿蜿) : 꿈틀거리는 모양. 3)신향(新香) : 새 솔방울이 발산하는 맑은 향기. 홍애반(洪崖飯) : 洪崖는 옛 仙人의 이름. 선인들은 곡물을 먹지 않고 송진과 솔방울을 복용하면 長生不死한다고 여김. 4)세속(細束) : 가늘게 묶음. 용염(龍髥) : 솔잎. 5)주도(州圖) : 州縣의 지도. 6)속유(俗儒) : 안목이 낮고 뜻이 높지 않은 선비.

당상의 노래 (塘上行)[1]

「당상행」은 본래 5언 24구로 이루어진 漢代 악부의 相和歌辭 중 비파곡의 하나로, 그 내용은 이별의 원인과 이별 후에도 자신을 절대 버리지 않기를 바라는 심정을 노래한 것이다. 그러나 이하는 이를 5언 4구의 짧은 시로 새롭게 변형시키고 주변에서 흔히 볼 수 있는 연꽃과 원앙을 시적 대상으로 하여, 지극한 이별의 감정을 함축적으로 나타냈다.

연꽃 찬 이슬에 젖으니	藕花凉露濕
꽃잎 찢어지고 연뿌리는 떫어졌네	花缺藕根澁
암 원앙 내려앉는데	飛下雌鴛鴦
당(塘)의 물결은 찰찰 소리만 내는구나	塘水聲溘溘[2]

1)당상행(塘上行) : '塘上苦辛行' 혹은 '苦辛行' 이라고도 하는 樂府의 옛 제목. 주로 이별의 고통을 노래함. 2)당(塘) : 흙으로 쌓은 큰 둑. 합합(溘溘) : 물 소리.

붉은 옷 그만 빨아요 (休洗紅)

이 시는 사랑하는 님이 벼슬을 하자마자 돌아오기를 염원하는 아녀자의 안타까운 심정을 노래한 작품이다. "卿卿"이나 "封侯"와 같은 말들이 있는 것으로 보아, 시인이 봉예랑직을 수행하기 위해 아내와 이별할 때 지은 것으로 보인다.

붉은 옷 그만 빠세요	休洗紅
여러 번 빨면 붉은색 바래지니	洗多紅色淺
당신께서는 젊음을 자랑했었지요	卿卿騁少年[1]
어제 은교(殷橋)에서 만났을 적에	昨日殷橋見[2]
벼슬하면 빨리 돌아오세요	封侯早歸來[3]
시위 떠난 화살 되지 마시고	莫作弦上箭[4]

1)경경(卿卿) : 당신. 아내가 남편을 부르는 말. 빙(騁) : 자기 능력을 자랑하며 위세를 부리는 것. 2)은교(殷橋) : 옛 지명으로, 그 위치는 정확하지 않음. 3)봉후(封侯) : 제후를 봉함. 4)현상전(弦上箭) : 현 위의 화살로, 한번 가면 다시 오지 않음을 비유함.

신현의 노래 (神絃曲)[1]

이 시는 무당이 신을 맞이하면서 신에게 제사 지내는 광경을, 묘사한 작품으로 전체적으로 색조가 강렬하다. 이 시를 보면 사나운 바람이 불고, 낙엽이 떨어지며, 푸른 살쾡이가 핏빛 울음을 울고, 외로운 여우가 죽어 가는 등 전체적으로 시적 분위기가 鬼魅로 가득 차 있다. 또 끝구의 '웃음소리(笑聲)'는 청각적인 효과를 통해 귀신 세계의 음산함을 생생하게 조성하고 있다. 참으로 이하가 '귀재'라 불린 이유를 짐작할 수 있을 것 같다.

서산(西山)에 해 지니 동산(東山)은 어둑해지고	西山日沒東山昏
회오리바람에 말 탄 귀신들 구름 밟고 몰려오네	旋風吹馬馬踏雲[2]
꽃무늬 새겨진 현악기 관악기 희미하게 자주 울리며	畵絃素管聲淺繁[3]
무당의 꽃 치마 사르르 가을 먼지 일으킨다	花裙綷縩步秋塵[4]
계수나무 잎에 바람 일 때 열매 떨어지고	桂葉刷風桂墜子
푸른 살쾡이 핏빛 울음 울 때 외로운 여우 죽어 가누나	青狸哭血寒狐死
오래된 벽에는 황금꼬리 달린 용이 새겨져 있어	古壁彩虯金帖尾
우공은 용을 타고 가을 못 속으로 들어가네	雨工騎入秋潭水[5]
백 년 묵은 올빼미 고목 귀신 되어	百年老鴞成木魅
울부짖는 소리에 푸른 도깨비불 둥지에서 일어나네	嘯聲碧火巢中起[6]

1)신현곡(神絃曲) : 神祇에게 제사 지낼 때, 현악에 맞추어 노래함으로써 신을 즐겁게 하는 노래. 2)선풍(旋風) : 회오리바람. 고대 사람들은 회오리바람 안에 귀신이 있다고 여겼음. 3)화현(畵絃) : 꽃무늬 도안이 새겨진 현악기. 4)최채(綷縩) : 여자 무당이 跳神할 때 치마가 바람에 날리는 소리. 5)우공(雨工) : 번개와 천둥의 신. 6)벽화(碧火) : 도깨비불.

들판에서 부르는 노래 (野歌)

이 시는 이하가 원화 8년 창곡에서 지은 작품으로, 그의 대표적인 작품 가운데 하나이다. 이 시의 특색은 시인이 술기운에 의지한 채 들판에 서서 가슴속에 사무친 비애 의식을 극복하려 애쓰면서 다시 한번 커다란 포부를 펼치고자 하는 굳은 의지를 표출하고 있다는 점이다. 그래서 이하 시의 기본적인 정서인 비애 의식 위에 호방한 기상이 복합되어 나타나는데, 이는 그만큼 시인의 심정이 복잡하다는 것을 반증한다고 할 수 있겠다.

검은 깃 달린 화살과 산뽕나무 활로	鴉翎羽箭山桑弓[1]
하늘을 쳐다보며 갈대 물고 나는 기러기 떨어뜨리네	仰天射落銜蘆鴻[2]
마의(麻衣)와 흑비(黑肥)에 북풍 몰아치는데	麻衣黑肥衝北風[3]
술기운 띤 채 해 질 무렵 들판에서 노래 부른다	帶酒日晩歌田中
대장부 곤궁해도 마음까지 궁할까마는	男兒屈窮心不窮[4]
귀하고 천한 것이 고르지 않다고 하늘에게 원망도 해 보네	枯榮不等嗔天公[5]
찬바람이 다시 변하여 봄 버들 필 때면	寒風又變爲春柳
가지마다 순식간에 자욱한 안개처럼 버들잎 무성하리라	條條看卽煙濛濛[6]

---

1)아령(鴉翎) : 검은 깃털. 2)함로홍(銜蘆鴻) : 전설에 따르면, 기러기가 갈대를 물고 날아가면 사냥꾼들이 그냥 지나친다고 함. 3)마의(麻衣) : 唐代에 과거 응시하는 이들이 입었던 의복으로, 대부분 모시와 명주로 만들었음. 흑비(黑肥) : 흑색 두건. 4)굴궁(屈窮) : 큰 뜻을 펴지 못함. 5)고영(枯榮) : 귀하고 천한 것. 6)조조(條條) : 버들잎이 말라 떨어진 뒤의 가지. 간즉(看卽) : 눈을 돌리는 사이. 연몽몽(煙濛濛) : 무성한 버들잎을 멀리서 보면 안개에 쌓여 있는 것 같음.

신현 (神絃)

이 시는 여자 무당이 귀신을 불렀다가 다시 돌려보내는 降神의 모든 과정을 묘사한 신괴시이다. 전체적으로 무당이 귀신을 부르는 과정과 귀신이 인간과 똑같이 성내고 기뻐하는 등 다양한 감정을 드러내는 장면에 이르기까지, 정말로 살아 있는 귀신을 보는 것처럼 생동감이 넘치는 것이 특징이다.

무녀가 술을 부으면 구름은 하늘을 덮고	女巫澆酒雲滿空[1]
옥향로에 향 태우니 향기가 둥둥 피어나네	玉爐炭火香鼕鼕[2]
바다귀신 산귀신 자리에 모여들고	海神山鬼來座中
종이돈은 회오리바람에 소리 내네	紙錢窸窣鳴颷風[3]
상사목(相思木) 비파에 그려진 금빛 난새는 춤추고	相思木帖金舞鸞[4]
아미 찡그려 주문 한 번 외우고 다시 비파 한 번 타네	攢蛾一啑重一彈[5]
별 부르고 귀신 불러 제물을 흠향하면	呼星召鬼歆杯盤[6]
산귀신 먹을 때 사람들은 무서워 오싹해지네	山魅食時人森寒
종남산의 해는 강구비로 저물어 가는데	終南日色低平灣[7]
신은 언제나 있는 듯 없는 듯	神兮長在有無間
신이 성내고 기뻐함에 따라 무당의 얼굴빛 변하고	神嗔神喜師更顏[8]
신을 보내는 수많은 말탄 이들 청산으로 돌아가는구나	送神萬騎還青山[9]

---

1)요주(澆酒) : 술을 땅에 붓는 것으로, 신을 맞이할 때 함. **2**)동동(鼕鼕) : 북소리. **3**)지전(紙錢) : 종이로 만든 돈. 실솔(窸窣) : 종이를 태우는 소리. **4**)상사목(相思木) : 콩과에 속하는 상록 교목으로 노란 꽃이 핀다. 여기에서는 상사목으로 만든 비파를 가리킴. **5**)찬아(攢蛾) : 두 눈썹을 찡그리는 것. **6**)흠(歆) : 歆饗하다. 배반(杯盤) : 술잔과 그릇에 담긴 祭品. **7**)종남(終南) : 陝西省의 장안의 남쪽에 있는 산. 周南山 또는 남산이라고도 함. **8**)사갱안(師更顔) : 무당의 안색이 변하는 것으로, 신의 기쁨(喜)과 성냄(怒)은 무당의 얼굴빛에서만 볼 수 있다 함. **9**)만기(萬騎) : 말 탄 많은 사람들.

술을 권하면서 (將進酒)[1]

이 시는 술을 마음껏 먹고 노래 부를 것을 권하는 내용으로, 예술적 기교가 매우 높은 이하 시의 대표적 작품 가운데 하나이다. 이 시에서 단연 돋보이는 점은 다양한 감각 수법과 감정이입이다. 청각으로는 피리소리(吹笛)와 북소리(擊鼓), 색채감으로는 진주홍(眞珠紅), 하얀 이빨(皓齒), 붉은 비(紅雨), 형상으로는 용(龍) · 봉황(鳳凰) · 가는 허리(細腰) · 도화(桃花), 태도로는 춤추며(舞) · 어지럽게 떨어진다(亂落), 그리고 감정이입으로는 울고(泣) · 기뻐하는(歡) 등이다. 그는 이 시어를 통해 읽는 이로 하여금 노래와 춤, 술과 여자 등에 흠뻑 취하게 만든다. 특히 '복사꽃도 붉은 비처럼 떨어진다(桃花亂落如紅雨)' 는 표현은 너무나도 아름답고도 감각적인 표현으로, 시인의 섬세하면서도 탁월한 감수성을 엿볼 수 있게 한다.

유리 술잔에	琉璃鍾
호박빛 진한 술	琥珀濃[2]
작은 술통의 술방울은 빨간 진주런가	小槽酒滴眞珠紅
용을 삶고 봉황을 구우니 기름은 우는 듯하고	烹龍炮鳳玉脂泣[3]
비단 병풍 수놓은 장막에는 향기로운 바람 감도네	羅屛綉幕圍香風
용 피리 불며	吹龍笛[4]
악어가죽으로 만든 북을 두드릴 때	擊鼉鼓
희고 깨끗한 이로 노래하며	皓齒歌[5]
가는 허리로 춤추는구나	細腰舞[6]
하물며 이 푸른 봄도 장차 저물어 가고	況是靑春日將暮
복사꽃도 붉은 비처럼 떨어질 것이니	桃花亂落如紅雨[7]

그대에게 권하니 종일 흠뻑 취하라!	勸君終日酩酊醉[8]
유령(劉伶)의 무덤에 뿌리지도 못할 술일 것이니	酒不到劉伶墳上土[9]

1)장진주(將進酒) : 樂府의 옛 제목으로, 술 먹고 노래 부르는 것을 뜻함. 2)호박(琥珀) : 술의 색깔이 호박처럼 붉은 것을 말함. 3)팽룡포봉(烹龍炮鳳) : 연회 음식이 매우 진기함. 옥지(玉脂) : 油脂. 4)용적(龍笛) : 옛사람들은 피리소리가 용의 소리와 같다고 여겨 피리를 말하는 용어가 됨. 5)호치(皓齒) : 희고 깨끗한 이로, 미녀를 비유함. 6)세요(細腰) : 가는 허리, 곧 미인. 7)홍우(紅雨) : 복사꽃이 흩어지며 떨어지는 모양을 형용함. 8)명정(酩酊) : 술에 몹시 취함. 9)유령(劉伶) : 晋代 沛國人으로 자는 伯倫이다. 阮籍 · 稽康 등과 함께 竹林七賢의 한 사람으로, 술을 아주 좋아하였으며 본성이 매우 활달했음.

장안에서 (京城)

이 시는 시인의 인생 목표였던 진사과에 응시도 못함으로 인해 겪게 된 처절한 슬픔과 이에 따른 절망감을, 5언 4구의 짧은 시에 함축적으로 노래한 작품이다. 고향을 출발할 때는 진사과에 급제하여 자신의 문학적 재능과 정치적 포부를 마음껏 펼칠 줄 알았는데, 오히려 장안에 이르러 일생 일대의 엄청난 좌절을 당하게 된다. 참으로 비참하고도 억울한 심정을 그 어느 누구에게도 말하지 못하고, 스스로 삭혀야 하는 시인의 모습은 지독히도 서글퍼 눈물이 나올 지경이다.

말 타고 문 나설 때는 벼슬하려 했건만	驅馬出門意[1]
장안에 버려진 적막한 마음이여	牢落長安心[2]
두 가지 사건을 누구에게 하소연할꼬?	兩事向誰道[3]
애오라지 읊어 보는 가을바람의 노래	自作秋風吟

1)의(意) : 벼슬하는 것. **2)**뇌락(牢落) : 적막함. **3)**양사(兩事) : 장안에 가서 벼슬할 줄 알았는데, 정작 家諱 문제로 진사과에 응시하지도 못해 절망에 빠진 것을 말함.

관가의 북소리 (官街鼓)[1]

憲宗은 거의 광적일 정도로 장생불사의 허망한 꿈에 사로잡혀 있었다. 그래서 이하는 원화 5년(810), 그의 나이 21세에 이러한 사실에 크게 분노하며 장안의 시간을 알려 주는 거리의 북소리를 빌어 그 현실 인식을 표출하였다. 이 시의 요지는 오랜 세월 동안 끊이지 않고 울리는 북소리와 장생불사를 추구했던 진 시황 및 한 무제를 대비시켜, 인간이 제 아무리 죽지 않으려고 온갖 방법과 수단을 동원하더라도 결국 '반드시 죽는다'는 평범한 진리를 일깨우고자 함이다.

새벽 북소리 둥둥 울리며 구르는 해를 재촉하고

저녁 북소리 둥둥 울리며 솟아오르는 달을 부르네

장안의 노란 버들은 새로 엮은 주렴에 비추이는데

측백나무 우거진 숲엔 조비연(趙飛燕)의 향기로운 뼈 묻혔구나

사라져 가는 천 년 세월 해는 한없이 밝거늘

한 무제와 진 시황은 저 북소리 듣지 못하리라

그대를 따라 검은 머리가 갈대꽃처럼 하얗게 변해도

다만 홀로 남산과 함께 장안을 지키리라

몇 번이나 천상에 신선이 묻혀도

물시계는 북소리와 더불어 끊이지 않으리라

曉聲隆隆催轉日　　　暮聲隆隆呼月出

漢城黃柳映新簾[2]　　栢陵飛燕埋香骨[3]

磓碎千年日長白　　孝武秦皇聽不得

從君翠髮蘆花色[4]　　獨共南山守中國[5]

幾迴天上葬神仙　　漏聲相將無斷絶[6]

---

1)관가고(官街鼓) : 唐代에 장안에서는 매일 저녁 북을 울려 시간을 알렸음. **2)**한성(漢城) : 당대의 수도 장안. **3)**백릉(栢陵) : 황실의 능묘로, 당대에는 모든 왕릉에 측백나무를 심어 주위를 둘러쌓다 함. 비연(飛燕) : 漢代 成帝의 황후 趙飛燕. 여기서는 임금의 아내를 가리킴. **4)**취발(翠髮) : 검은 머리카락. 노화색(蘆花色) : 머리카락이 희어짐. **5)**독(獨) : 다만. 남산(南山) : 장안에 있는 終南山. 중국(中國) : 장안. **6)**장(將) : 영원히.

돌아가는 꿈을 짓다 (題歸夢)

이 시는 이하가 원화 7년(812)에 지은 작품으로, 어느 날 고향에 대한 꿈을 꾼 후 갖게 된 복잡한 상념을 노래하고 있다. 시인은 봉예랑이라는 말단 관직을 수행하는 처지로 가족들의 희망인 배불리 먹여 주는 것을 해결할 수 없는 상황에 놓여 있다. 따라서 몸과 마음이 갈수록 피곤해지며 하루도 편안한 잠을 이루지 못하는 것이다.

장안의 비바람 몰아치는 밤에	長安風雨夜
객지 서생은 창곡(昌谷)을 꿈꾸었네	書客夢昌谷
어머니는 기뻐 즐거운 웃음소리 내고	怡怡中堂笑[1]
동생은 산골 개울에서 푸른 미나리를 꺾는구나	小弟裁澗菉[2]
집안 사람들의 두터운 사랑과 기대는	家門厚重意
나에게 주린 배 채워 주길 바라지만	望我飢充腹
피곤에 지친 마음	勞勞一寸心
등불만이 잠 못 이룬 눈 비춰 주네	燈花照魚目[3]

---

1)이이(怡怡) : 기뻐하는 모양. 중당(中堂) : 이하의 어머니. **2)**간록(澗菉) : 산골짜기 물에 난 미나리. **3)**어목(魚目) : 물고기 눈에 진주가 있다는 것으로, 눈물 머금은 눈을 비유함.

경사원 (經沙苑)[1]

이 시는 시인이 봉예랑직을 수행하던 중 사원을 지나가면서 느낀 감회를 노래한 것이다. 시의 구성을 살펴보면, 전반부에는 변방의 사원과 宮牙의 황량한 풍경이 묘사되어 있다. 한때 천자가 머물렀을 때는 참으로 화려했을 터인데 지금은 무성한 잡초만 가득 자라 있다. 시인은 이런 황량한 변방의 풍경을 보면서 문득 자신의 신세를 돌아본다. 심신은 이미 노쇠해지고 지쳤으며, 올봄도 고향에 가지 못하는 처량한 처지가 되고 있다. 따라서 시인은 자신의 복잡한 심사를 "기러기는 날개 꺾고 변방에서 울고만 있구나(塞嚶折翅雁)" 하고 읊고 있는 것이다.

들판의 물은 범람하여 끝없이 흐르고	野水泛長瀾
궁아(宮牙)에는 키 작은 꼭두서니만 피었구나	宮牙開小蒨[2]
사람은 보이지 않는데 버드나무에는 절로 봄이 왔고	無人柳自春
풀 무성한 물가에는 원앙이 화락하는구나	草渚鴛鴦暖
맑게 울며 물가에 누워 있는 말은	晴嘶臥沙馬
노쇠해 가니 한없이 슬피 울기만 하네	老去悲啼展[3]
올봄에도 고향에 돌아가지 못해	今春還不歸
변방에서 날개 꺾인 기러기 울기만 하는구나	塞嚶折翅鴈[4]

1)사원(沙苑) : 지금 陝西省 大荔縣 남쪽에 있음. 2)궁아(宮牙) : 사원 남쪽에 있는 興德宮.
3)전(展) : 오래도록. 4)새앵(塞嚶) : 변방에서 우는 기러기 소리.

느껴 풍자한 여섯 수 · 셋째 (感諷六首 – 其三)

이 시는 변방을 침입한 胡人들의 기세는 하늘을 찌를 듯한데, 宦官 總帥가 본연의 임무인 토벌에 주력하기보다는 사치를 일삼거나 호시탐탐 공적만 탐내고 있는 비행을 폭로하고 있다.

어지럽게 달리는 오랑캐 말은 흙먼지 일으키고	雜雜胡馬塵[1]
빽빽한 변방 군사의 창은 하늘을 찌르네	森森邊士戟[2]
하늘은 오랑캐 말이 전쟁한다고 알려주는데	天敎胡馬戰
새벽 구름은 온통 핏빛으로 물들었구나	曉雲皆血色
부인은 한(漢)나라 군사 이끌며	婦人携漢卒[3]
화살 통에 머리꾸미개를 넣었구나	箭箙囊巾幗[4]
금인(金印)의 무거움 부끄러워하지 않고	不慚金印重[5]
비실비실 걸으면서도 동개를 차려 힘쓰네	踉蹡腰鞬力[6]
시골 사람처럼 두려움에 떨면서도	恂恂鄕門老[7]
어젯밤 봉적(鋒鏑)을 시험해 보네	昨夜試鋒鏑[8]
말을 달려 승전을 알려 공훈을 기록하게 하니	走馬遺書勳[9]
누가 화장한 미인임을 가려 낼 수 있겠는가?	誰能分粉墨[10]

1)잡잡(雜雜) : 말발굽 소리. 2)삼삼(森森) : 兵器가 모여 있는 모양. 3)부인(婦人) : 統軍太監. 곧 宦官. 4)건국(巾幗) : 부인의 머리꾸미개. 곧 부인을 말함. 5)금인(金印) : 금으로 만든 인장, 곧 장군이 쓰는 도장. 6)양장(踉蹡) : 비실비실 걷는 모양. 요건력(腰韃力) : 동개를 차려고 힘씀. 7)향문로(鄕門老) : 그 모양이 시골 백성과 같음. 8)봉적(鋒鏑) : 창끝과 화살촉. 9)유서훈(遺書勳) : 편지를 보내어 공적을 알림. 10)분묵(粉墨) : 얼굴에 바르는 분과 눈썹을 그리는 먹, 또는 분과 눈썹을 먹으로 화장한 미인.

흰 호랑이를 노래함 (白虎行)

이 시는 六國을 멸망시키고 중국을 처음 통일한 진 시황이 포악한 정치를 베풀어 민중을 괴롭히자 漢 高祖가 출현하여 진나라를 멸망시킨 역사적 사실을 들어, 당시 최고 통치자인 憲宗의 공포 정치에 대한 신랄한 풍자와 그 누구 하나 그 위세를 꺾을 수 없는 참담한 현실을 읊고 있다. 이 작품의 특징은 시인의 치열한 시대 정신이 매우 강하게 표출되어 있다는 점이다. 더욱이 시인은 당시 최고 통치자의 폭정과 악행이 자행되어 전개되는 암울한 현실을 타개하고 싶은 강렬한 의지를 형가로 설정하여 과감히 맞서고 있으며, 이러한 의지가 관철되지 못하자 다시 한 고조를 등장시켜 결국 포악한 최고 통치자는 언젠가는 반드시 제거된다는 역사 의식을 고취시키고 있다.

불새 구름에 올라 죽으니 어두워지고	火鳥日暗崩騰雲
진 시황은 백성을 호랑이처럼 무섭게 바라보네	秦王虎視蒼生群[1]
책은 불타고 나라 망하니 쉴 날 없고	燒書滅國無暇日
칼을 주조하며 결(玦)을 차고 장군을 부르네	鑄劍佩玦呼將軍[2]
옥단(玉壇)에 제사 차려 놓고 하늘 높이 오를 것만 생각하고	玉壇設醮思冲天[3]
일 세 이 세가 만 년에 이르네	一世二世當萬年
금단(金丹) 태워서도 불사약 얻지 못하여	燒丹未得不死藥
배 저어 바다에 올라 신선을 찾네	拏舟海上尋神仙
고래의 지느러미는 파도 일으킨다는데	鯨魚張鬣海波沸
밭 가는 사람 대부분 나그네의 혼백 되었네	耕人半作征人鬼[4]
엄청난 화염 공연스레 하늘을 사르건만	雄豪猛焰烈燒空

은하수 같은 물결 끊을 사람 하나 없네	無人爲決天河水
누가 가장 고통받겠는가! 누가 가장 고통받겠는가!	誰最苦兮誰最苦
사람들에게 알리니 의사(義士)들 깊이 상의하네	報人義士深相許
점차 축(筑) 치는 것 멀리하고 형가(荊軻)는 노래 부르며	漸離擊筑荊卿歌[5]
(형가는) 술잔 움켜쥐는데 연나라 태자 단(丹)은 부탁하네	荊卿把酒燕丹語[6]
서릿발 같은 칼, 무쇠 같은 담력	劍如霜兮膽如鐵
형가는 연성(燕城)에 나와 진나라 달 바라보네	出燕城兮望秦月
하늘은 진 시황에게 제위를 줘 죽지 않고	天授秦封祚未冬
천자의 옷엔 형가의 피 뚝뚝 떨어지네	袞龍衣點荊卿血[7]
붉은 깃발 땅에 우뚝 서고 흰 호랑이 죽으니	朱旗卓立白虎死[8]
한 고조가 진실로 천자임을 아네	漢王知是眞天子[9]

---

1)진왕(秦王) : 六國을 멸하고 중국을 처음으로 통일한 진 시황으로, 그는 焚書坑儒를 하는 등 포악한 정치를 했음. 2)결(玦) : 고리 모양으로 한쪽이 트인 허리에 차는 옥. 3)옥단(玉壇) : 옥으로 만든 단. 곧 화려한 제단. 충천(冲天) : 하늘 높이 올라감. 4)정인(征人) : 나그네. 5)축(筑) : 거문고 비슷한 현악기. 형경(荊卿) : 荊軻. 전국시대 魏나라 사람으로, 燕나라 태자 丹을 위해 진 시황을 살해하려다 그 일이 실패하자 죽임을 당함. 6)연단(燕丹) : 전국시대 燕王 喜의 태자인 단으로 형가를 시켜 진 시황을 살해하려다 실패했기 때문에, 진

나라가 연나라로 쳐들어갔을 때 연나라 왕이 그를 베어 진나라에 바쳤음. **7**)곤룡의(袞龍衣) : 군주의 예복. **8**)주기(朱旗) : 붉은 깃발. 유방이 '赤帝子'라 칭하여 깃발 역시 붉은색이었음. 백호(白虎) : 진나라는 中原의 서쪽에 위치하였음. 서쪽은 二十八宿 가운데 백호의 자리로, 여기에서는 진나라를 말함. **9**)한왕(漢王) : 한나라 시조인 項羽. 초나라의 項羽를 垓下에서 격파하고 제위에 올라 400여 년의 왕조를 창업하였음.

내가 그리워하는 님은 (有所思)

본래 「유소사」는 漢代 鼓吹鐃歌의 하나로 3 · 4 · 5 · 7언의 17구로 이루어졌으며, 그 내용은 연인과의 절교를 묘사한 민가이다. 시인은 이를 7언 22구의 형식으로 새롭게 변형시키고, 내용 역시 사랑하는 님을 애타게 그리는 아낙네의 閨情으로 변모시켰다. 시의 끝구에서 너무 님이 보고 싶고, 온종일 님 생각뿐이라 기다리는 님이 언제나 돌아올 것인가 알고 싶어 仙人을 찾아 점을 친다는 행위는, 복잡 미묘한 여인의 심리를 섬세하게 읊고 있다.

작년엔 큰길에서 이별 노래 불렀는데	去年陌上歌離曲
오늘 낭군은 멀리 촉으로 여행 갔다고 편지했네	今日君書遠游蜀
주렴 밖에는 이월의 바람 불어 꽃피었는데	簾外花開二月風
대(臺) 앞 있는 무성한 대나무들은 눈물 흘리누나	臺前淚滴千行竹
거문고의 노랫가락은 첩의 애간장과 함께	琴心與妾腸[1]
이 밤에 하염없이 끊어졌다 이어지네	此夜斷還續
장식한 활을 하얀 말에 걸어 놓을 낭군 생각하니	想君白馬懸雕弓[2]
세상 어느 곳인들 봄바람 불지 않으리?	世間何處無春風
낭군의 마음 돌과 같이 단단할 수 없다면	君心未肯鎭如石
붉은 꽃 같은 첩의 얼굴엔 어여쁨도 오래갈 수 없으리	妾顏不久如花紅
여명의 하늘에는 은하수가 길게 걸쳐 있고	夜殘高碧橫長河[3]
다리 없는 물위엔 흰 물결만 출렁이네	河上無梁空白波

서풍도 불지 않으니 용사조차 슬피 울며	西風未起悲龍梭[4]
해마다 실을 짜며 두 눈썹 찌푸리네	年年織素攢雙蛾
강과 산 아득히 끝없이 이어져 있고	江山迢遞無休絶
눈물 어린 눈으로 보면 등불은 깜빡깜빡	淚眼看燈乍明滅
몸소 의탁한 외로운 여관 창은 깊은데	自從孤館深鎖窓[5]
달은 몇 번이나 찼다가 기울었다 하네	桂花幾度圓還缺[6]
까악까악 새벽을 향해 숲에서 울고	鴉鴉向曉鳴森木[7]
지당(池塘)을 지나는 바람은 대나무를 울리네	風過池塘響叢玉[8]
한낮에도 쓸쓸하여 꿈을 꿀 수 없으니	白日蕭條夢不成
다리 남쪽에 가 다시 선인(仙人)에게 점쳐 물어 보네	橋南更問仙人卜

---

1)금심(琴心) : 거문고의 音調로, 한대 司馬相如는 거문고 연주 솜씨가 아주 뛰어나, 卓文君의 마음을 사로잡고 그녀와 함께 도망쳤다 함. **2)**조궁(雕弓) : 아름답게 꾸민 활. **3)**고벽(高碧) : 하늘. 장하(長河) : 은하수. **4)**용사(龍梭) : 용 모양의 제구. **5)**쇄창(鎖窓) : 사슬무늬를 새긴 창. **6)**계화(桂花) : 달 속에 계수나무가 있다고 여겨서 계수나무 꽃으로 달을 비유함. **7)**아아(鴉鴉) : 까마귀 우는 소리. 삼목(森木) : 숲. **8)**총옥(叢玉) : 대나무.

신선의 노래 (神仙曲)

이 작품은 천제가 몸소 선정해 준 神山에 사는 선인과 신선들의 자유롭고도 환상적인 생활이 묘사된 신괴시이다. 이 작품은 대부분의 신괴시들이 죽음에 대한 불안감과 강박관념을 표출한 것과 달리, 아무런 고통도 없이 유유자적하고 즐거움이 충만된 신선들의 삶이 묘사되어 있다는 것이 그 특징이다.

바다 위 신산(神山)에 신령스런 책들이 숨겨져 있고	碧峰海面藏靈書[1]
상제(上帝)는 선인들의 거처를 선택해 주네	上帝揀作仙人居
청명한 날에는 웃음소리가 공중에서 들려 오고	淸明笑語聞空虛
다투어 커다란 파도에 올라 고래를 타고서	鬪乘巨浪騎鯨魚[2]
봄날 비단 편지를 써서 서왕모(西王母)를 초청하여	春羅書字邀王母[3]
붉은 누각의 제일 깊은 곳에서 연회를 열려 하네	共宴紅樓最深處
학의 깃이 바람에 부딪치면 바다 건너는 것 느려지니	鶴羽衝風過海遲[4]
청룡을 부려 가는 것만 못하리라	不如却使靑龍去
서왕모가 허락하지 아니할까 의심스러워	猶疑王母不相許
구름 같은 머리 지닌 어여쁜 시녀는 다시 말을 전하네	垂霧妖鬟更傳語[5]

1)벽봉(碧峰) : 바다 위에 신선이 산다는 전설 중의 蓬萊山 · 方丈山 · 瀛州山. 영서(靈書) : 신선의 경전. 2)경어(鯨魚) : 고래. 3)춘라서자(春羅書字) : 春羅(비단이름)로써 일을 부탁함. 4)학(鶴) : 仙鶴. 5)수무(垂霧) : 구름 같은 머리를 늘어뜨림.

영사의 거문고 연주를 듣고서 (聽穎師彈琴歌)[1]

이 시는 이하가 장안에서 있을 때 穎師라는 화상이 거문고를 연주하는 것을 듣고 나서 그 감흥을 노래한 작품이다. 이 작품을 보면 시인은 표면적으로 영사의 뛰어난 거문고 연주 솜씨를 찬탄하고 있지만, 실제로는 영사의 아름답고도 훌륭한 거문고 연주를 병든 몸으로 싸늘한 여관에서 들어야 하는 시인의 서글픈 처지를 더욱 애처롭게 한다는 것을 말하고자 함이다.

엷은 구름이 깔린 휘영청 달 밝은 밤에
거문고 가락은 정다운 봉황 울음인 듯
연잎 지고 가을 난새 떠나는 듯
월왕(越王)이 밤에 일어나 천모산(天姥山)으로 가 노는 듯
암패(暗佩) 두른 신하가 수정을 두드리는 듯
여자 신선이 흰 사슴을 끄는 듯
누가 검을 끼고 장교(長橋)에 이르는 것 보고
누가 먹물 듬뿍 묻혀 봄 대나무에 시 짓는 것 보겠는가?
스님은 내 문에 똑바로 서 있는데
영사의 참모습은 보살 같구나
팔 척이나 되는 옛 거문고
역양(嶧陽)의 늙은 나무는 오동나무가 아니네

싸늘한 여관에서 거문고 연주 소리를 들으니 이내 병든 몸 놀라

약주머니를 잠시 제쳐 두고 용수석(龍須席)에 앉네

노래를 바란다면 지위가 높은 경상(卿相) 대신에게 부탁을 해야지

보잘것없는 봉예랑에게 한들 무슨 이익이 있으리?

別浦雲歸桂花渚[2]　蜀國弦中雙鳳語[3]

芙蓉葉落秋鸞離　越王夜起游天姥[4]

暗佩清臣敲水玉[5]　渡海蛾眉牽白鹿[6]

誰看挾劍赴長橋　誰看浸發題春竹[7]

竺僧前立當吾門[8]　梵宮眞相眉稜尊[9]

古琴大軫長八尺[10]　嶧陽老樹非桐孫[11]

凉館聞弦惊病客[12]　藥囊暫別龍須席[13]

請歌直請卿相歌　奉禮官卑復何益

---

1)영사(穎師) : 이하가 활동했던 당시 거문고 연주에 뛰어났던 和尙. **2)**별포(別浦) : 은하수. **3)**촉국현(蜀國弦) : 거문고 가락. 쌍봉어(雙鳳語) : 거문고 소리가 정다운 봉황 울음 같음. **4)**천모(天姥) : 지금의 浙江省 天台縣 서쪽에 있는 산. **5)**암패(暗佩) : 옛사람들이 옥을 내의 안에 달고 다녀서 밖으로 노출되지 않은 까닭에 생긴 말. 청신(清臣) : 청렴하고 결백

한 사람. 수옥(水玉) : 水晶. **6**)도해(渡海) : 여자 신선. 아미(蛾眉) : 선녀. 여기서는 노랫소리의 飄逸함을 형용. 견백록(牽白鹿) : 神鹿. **7**)침발(浸發) : 붓을 먹물에 찍음. **8**)축승(竺僧) : 스님. **9**)범궁(梵宮) : 佛殿. 진상(眞相) : 불교 용어로 眞容, 곧 참모습. **10**)대진(大軫) : 거문고의 길이가 8척 1촌 정도라 軫도 큼을 말함. **11**)역양(嶧陽) : 지금 江蘇省 邳縣 서남쪽에 있으며, 산에 오동나무가 많아 거문고의 생산지로 유명함. 동손(桐孫) : 『風俗通』에 따르면, 오동나무의 새로 난 곁가지로 거문고를 만들면 그 소리가 우아하다고 함. **12**)양관(凉館) : 쓸쓸한 여관. 병객(病客) : 이하 자신. **13**)용수석(龍須席) : 龍須草로 만든 자리.

귀재 이하 – 슬픔의 미학

귀재(鬼才) 이하(李賀) - 슬픔의 미학

이하(790~816)는 중당(中唐)에 활동한 시인으로 27세로 요절할 때까지 240여 수를 남겼다. 그는 짧은 생애 동안 대부분 뼈아픈 좌절과 깊은 절망에 따른 비애 의식과, 세상에 대한 강한 반감에 따른 염세 의식에 젖어 살았다. 그렇지만 이하는 중국시가사(中國詩歌史)에서 독특한 시 세계를 구축한 대표적인 시인이다. 그는 회재불우(懷才不遇)에 따른 좌절감과 절망감, 죽음에 대한 강박관념 등의 짙은 비애 의식을 기본 정서로 하면서 풍부한 상상력, 기발한 구상, 아름다운 시어, 다양한 신화 · 전설, 강렬한 색채 감각, 귀기(鬼氣) 어린 시어, 감각적인 표현, 음악적 · 청각적 · 시각적인 요소의 융합, 단련된 시구 등을 요소로 하고 낭만주의 정신과 현실주의 정신을 바탕으로 하면서도 유미주의적인 경향을 추구하는 시 세계를 자아내고 있다. 특히 이하는 그의 활동 시기 이전까지 누구나 꺼려했던 귀신과 유령 등을 시의 제재로 삼아, 귀신 세계를 노래한 신괴시(神怪詩)를 지어 중국시가사상 처음으로 '귀재(鬼才)'라 불렸다. 그 결과 이하의 시는 중국의 전통적 시풍이라 할 수 있는 온유돈후(溫柔敦厚)하고 완곡함축(婉曲含蓄)적인 표현에서 벗어나고 있다.

1. 이하의 생애

이하는 자가 장길(長吉)로 당나라 덕종(德宗) 정원(貞元) 6년(790) 창곡(昌谷)에서 태어났다. 이하가 활동했던 당시의 시대 상황은 안사(安史)의 난이 일어난 직후의 참으로 암담한 현실의 연속이었다. 정치 · 사회적으로는 번진(藩鎭)이 발호하였고, 환관들이 할거하였다. 헌종을 비롯한 최고 통치자는 폭정을 하고 방탕을 일삼았으며 장생불사 사상에 빠져 있었다. 지배 계층 역시 극심한 사치와 허영에 빠져 있었으며 조정의 관리들은 환관과 갈등을 빚거나 당쟁을 일으키고 있었다. 한편 경제적으로는 양세법(兩稅法)의 붕괴로 말미암아 갖가지 폐단이 야기되어 백성들은 고통 속에서 하루하루를 견뎌 내야 했다. 하지만 문학적으로는 '원화중흥(元和中興)'이 일어날 만큼 활발한 문학 활동이 이루어져 성당에 이은 문예부흥이 일어났다.

이하는 왕손의 후예로 태어났지만, 그가 태어났을 때의 가세(家勢)는 그의 아버지 진숙(晋肅)이 '변상종사(邊上從事)' 할 정도였기에 거의 평민과 다를 바 없었다. 그의 가족은 아버지와 어머니, 누이와 남동생이 각각 1명씩 모두 5명이었으며, 그의 시 「출성(出城)」 등에 결혼 생활에 연관되는 '경경(卿卿) · 학병(鶴病)' 등의 시구가 나타나는 걸로 봐서 결혼은 한 것으로 보인다.

이하의 신체적 형상은 약하고 말랐으며 양쪽 눈썹이 서로 이어져 있고, 손가락과 손톱이 길었다. 그는 어린 시절부터 청년이 되어서까지도 늘 약을 달여 먹을 정도로 매우 병약하였으며 끝내 그 병약함은 요절의 결정적 요인이

되었다.

이하의 문학적 재능은 『신당서(新唐書)』에 '이미 7세에 「고헌과(高軒過)」라는 시를 지었다'고 기술될 만큼 천부적이었다. 하지만 그는 결코 천부적인 시적 재능에 자만하지 않고 그의 어머니가 '심장을 토해 내야만 그만둘 것'이라고 말할 만큼 시 창작에 대단한 열정을 보였다. 그리고 그 같은 열정은 초상 치르는 날이나 크게 술에 취하는 날을 제외하고는 일 년 내내 새벽이 밝아 올 때까지 계속되었다. 그 결과 이하는 덕종(德宗) 정원(貞元) 20년, 그의 나이 15세에 당시 악부시 작가로 명성을 떨치던 이익(李益)과 대등할 정도로 명성을 날리기 시작하였다. 그러나 헌종(憲宗) 원화(元和) 원년(806) 그의 나이 17세 때, 이하는 머리가 반백이 될 정도로 큰 신체적 변화를 겪으면서 죽음에 대한 공포와 정서적 불안감, 그리고 오래 살고 싶다는 강한 욕구를 가지게 되었고, 이러한 복잡한 심리적 갈등은 끝내 결코 오래 살지 못할 것이라는 극단적인 강박관념으로 발전하기에 이른다.

이하는 원화 5년(810), 그의 든든한 문학적 후원자였던 한유(韓愈)가 하남령(河南令)으로 부임해 왔을 때 「하남부시십이월악사(河南府試十二月樂詞)」로 당당히 하남부시에 합격하고, 그 이듬해 겨울 진사과(進士科)를 치르기 위해 장안으로 간다. 진사과는 이하에게 개인적으로 매우 중요한 시험이었으며 일생일대 절호의 기회였다. 그는 진사과에 당당히 합격하여 왕손의 후예라는 긍지를 회복하고 기울어져 가는 가문을 일으키며, 경제적 궁핍에서 벗어나고 자신의 정치적 포부와 시적 재능을 마음껏 발휘하고자 하였다. 그러나 이하

의 운명은 너무도 잔인했다. 이하와 같이 과거를 치렀던 경쟁자들은 그의 아버지 이름이 진숙(晋肅)이기 때문에, '응진사거(應進士擧)' 라 불린 당시 진사과의 '진(進)' 의 발음과 진숙의 '진(晋)' 발음이 같아 당시 사회에서 엄격히 지켜지고 있었던 '가휘(家諱)' 를 범하게 되는 것이므로 절대로 진사과를 응시할 수 없다고 주장하였다. 한유를 비롯한 많은 이하의 후원자들이 '가휘' 의 부당함을 거론하며, 그를 적극적으로 변호하였지만, 사회적 관습을 깨기에는 현실의 벽이 두터워 이하는 결국 일생 일대의 목표였던 진사과에 응시하지도 못한 채 울분과 좌절, 그리고 절망을 가슴에 묻고 고향인 창곡으로 비참하게 돌아가야 했다.

이하는 원화 6년(811)에 장안으로 가서 난생 처음 태상시(太常寺) 소속인 종9품인 봉예랑(奉禮郞)이란 직책을 3년간 수행하면서 벼슬살이를 하였다. 봉예랑을 수행하게 된 이유는 한유와 권거의 적극적인 추천에 따른 것이었지만, 그보다는 가족들의 극심한 경제적 궁핍을 해결해야 하는 절실함 때문이었다. 그러나 봉예랑의 직무가 조정의 회합이나 제사의 의식 같은 것을 맡아보는 직책이었던 관계로, 이하는 무미건조함을 심하게 느낀 나머지 병을 핑계삼아 사직하고 고향으로 돌아온다. 하지만 이하는 원화 10년(815), 그의 나이 25세에 경제적 궁핍을 해결하기 위해 친구 장철(張徹)이 노주막부(潞州幕府)로 있던 노주에서 약 3년 동안 다시 일을 맡아 생활하였다. 이후 이하는 원화 11년(816) 노주에서 창곡으로 돌아와 비교적 안정된 생활을 유지하다가 27세로 짧은 인생을 마쳤다. 그가 왜 요절했는지는 잘 모르겠지만 병을 빌미로

봉예랑직을 사직하거나 노주에서 병을 얻어 고향에 돌아온 점, 그리고 이하의 어머니가 자주 '구심(嘔心, 심장을 토해 낸다)'이란 말을 사용하였고, 그의 시에 '혈(血)' 자가 자주 쓰인 것으로 미루어 볼 때, 정확한 병명은 알 수 없지만 병 때문에 죽은 것만은 틀림없어 보인다.

이하의 죽음은 만당(晩唐)에 활동한 시인으로 이하 시의 영향을 크게 받은 이상은(李商隱)의 「이하소전(李賀小傳)」에 잘 기록되어 있는데, 주목할 점은 "붉은 옷을 입은 이가 웃으면서 말하길, 천제께서 백옥루(白玉樓)를 지으시고, 그대를 불러 글을 쓰라고 하셨네. 천상의 일은 즐거우니, 고생되지 않을 걸세"라고 기술되어 있듯이, 신비스러우면서도 환상적인 죽음을 맞이했다는 것이다. 아마도 일생 동안 불우함과 심한 경제적 곤궁으로 점철되었던 현실세계와 달리, 저승에서는 화려하게 현실적 보상을 받았으면 하는 염원이 담긴 것이 아닌가 한다.

2. 이하 시의 내용과 형식, 그리고 풍격

1) 이하 시의 내용

이하의 시를 내용적으로 분석해 보면, 이하의 좌절과 그에 따른 비애 의식이 바탕을 형성하면서, 그 내용은 다음과 같은 일곱 가지 유형으로 표출되고 있다.

첫째, 서정시(抒情詩)는 대부분 이하 자신의 회재불우를 읊은 시이다. 여기에는 뛰어난 시재(詩才)를 바탕으로 문학적 · 정치적 포부를 마음껏 펼칠 수 있는 좋은 기회로 여겼던 진사과에 응시하지도 못한 이후에 생겨난 좌절감과 절망감, 그리고 조로(早老) 현상에 따른 죽음에 대한 강박관념 등의 비애 의식이 농후하게 표출되어 있다.

둘째, 신괴시(神怪詩)는 귀신과 신선 등의 귀신 세계를 읊은 것으로 10여 수에 불과하지만, 초사(楚辭)의 낭만주의와 당시(唐詩)의 원숙한 기교가 배합되어 있다. 특히, 이 신괴시는 이하의 가장 독특한 시 세계를 보여주는 작품이라 할 수 있으며, 나아가 중국시가사상 처음으로 선재(仙才)인 이백에 견주어 '귀재(鬼才)' 라 칭해지는 결정적 단서를 마련해 주었다.

셋째, 풍유시(風諭詩)는 중당이라는 혼란한 시대를 직접 목격하고 체험하면서 느낀 치열한 현실 인식을 표출한 작품으로, 최고 통치자와 지배 계층에 대한 신랄한 풍자와 비판이 반영되어 있다.

넷째, 영사시(詠史詩)는 역사를 빌어 현재에서 느낀 감회를 읊고, 시대적 병폐를 꼬집으며, 또한 자신의 회재불우 등을 함께 노래한 것이다.

다섯째, 궁체(宮體)와 궁원시(宮怨詩)는 기녀와 궁녀 등, 여성을 시적 대상으로 삼아 규정(閨情)과 이별, 그리고 궁원(宮怨) 등을 읊은 것으로 대략 30~40 수에 이른다.

여섯째, 교우시(交友詩)는 대부분 이하가 교유한 문인들을 시적 주인공으로 삼은 작품이다. 다만 시인은 여기에서 당시 자신이 겪었던 좌절이 한 사람만

의 좌절뿐만 아니라 아니라, 훌륭한 학식과 인품을 지녔던 대다수 지식 계층의 공통된 좌절이었음을 강조하고 있다.

일곱째, 영물시(詠物詩)는 말, 꿩, 대나무, 어린 기러기, 소나무 등의 다섯 가지 사물을 주요 시적 대상으로 삼아 자신의 감정을 서술한 작품이다. 특히 이하는 말[馬]을 시적 대상으로 삼아 시인의 회재불우와 현실에 대한 치열한 시대 정신을 읊었는데, 「마시 이십삼수(馬詩二十三首)」가 대표적인 작품이다.

2) 이하 시의 특색

이하의 영향을 많이 받았던 만당(晩唐) 시인 두목(杜牧)은 이하 시의 특색을 「이장길가시서(李長吉歌詩序)」에서 다음과 같이 구체적으로 밝히고 있다.

> 구름과 안개의 이어진 경치도 그의 자태가 되기에 부족하고, 물의 아득함도 그의 감정이 되기에 부족하며, 봄의 화사함도 그의 따스한 기운이 되기에 부족하고, 가을의 밝고 깨끗함도 그의 품격이 되기에 부족하며, 바람 실은 돛폭과 전쟁터의 준마도 그의 용기가 되기에 부족하고, 흙으로 만든 널과 전자(篆字)를 조각한 거친 솥도 그의 고아함이 되기에 부족하며, 철따라 피는 꽃과 아리따운 여인도 그의 빛깔이 되기에 부족하다. 황폐한 나라, 무너진 전각, 잡초가 우거진 언덕도 그의 사무친 한과 슬픈 시름이 되기에 부족하며, 바닷물을 들이마시는 고래, 뛰어 노는 자라, 소 귀신과 뱀 신도 그의 황당무계함이 되기에 부족하다. (雲烟綿聯, 不足爲其態也: 水之迢迢, 不足爲其情也, 春之盎盎, 不足

爲其和也; 秋之明潔, 不足爲其格也; 風檣陣馬, 不足爲其勇也; 瓦棺篆鼎, 不足爲其古也; 時花美女, 不足爲其色也; 荒國陊殿, 梗莽邱壟, 不足爲其怨恨悲愁也; 鯨吸鰲擲, 牛鬼蛇神, 不足爲其虛荒誕幻也.)

이하 시의 표현 기교는 자법 · 색채 · 어의 · 대자 · 상징 · 압운 · 구식 등 다양하다. 먼저 자법(字法)을 살펴보면, 명사와 명사군, 그리고 동사와 형용사 및 부사를 통해 의상(意象)을 효과적으로 나타냈다. 특히, 동사의 구사는 개별적으로는 가볍고 변하기 쉬운 것을 무겁고 견고하게 변화시키고 있으며, 전체적으로는 시의 기세가 마치 작은 돌멩이가 곧장 앞으로 나아가는 느낌을 주도록 하였다.

둘째, 이하 시는 30자 가운데 한 글자가 색채(色彩)를 나타내는 글자일 정도로 색채에 자신의 감정을 불어넣고 있다. 이하는 '赤' '白' '靑' 등 30여 가지나 되는 색채를 통한 강렬한 시각 효과를 조성하며 의상을 더욱 선명하고도 생동감 있게 만들었으며, 특히 흰색[白色]에 대하여 대단한 애착을 보였다.

셋째, 어의(語義)란 시어의 의미를 말하는 것으로, 이하는 한 시어만을 가지고 자신의 감정을 나타내기보다는 시어의 유형을 조성하여 감정을 표출하였다. 예를 들어, 자기 내면 세계의 처량함과 세상에 대한 무상함을 유발시키기 위한 유형으로 '寒' '冷' '凉' '凍' 등과 같은 으스스하고 전율이 감도는 시어를 즐겨 사용하였으며, '鬼' '神' '血' '死' 등의 음산하고 귀기 어린 어

휘를 구사하여 귀신 세계를 표출하였다.

넷째, 이하는 사물의 이름을 직접 말하지 않고 대사(代詞)를 통하여 사물을 지칭하는 수법을 매우 좋아하였다. 예를 들면, '碧虛' '泉合'은 물을, '圓蒼'은 하늘을, '琥珀'은 술을, '冷紅'은 꽃을, '寒綠'은 봄풀을, '吳刀' 혹은 '寒玉'은 달을, '玉龍'은 칼을 각각 나타낸다.

다섯째, 이하는 상징(象徵)의 수법을 통해 자신의 시 세계를 풍부하게 하면서 동시에 한편으로는 자신만의 세계관을 표출하였다. 특히 가을, '희화(羲和)'' 태일(太一)' 등 신화의 주인공, 진 시황과 한 무제, 남산 등 다양한 사물을 빌어 죽음을 상징화하였다.

여섯째, 압운(押韻)으로, 이하는 즐거운 느낌을 주는 평성운(平聲韻)을 거의 쓰지 않고 있으며, 음악적인 효과를 극대화하기 위해 환운(換韻)을 즐겨 사용했다.

일곱째, 구식(句式)으로, 이하는 3언에서 9언에 이르기까지 폭넓게 사용하여, 자기 개인의 자유롭고도 폭넓은 사고와 새로움을 추구하려는 창신(創新)의 정신을 마음껏 발휘하고 있다.

3) 이하 시의 풍격

이하는 시를 창작하면서 '어떤 내용을 담을 것인가?'에도 중점을 두었지만, 그보다는 '시에 담긴 충실한 내용을 아름다운 시어로 어떻게 표현해 낼 것인가?'에 온 정력을 다 바쳤다. 그래서 이하는 '필보조화천무공(筆補造化天

無功)' 이라는 창작 태도로 시 창작에 심혈을 기울였다. 또 이하는 초사(楚辭) · 한위 악부(漢魏樂府) · 제량 궁체(齊梁宮體) · 한유 시(韓愈詩) 등의 특성과 그 정신을 수용하여 자신의 창작 연원으로 삼았다. 구체적으로 말하면, 초사에서는 낭만주의 정신과 신화적인 요소를, 한위 악부에서는 현실주의 정신을 각각 받아들였다. 제량 궁체에서는 농염한 내용과 유미주의적 경향을, 한유 시에서는 기험(奇險)한 풍격과 '진언무거(陳言務去)' 의 정신을 수용하였다.

이처럼 다양한 창작 연원을 수용한 결과 그 연원들이 각자 가지는 특성이 풍격으로 자연스럽게 표출되었다. 먼저 기험은 일상적으로 자주 쓰이지 않는 어려운 글자를 사용하거나 괴이한 말을 사용하여 기이하고 특출하면서도 난해함이 시에 표출된 풍격을 말하는 것으로, 훗날 그의 시를 '장길체(長吉體)' 로까지 불리게 만들었다.

둘째, 허황탄환(虛荒誕幻)은 '기험' 과 더불어 가장 대표적인 풍격으로, 표면적으로는 '황당무계함' 을 말하지만 실제는 '뛰어난 상상력' 이 마음껏 표출된 시를 말하는 것으로, 이하 시의 가장 독특한 풍격이라 할 수 있다.

셋째, 염려(艶麗)는 아름다운 시어를 바탕으로 형성된 풍격으로 유미주의적인 경향을 지양하고 있다. 더욱이 이 풍격은 그와 같은 시기에 활동했던 백거이(白居易)와 원진(元稹) 및 한유와 다른 시 세계를 구축하고 있음을 나타내는 동시에, 그것은 그를 한유시파(韓愈詩派)에서 빠져 나오게 만든 중요한 풍격이라 할 수 있다.

넷째, 비개(悲慨)는 의기가 복받쳐 슬퍼한다는 의미로, 서정시는 물론 영사

시와 풍유시에 이르기까지 기본 정서를 형성하고 있는 풍격이다. 한마디로 말하면 이 비개야 말로 이하의 풍모와 이하 시의 풍격을 가장 잘 대변한다고 보아도 무방할 것이다.

3. 이하 시의 영향과 후대의 평가

이하 시가 후대에 끼친 영향은 실로 크다. 당대(唐代)에 이하 시의 영향을 입은 사람만도 이상은(李商隱)·두목(杜牧)·온정균(溫庭筠)을 비롯하여 대략 10명 정도 된다. 그런데 주목할 점은, 이하가 활동했던 중당에 이미 대숙륜(戴叔倫)·장벽(張碧)·유언사(劉言史)·장남걸(莊南傑) 등에게 영향을 미쳐 그의 시풍과 유사한 시가 나오기 시작하였다는 것이다. 송대(宋代)에 들어와서 이하 시는 수사 방면에서 간접적인 영향을 미쳤으며, 송대의 대표적인 문학이라 할 수 있는 사(詞)에 큰 영향을 끼쳤다. 또 원대(元代)의 시인들은 호응린(胡應麟)이 그의 『시수(詩藪)』에서 "원말의 여러 시인들은 다투어 이하를 본받았다(元末諸人, 竟師長吉)"고 말한 것에서도 알 수 있듯이, 앞다투어 이하를 답습하고자 하였다. 명초(明初)에 이르러서는 송완(宋琬)과 이덕(李德), 그리고 서위(徐渭)가 이하를 흠모하였다. 청대(淸代)에는 『홍루몽』의 작가 조설근(曹雪芹)이, 근대에는 공자진(龔自珍)이 이하의 영향을 받았으며, 현대에 이르러서는 루쉰과 마오쩌뚱이 이하를 매우 좋아하였다.

이하 시는 폭넓은 내용과 수사 기교에 따라 후세에 귀재 · 유미주의자 · 색정 문학가 · 귀공자 · 법가 시인 · 풍유 시인 등 다양한 평가를 받았다. 먼저 귀재(鬼才)는 이하에 대한 대표적인 평가이다. 이는 이하 시의 내용이 허황탄환하고, 이전에 어떤 시인도 쉽게 노래하지 않았던 귀신 세계를 읊었으며, 귀자(鬼字) 계열의 글자를 많이 사용하여, 비록 선재(仙才)인 이백(李白)과 대등하지는 않지만 그에 상대될 수 있다는 점에서 평가된 것이다. 또 이하는 현실을 무시한 채 시의 수사 기교에 중점을 두어 매우 아름다운 시어를 바탕으로 중국문학사상 유미주의의 새로운 지평을 열었다는 측면에서 유미주의의 개척자로 평가받았다. 또한 이하는 귀족 출신으로 여색(女色)을 매우 탐하였고, 그의 시에 농염한 시들이 많다는 측면에서 색정 문학가(色情文學家)로 평가받았다. 또한 좋은 환경에서 성장하였기 때문에 두보(杜甫) · 백거이 등처럼 사회현실과 인생의 고난을 헤아릴 수 없었으며, 27세에 요절한 관계로 세상사와 인생 경험이 깊지 못해, 마치 『홍루몽』의 가보옥(賈寶玉)과 같이 풍자미모의 재능을 나타냈다는 측면에서 귀공자로 평가받았다. 한편 이하는 혼란했던 중당을 보면서 통일을 칭송하고 분열을 반대하여 법가(法家)를 추종하고 유가(儒家)를 경멸하였다는 인식 아래 법가 시인으로 평가받았다. 또한 한편으로 이하는 중당의 혼란한 현실을 보고 중국문학사상 위대한 풍유 시인이라 불리는 백거이 못지 않게 치열한 현실 의식을 표출하였다는 점에서 청대에 와서야 풍유 시인으로 평가받았다.

附錄

論令將下東道祭酒而別秦六郡無勦兒長刀誰拭壁
毗理陽無正快馬逐服轅二子美年少調道講清渾識
笑斷冬々夜家庭踈篠茅曙風起四方秋月當東懸賦詩
面投擲悲哉不遇人此別定霑臆越布先裁巾

李長吉文集卷第四

經沙苑

野水泛長瀾宮牙開小蒨無人柳自春草渚鴛鴦暖晴
嘶卧沙馬老去悲啼展今春還不歸塞嚶折翅鴈

出城別張又新酬李漢

李子別上國南山崆峒春不聞今夕鼓差慰煎情人趙
壹賦命薄馬卿家業貧鄉書何所報紫蕨生石雲長安玉
桂國戟帶披侯門慘陰地自光寶馬踏曉昏朧春戲草
苑玉輓鳴驄驎綠網縋金鈴霞卷清池潯開貫瀉蚨母
買冰防夏蠅時宜裂大被劍客車盤茵小人如死灰心
切生秋榛皇圖跨四海百姓拖長紳光明靄不發腰龜
徒甃銀吾將譟禮樂聲調摩清新欲使十千載帝道如
飛神華食自蒼老流采長傾溢沒沒暗齰舌涕血不敢

兩馬八蹄踏蘭苑情如合竹誰能見夜先玉枕棲鳳凰
袷羅當門刺純綫長翻蜀紙卷明君轉角含商破碧雲
自從小靨來東道曲裏長眉少見人相如塚上生秋栢
三春誰是言情客蛾鬟醉眼拜諸宗為謁皇孫請曹植

新夏歌

曉木千籠眞蠟綵落蔕枯香數分在陰枝拳芽卷縹茸
長風迴氣扶葱籠野家麥畦上新壠長畛徘徊桑柘重
刺香滿地菖蒲草雨梁鷰語悲身老三月揺漾入河道
天濃地濃柳梳掃

題歸夢

長安風雨夜書客夢昌谷怡怡中堂笑小弟裁澗菉家
門厚重意望我飢充腹勞勞一寸心燈花照魚目

京城

驅馬出門意牢落長安心兩事誰向道自作秋風吟

官街鼓

曉聲隆隆催轉日暮聲隆隆呼月出漢城黃柳映新簾
栢陵飛燕埋香骨磓發千年日長白孝武秦王聽不得
從君翠髮蘆花色獨共南山守中國幾迴天上葬神仙
漏聲相將無斷絶

許公子鄭姬歌 鄭園中請賀作

許史世家外親貴宮錦千端買沉醉銅駝酒熱烘明膠
古堤大柳煙中翠桂開客花名鄭袖入洛聞香鼎門口
先將芍藥獻粧臺後解黃金大如斗莫愁簾中許合歡
清絃十五爲君彈彈聲泂春弄君骨骨興牽人馬上鞍

劉伶墳上土

美人梳頭歌

西施曉夢綃帳寒香鬟墮髻半沉檀轆轤咿啞轉鳴玉驚起芙蓉睡新足雙鸞開鏡秋水光解鬟臨鏡立象牀一編香絲雲撒地玉釵落處無聲膩纖手却盤老鴉色翠滑寶釵簪不得春風爛熳惱嬌慵十八鬟多無氣力粧成鬖鬌欹不斜雲裾數步踏鴈沙背人不語向何處下堦自折櫻桃花

月漉漉篇

月漉漉波煙玉莎青桂花繁芙蓉別江木粉態裌羅寒鴈羽鋪煙濕誰能看石帆乘船鏡中入秋白鮮紅死水香蓮子齊挽菱隔歌袖絲刺罥[illegible]

鵶翎羽箭山桑弓仰天射落啣蘆鴻麻衣黑肥衝北風
帶酒日晚歌田中男兒屈窮心不窮枯榮不等嗔天公
寒風又變爲春柳條條看即煙濛濛

神絃

女巫澆酒雲滿空玉爐炭火香鼕鼕海神山鬼來座中
紙錢窸窣鳴旋風相思木帖金舞鸞攢蛾一啑重一彈
呼星召鬼歆杯盤山魅食時人森寒終南日色低平灣
神兮長在有無間神嗔神喜師更顏送神万騎還青山

將進酒

琉璃鍾琥珀濃小槽酒滴眞珠紅烹龍炮鳳玉脂泣羅
屏繡幕圍香風吹龍笛擊鼉鼓皓齒歌細腰舞況是青
春日將暮桃花亂落如紅雨勸君終日酩酊醉酒不到

天親栽養神驥廐中高桁排蹇蹄飽食青芻飲白水圓
蒼低迷蓋張地九州人事皆如此赤山秀鋌禦時英緑
眼將軍會天意

休洗紅

休洗紅洗多紅色淺卿卿騁少年昨日殷橋見封侯早
歸來莫作絃上箭

神絃曲

西山日沒東山昏颴風吹馬馬踏雲畫絃素管聲淺繁
花裙綷縩步秋塵桂葉刷風桂墜子青貍哭血寒狐死
古壁彩虯金帖尾雨工騎入秋潭水百花老鵶成木魅
嘯聲碧火巢中起

野歌

前謝秀才杜雲卿命子作五粒小松歌子以選書多事不治曲辭經十日聊道八句以當命意

蛇子蛇孫鱗蜿蜿新香幾粒洪崖飯綠波浸葉滿濃光細束龍髯鉸刀剪主人壁上鋪州圖主人堂前多俗儒月明白露秋淚滴石筍溪雲肯寄書

塘上行

藕花涼露濕花缺藕根澁飛下雌鴛鴦塘水聲溘溘

呂將軍歌

呂將軍騎赤兎獨攜大膽出秦門金粟堆邊哭陵樹北方逆氣汚青天劒龍夜叫將軍閑將軍振袖揮劒鍔玉闕朱城有門閣榼榼銀龜搖白馬傅粉女郎火旗下恒山鐵騎請金槍遥聞箙中花箭香西郊寒蓬葉如刺皇

抽帆歸來一日功鼉吟浦口飛梅雨竿頭酒旗換青苧
蕭騷浪白雲差池黃粉油衫寄郎主新槽酒聲苦無力
南湖一頃菱花白眼前便有千里愁小玉開屏見山色

塞下曲

胡角引北風薊門白於水天含青海道城頭月千里露下
旗濛濛寒金鳴夜刻蕃甲鎖蛇鱗馬嘶青塚白秋靜見
旄頭沙遠席羈愁帳北天應盡河聲出塞流

染絲上春機

玉甖汲水花桐井蒨絲沉水如雲影美人懶態燕脂愁
春梭抛擲鳴高樓綵線結茸背複疊白袷玉郎寄桃葉
爲君挑鸞作腰綬願君處處宜春酒

五粒小松歌 并序

官不來題皇甫湜先輩廳
官不來官庭秋老桐錯幹青龍愁書司曹佐走如牛疊
聲問佐官來否官不來門幽幽

長平箭頭歌
漆灰骨末丹水沙淒淒古血生銅花白翎金竿雨中盡
直餘三脊殘狼牙我尋平原乘兩馬驛東石田蒿塢下
風長日短星蕭蕭星旗雲濕懸空夜左魂右魄啼肌瘦
絡瓶倒盡將羊炙蟲棲鴈病蘆筍紅迴風送客吹陰火
訪古汍瀾收斷鏃折鋒赤璺曾刲肉南陌東城馬上兒勸
我將金換簝竹

江樓曲
樓前流水江陵道鯉魚風起芙蓉老曉釵催鬢語南風

送客飲別酒千觴無赭顔何物最傷心馬首鳴金鐶野色浩無主秋月空曠閒坐來壯膽破斷目不能看行槐引西道青梢長攢攢韋郎好兄弟疊玉生文翰我在山上舍一畝蒿磽田夜雨叫租吏春聲暗交關誰解念勞勞蒼突唯南山

洛陽城外別皇甫湜

洛陽吹別風龍門起斷煙冬樹束生澁晚紫凝華天單身野霜上疲馬飛蓬閒凭軒一雙淚奉墜緑衣前

溪晚涼

白狐向月號山風秋寒掃雲留碧空王煙青濕白㘰幢銀灣曉轉流天東溪汀眠鷺夢征鴻輕漣不語細游溶層岫迴岑復疊龍苦篁對客吟吹筒

高懸銀牓照青山長眉凝緑幾千年清凉堪老鏡中鸞
秋肌稍覺玉衣寒空光妥帖水如天

蘭香神女廟

古春年年在閑緑摇暖雲松香飛晩華柳渚含日昏沙
砌落紅滿石泉生水芹幽篁畫新粉蛾緑横曉門弱蕙
不勝露山秀愁空春舞珮剪鸞翼帳帶塗輕銀蘭桂吹
濃香菱藕長莘莘看雨逢瑶姫乗舟値江君吹簫飲酒
醉結綬金絲裙走天呵白鹿遊水鞭錦鱗密髮虚鬟飛
膩頰凝花匀團鬟分蛛巢穠眉籠小唇弄蝶和輕妍風
光怯腰身深幃金鴨冷奩鏡幽鳳塵踏霧乗風歸撼玉

送韋仁實兄弟入關

山上聞

上之回

上之回大旗喜懸紅雪撻鳳尾劍匣破舞蛟龍蚩尤死
鼓蓬蓬天高慶雷齊墜地地無驚煙海千封

高軒過

韓員外愈皇甫侍御
湜見過因而命作

華裾織翠青如葱金環壓轡搖玲瓏馬蹄隱耳聲隆隆
入門下馬氣如虹東京才子文章鉅公二十八宿羅心胸
元精耿耀貫當中殿前作賦聲摩空筆補造化天無功
厖眉書客感秋蓬誰知死草生華風我今垂翅附冥鴻
他日不羞蛇作龍

貝宮夫人

丁丁海女弄金錢雀釵翹揭雙翅關六宮不語一生閑

神絃別曲

巫山小女隔雲別春風松花山上發綠蓋獨穿香逕歸白馬花竿長孑孑蜀江風澹水如羅墮蘭誰泛相經過南山桂樹爲君死雲衫淺汙紅脂花

綠水辭

今宵好風月阿侯在何處爲有傾人色翻成足愁苦東湖採蓮葉南湖拔蒲根未持寄小姑且持感愁魂

沙路曲

柳臉半眠丞相樹珮馬釘鈴踏沙路斷燼遺香裊翠煙燭騎啼烏上天去帝家玉龍開九關帝前動笏移南山獨垂重印押千官金窠篆字紅屈盤沙路歸來聞好語旱火不光天下雨

梁臺古愁

梁王臺沼空中立天河之水夜龍入臺前鬪王作蛟龍綠粉掃天愁露濕撞鍾飲酒行射天金虎蹙裘噴血斑朝朝暮暮愁海翻長繩繫日樂當年芙蓉凝紅得秋色蘭臉別春啼脉脉蘆洲客鴈報春來寥落野湟秋漫白

公無出門

天迷迷地密密熊虺食人魂雪霜斷人骨嗾犬狺狺相索索舐掌偏宜佩蘭客帝遣乘軒災自息玉星點劒黃金軛我雖跨馬不得還歷陽湖波大如山毒虬相視振金環狻猊猰貐吐饞涎鮑焦一世披草眠顏回廿九鬢毛斑顏回非血衰鮑焦不違天天畏遭銜齧所以致之然分明猶懼公不信公看呵壁書問天

東来長安車駢駢中有梁冀舊宅石崇故園

瑶華樂

穆天子走龍媒八轡冬瓏逐天迴五精掃地凝雲開高
門左右日月環四方錯鏤稜層殿舞霞垂尾長盤珊江
澄海淨神母顔施紅點翠照虞泉曳雲拖玉下崑山列
布旆如松開張蓋如輪金風殿秋清明發春八鑾十乘
矗如雲屯瓊鍾瑶席甘露文玄霜絳雪何足云薫梅染
柳將贈君鉛華之水洗君骨與君相對作直質

北中寒

一方黒照三方紫黄河氷合魚龍死三尺木皮断文理
百石強車上河水霜花草上大如錢揮刀不入迷濛天
争瀯海水飛凌喧山瀑無聲玉虹懸

聲琅璫誰知花雨夜來過但見池臺春草長嘈嘈絃吹
匝天開洪崖簫聲迸天來天長一矢貫雙虎雲弛絶騁
聒旱雷亂袖交竿管兒舞吴音緑鳥學言語能教刻石
平紫金解送刻毛寄新兎三皇皇后七貴人五十校尉
二將軍當時飛去逐彩雲化作今日京華春

相勸酒

羲和騁六轡晝夕不曾閑彈烏崦嵫竹枝馬蟠鞭蓐收
既斷翠柳青帝又造紅蘭堯舜至今萬萬歲數子將爲
傾蓋間青錢白璧買無端丈夫快意方爲歡臛蠵臛熊
何足云又會須鍾飲北海箕踞南山歌淫淫管愔愔橫
波好送雕題金人生得意且如此何用強知元化心相
勸酒終無輟伏願陛下鴻名終不歇子孫綿如石上葛

吳歈越吟未終曲江上團團帖寒玉

榮華樂 一作東洛梁家謠

鳶肩公子二十餘齒編貝脣激朱氣如虹蜺飲如建瓴走馬夜歸叫嚴更徑穿複道遊椒房龍裘金玦雜花光玉堂調笑金樓子臺下戲學邯鄲唱口吟舌話稱女郎錦袪繡面漢帝旁得明珠十斛白璧一雙新詔垂金曳紫光煌煌馬如飛人如水九卿六官皆望履將迴日月先反掌欲作江河唯畫地峩峩虎冠上切雲竦劍晨趍凌紫氛繡段千尋貽皂隸黃金百鎰貺家臣十二門前張大宅晴春烟起連天碧金鋪綴日雜紅光銅龍齧環似爭力瑶姬凝醉臥芳席海素籠窻空下隔丹穴取鳳充行庖貜貜如拳那足食金蟾呀呀蘭燭香軍裝武妓

爲愚公乎公乎牀有菅席盤有魚北里有賢兄東鄰有小姑隴畝油油黍與葫瓦甒濁醪蟻浮浮黍可食醪可飲公乎公乎其奈君被髮奔流竟何如賢兄小姑哭嗚嗚

平城下

飢寒平城下夜夜守明月王劒無玉花海風斷鬢髮塞長連白空遥見漢旗紅青帳吹短笛煙霧濕晝龍日晚在城上依俙望城下風吹枯蓬起城中嘶瘦馬借問築城吏去關幾千里唯愁裹尸歸不惜倒戈死

江南弄

江中緑霧起凉波天上疊巘紅嵯峨水風浦雲生老竹渚暝蒲帆如一幅鱸魚千頭酒百斛酒中倒卧南山緑

拂舞歌詞

吳娥聲絕天空雲閑徘徊門外滿車馬亦復生綠苔樽有烏程酒勸君千萬壽全勝漢武錦樓上曉望晴寒飲花露東方日不破天光無老時丹成作蛇乘白霧千年重化玉井土從蛇作土二千載吳堤綠草年年在背有八卦稱神仙邪鱗頑甲滑腥涎

夜坐吟

踏踏馬頭誰見過眼看北斗直天河西風羅幕生翠波鉛華笑妾顰青蛾為君起唱長相思簾外嚴霜皆倒飛明星爛爛東方陲紅霞稍出東南涯陸郎去矣乘班騅

箜篌引 又曰公無渡河

公乎公乎提壺將焉如屈平沈湘不足慕徐衍入海誠

尺刀壁上雷鳴泰山之下婦人哭聲官家有程吏不敢
聽

日出行

白日下崑崙發光如舒絲徒照葵藿心不見遊子悲折
折黄河曲日從中央轉暘谷耳曾聞若木眼不見奈爾
鑠石胡爲銷人羿彎弓屬矢那不中足令久不得奔詎
教晨光夕昏

苦篁調嘯引

請說軒轅在時事伶倫采竹二十四伶倫采之自崑丘
軒轅詔遣中分作十二伶倫以之正音律軒轅以之調
元氣當時黃帝上天時二十三管咸相隨唯留一管人
間吹人間無德不能得此管沈理虞舜祠

斷煙素縫舞衣八月一日君前舞

巫山高

碧叢叢高插天大江翻瀾神曳煙楚魂尋夢風颸然曉
風飛雨生苔錢瑤姬一去一千年丁香筇竹啼老猿古
祠近月蟾桂寒椒花墜紅濕雲間

摩多樓子

玉塞去金人二萬四千里風吹沙作雲一時渡遼水天
白水如練甲絲雙串斷行行莫苦辛城月猶殘半曉氣
朔烟上趢趚胡馬蹄行人臨隴別隴水長東西

猛虎行 四言

長戈莫舂強弩莫抨乳孫哺子教得生獰舉頭爲城掉
尾爲旌東海黃公愁見夜行道逢騶虞牛哀不平何用

京城　官街鼓

許公子鄭姫歌　新夏歌

題歸夢　經沙苑

出城別張又新酬李漢

艾如張 艾音乂見詩也

錦襜褕繡襠襦强□飲啄哺尔雛隴東卧穟滿風雨莫信龍媒隴西去齊人織網如素空張在野田平碧中網絲漠漠無形影誤矣觸之傷首紅艾葉緑花誰剪刻中藏禍機不可測

上雲樂

飛香走紅滿天春花龍盤盤上紫雲三千宮女列金屋五十絃瑟海上聞天江碎碎銀沙路嬴女機中□□□

李長吉文集卷第四

歌詩

宋玉無歸魂緗縹兩行字蟄蟲蠹秋芸爲探春臺意豈
命余負薪

七月一日曉入大行山

一夕遶山秋香露溘蒙菉新橋倚雲阪候蟲嘶露樸洛
南今已遠越衾誰爲熟石氣何凄凄老松如短鏃

秋涼詩寄正字十二兄

閑門感秋風幽姿任契闊天夜生素空大地曠肅殺露
光泣殘蕙蟲響連夜發房寒寸輝薄迎風絳紗折題書
古雲顏恨唱華容歇百日不相知花光變涼節弟兄誰
念慮牋翰既通達青袍度白馬草簡奏東闕夢中相聚
笑覺見半牀月長思劇尋環亂憂抵覃葛

李長吉文集卷第三

習雲香蔓刺芸麥平古井閑乘列千肆刺促成幾人好
學鵾夷子

銅駞悲

落魄三月罷尋花去東家誰作送春曲洛岸悲銅駞橋
南多馬客北山饒古人客飲盃中酒駞悲千万春生世
莫徒勞風吹盤上燭厭見桃株笑銅駞夜來哭

自昌谷到洛後門

九月大野白蒼岑踈秋門寒凉十月末霧散濛曉昏落
色結晝天心事填空雲道上千里風野竹蛇痕石爛
東波聲雞叫清寒晨強行到東舍解馬投舊鄰東家名
廖者鄉曲傳姓辛杖頭非飲酒吾請造其人始欲南去
楚又將西適秦襄王與武帝各自留青春閒道蘭臺上

処世遺几在馬霧衣夜披拂眠壇夢直粹待駕樓鸞老故宮椒
壁圯福昌宮在谷之東鴉龍數鈴響囂鶴巨發涼思陰藤東朱鍵
龍帳著魑魅碧錦帖花楹香衾車殘貴歌塵蠹木在舞
絑長雲似玲瓖割繡段里俗祖風義鄰凶不相杵疫病
無邪祀鮐皮識仁惠卯角知覗耻縣省司刑官户乏詬
秬吏竹藪添墮簡石磯引紉餌溪灣轉水帶芭蕉傾蜀
紙岑光晃縠襟孤景拂繫事泉樽陶穿酒月眉謝郎妝
丁丁幽鍾遠矯矯單飛至霞巘嶔嵯峨危澗聲爭次淡
蛾添平碧薄月眇陰悴涼光入澗岸廓盡山中意漁童
下宵網霜禽竦煙翅澤鏡滑蛟涎浮珠喩魚戲風桐搖
匣瑟螢星錦城使柳綴長縹帶篁禪短笛吹石根緣緑
蘚蘆筍抽丹漬漂旋弄天影古檜掌雲臂愁自徽帳紅

昌谷詩 五月二十七日作

昌谷五月稻細青滿平水遥巒相壓疊頹綠愁墮地光潔無秋絲凉曠吹浮媚竹香滿凄寂粉節徙生翠華髮垂恨鬢光露泣幽淚層圍爛洞曲芳徑老紅醉攢蟲鎪古柳蟬子鳴高邃大帶委黃葛紫蒲交狹涘石錢差復藉厚葉皆蟠膩汰沙好平白立馬印青字晚鱗自遨遊瘦鵠暝單峙嘹嘹濕蛄聲咽源驚濺起紆䠂玉真路碔巡路幸神娥蕙花裏苔絮縈澗礫山寶垂頳紫小柏儼重扇肥松突丹髓鳴流走響韻壟秋拖光穟鶯唱閔女歌瀑懸楚練帔風露滿笑眼駢巖雜舒墜亂篠迸石嶺細頸喧島毖日腳掃昏翳新雲啓華閟謐謐厭夏光商風道清氣高眠服玉容燒桂祀天几谷眞女山嶺阪相承山即蘭香神女上天

網信崇大矯士常帶璠瞨逸目駢甘華羈心如茶蔘阜雲
二三月岑岫相顛倒誰揭頹玉磐東方發紅照春熱張
鶴蓋兎目官槐小思焦面如病嘗膽腸似絞京國心爛
熳夜夢歸家少發軔東門外天地皆浩浩青樹驪山頭
花風滿秦道宮臺光錯落裝畫徧峯嶠細綠及團紅當
路雜啼笑香氣下高黃鞍馬正華耀獨乘雞棲車自覺
少風調心曲語形影祗身爲足樂豈能脫負擔刻鵠曾
無兆幽幽太華側老栢如逮纛龍皮相排戛翠羽更蕩
掉駈趁委摧悴眺覽強笑貌花蔓閱行輌轂煙頭深徽
少健無所就入門愧家老聽講依大樹觀書臨曲沼知
非出椑虎甘作藏霧豹韓鳥㲉矰繳湘儵在籠卑狹行
無廓落壯士徒輕躁

寒日暖來煎人壽食龍則肥食蛙則瘦神君何在太一安有天東有若木下置銜燭龍吾將斬龍足嚼龍肉使之朝不得迴夜不得伏自然老者不死少者不哭何爲餌黃金吞白玉誰似任公子雲中騎碧驢劉徹茂陵多滯骨嬴政梓棺費鮑魚

章和二年中

雲蕭索田風拂拂麥芒如篲黍如粟關中父老百領襦關東吏人乏詬租健犢春耕土膏黑菖蒲叢叢沿水脉殷勤爲我下田租百錢攜賞絲桐客遊春漫光塢花白野林散香神降席拜神得壽獻天子七星貫斷姮娥死

春歸昌谷

束髮方讀書謀身苦不早終軍未乘傳顏子鬢先老天

乾膩薄重立脚匀數寸光秋無日昏圓毫促點聲静新
孔硯寬頑何足云

房中思

新桂如娥眉秋風吹小綠行輪出門去玉鸞聲斷續月
軒下風露曉庭自幽澁誰能事貞素卧對莎雞泣

石城曉

月落大堤上女垣棲烏起細露濕團紅寒香解夜醉女
牛渡天河柳煙滿城曲上客留斷纓殘娥鬪雙綠春帳
依微蟬翼羅橫茵突金隱體花帳前輕絮鵞毛起欲說
春心無所似

苦晝短

飛光飛光勸爾一杯酒吾不識青天高黃地厚唯見月

飛牕複道傳籌飲十夜銅盤膩燭黄秃衿小袖調鸚鵡紫繡麻鞋踏哮虎斫桂燒金待曉筵白鹿清酥夜半煑桐英永巷騎新馬内屋深屏生色畫開門爛用水衡錢卷起黄河向身瀉皇天厄運猶曾裂秦宮一生花裏活鸞篦奪得不還人醉卧氍毹滿堂月

古鄴城童子謡効王粲刺曹操

鄴城中暮塵起探黒丸斫文吏棘爲鞭虎爲馬團團走鄴城下切玉劒射日弓獻何人奉相公扶轂來関右兒香掃塗相公歸

楊生青花石硯歌

端州石工巧如神踏天磨刀割紫雲傭刓抱水含滿脣暗灑萇弘冷血痕紗帷晝暖墨花春輕漚漂沫松麝薫

日長向城頭住一日作千年不須留下去

閑愁歌 筆下作

秋風吹地百草乾華容碧影生晩寒我當二十不得意
一心愁謝如枯蘭衣如飛鶉馬如狗臨歧擊劒生銅吼
旗亭下馬解秋衣請貰宜陽一壺酒壺中喚天雲不開
白晝萬里閑凄迷主人勸我養心骨莫受俗物相塡豗

秦宮詩 并序

漢人秦宮將軍梁冀之嬖奴也秦宮得寵内舍故以驕
名大譟於人予撫舊而作長辭以馮子都之事相爲對
望又云昔有之詩

越羅衫袂迎春風玉刻麒麟腰帶紅樓頭曲宴仙人語
帳底吹風香霧濃人間酒暖春茫茫花枝入簾白日長

楊花樸帳春雲熱龜甲屏風醉眼纈東家胡蝶西家飛
白騎少年今日歸

梁公子

風彩出蕭家本是菖蒲花南塘蓮子熟洗馬走江沙御
牋銀沫冷長簟鳳窠斜種柳營中暗題書賜舘娃

牡丹種曲

蓮枝未長秦蘅老走馬駄金斸春草水灌香泥卻月盆
一夜綠房迎白曉美人醉語園中煙晚華已散蝶又闌
梁王老去羅衣在拂袖風吹蜀國絃歸霞帔拖蜀帳昏
嫣紅落粉罷承恩檀郎謝女眠何處樓庭月明燕夜語

後園鑿井

井上轆轤牀上轉水聲繁絲聲淺情若何荀奉倩城頭

春柳南陌態冷花寒露姿今朝醉城外拂鏡濃掃眉煙
濕愁車重紅油覆畫衣舞裙香不暖酒色上來遲

春晝

朱城報春更漏轉光風催蘭吹小殿草細堪梳柳長如
線卷衣秦帝掃粉趙燕日含畫幕蜂上羅薦平陽花塢
河陽花縣越婦搘機吳蠶作繭菱汀繫帶荷塘倚扇江
南有情塞北無恨

安樂宮

深井桐烏起尚復牽情水未盥邵陵王瓶中弄長翠新
成安樂宮宮如鳳凰翅歌迴蠟板鳴左悺提壺使綠蘩
悲水由茱萸別秋子

胡蝶飛

幕迎神燕飛絲送百勞胡琴今日恨急語向檀槽

仙人

彈琴石壁上翻翻一仙人手持白鸞尾夜掃南山雲鹿飲寒澗下魚歸清海濱時時漢武帝書報桃花春

河陽歌

染羅衣秋藍難著色不是無心人爲作臺邛客花燒中潬城顏郎身已老惜許兩少年抽心似春草今日見銀牌今夜鳴玉讌牛頭高百尺萬坐應相見月從東方來酒從東方轉觥舩飫口紅蜜炬千枝爛

花遊曲 并序

寒食日諸王妓遊賀入座因採梁簡文詩調賦花遊曲與妓彈曲

奉和二兄罷使遣歸延州

空留三尺劒不用一丸泥馬向沙場去人歸故國來笛
愁翻隴水酒喜瀝春灰錦帶休驚鴈羅衣尚鬪雞還吴
巳渺渺入郢莫凄凄自是桃李樹何畏不成蹊

答贈

本作張公子曾名蕚緑華沈香熏小像楊柳伴啼鴉露
重金泥冷盃闌玉樹斜琴堂沽酒客新買後園花

題趙生壁

大婦然竹根中婦舂玉屑冬、暖拾松枝日煙生蒙滅木
蘚青桐老石井水聲發曝背卧東亭桃花滿肌骨

感春

日暖自蕭條花悲北郭騷榆穿萊子眼柳斷舞兒腰上

生有窮拙日暮聊飲酒秖今道已塞何必須白首凄凄陳述聖披褐鉏俎豆學爲尭舜文時人責衰偶柴門車轍凍日下榆影瘦黄昏訪我來苦節青陽皺太華五千仞劈地抽森秀旁古無寸尋一上戛牛斗公卿縱不言寧能鎖吾口李生師太華大坐看白晝逢霜作樸樕得氣爲春柳禮節乃相去顚頽如蒭狗風雪直齋壇墨組貫銅綬臣妾氣態間唯欲承箕箒天眼何時開古劒庸一吼

釣魚詩

秋水釣紅渠仙人待素書菱絲縈獨繭蒲米蟄雙魚斜竹垂清沼長綸貫碧虛餌懸春蜥蜴鉤墜小蟾蜍詹子情無限龍陽恨有餘爲看煙浦上楚女淚霑裾

客遊

悲滿千里心日暖南山石不謁承明廬老作平原客四時別家廟三年去鄉國旅歌屢彈鋏歸問時裂帛

崇義里滞雨

落漠誰家子來感長安秋壯年抱羈恨夢泣生白頭瘦馬秣敗草雨沫飄寒溝南宮古簾暗濕景傳籤籌家山遠千里雲脚天東頭憂眠枕劍匣客帳夢封侯

馮小憐

灣頭見小憐請上琵琶絃破得春風恨今朝直幾錢裙垂竹葉帶鬢濕杏花煙玉冷紅絲重齊宮妾駕鞍

贈陳商

長安有男兒二十心已朽楞伽堆案前楚辭繫肘後人

賈公閭貴婿曲

朝衣不須長分花對袍縫嘤嘤白馬来滿腦黄金重今朝香氣苦珊瑚澁難枕且要弄風人暖蒲沙上飲鷰語踏簾鈎日虹蜺中碧潘令在河陽無人死芳色

夜飲朝眠曲

觴酣出座東方高腰横半解星劳劳柳花鶯啼公主醉薄露壓花蕙園氣玉轉濕絲牽曉水熱粉生香琅玕紫夜飲朝眠斷無事楚羅之幃卧皇子

王濬墓下作

人間無阿童猶唱水中龍白草侵烟死秋䕷遶地紅古書平黑石神劍斷青銅耕勢魚鱗起墳科馬鬣封菊花垂濕露棘逕卧乾蓬松栢愁香澁南原幾夜風

十騎簇芙蓉容衣小隊紅練香熏宋鵲尋箭踏盧龍旗濕金鈴重霜乾玉鐙空今朝畫眉早不待景陽鍾

潞州張大宅病酒遇江使寄上十四兄

秋至昭關後當知趙國寒繋書隨短羽寫恨破長牋病客眠清曉疎桐墜綠鮮城鴉啼粉堞軍吹壓蘆烟岸幘褰紗幌枯塘臥折蓮木牎銀跡畫石磴水痕錢旅酒侵愁肺離歌繞懦絃詩封兩條淚露折一枝蘭莎老沙雞泣松乾瓦獸殘覺騎燕地馬夢載楚溪舡椒桂傾長席鱸魴斫玳筵豈能忘舊路江島滞佳年

難忘曲 古詩有君家誠易知易知復難忘

夾道開洞門弱楊低畫戟簾影竹華起簫聲吹日色蜂語繞粧鏡畫娥學春碧乱繫丁香梢滿庭花向夕

鄉試萬里無印自堪悲郷郷忍相問鏡中雙淚姿

莫種樹

園中莫種樹種樹四時愁獨睡南牕月今秋似去秋

將發

東牀卷席罷濩落將行去秋白遥遥空日满門前路

畫江潭苑四首

吴苑曉蒼蒼宫衣水濺黄小鐙紅粉薄騎馬珮珠長路指臺城迥羅薫袴褶香行雲霑翠輦今日似襄王

寶秣菊衣單蕉花蚤露寒水光蘭澤葉帶重剪刀錢角暖盤弓易靴長上馬難淚痕霑寢帳匀粉照金鞍

剪翅小鷹斜絛根王鏇花鞦垂粧細粟箭箙釘文牙鸒啼深竹鵁鶄老濕沙宫官燒蠟火飛燼汙鉛華

洞庭思不禁蜂遲子花心灰暖殘香炷燄冷青蟲簪夜遥
燈焰短睡熟小屏深好作鴛鴦夢南城罷擣砧
尋常輕宋玉今日嫁文鴦戟幹橫龍簴刀環倚桂牕邀
人裁半袖端坐據胡牀淚濕紅輪重栖烏上井梁

昌谷讀書示巴童

蟲響燈光薄宵寒藥氣濃君憐垂翅客辛苦尚相從

巴童荅

巨鼻宜山褐厖眉入苦吟非君唱樂府誰識怨秋深

代崔家送客

行蓋柳煙下馬蹄白翩翩恐送行處盡何忍重揚鞭

出城

雪下桂花稀啼烏被彈歸關水乘驢影秦風帽帶垂入

雍州二月梅池春御水鵁鶄暖白蘋試問酒旗歌板地
今朝誰是拗花人

晝角東城

河轉曙蕭蕭鴉飛睥睨高帆長摽越甸壁冷挂吳刀淡
菜生寒日鮞魚濺白濤水花霑抹額旗鼓夜迎潮

謝秀才有妾縞練改從於人秀才引留之
不得後生感憶座人製詩嘲謝賀復繼四
首

誰知泥憶雲望斷黎花春荷絲製機練竹葉剪花裙月
明啼阿姊燈暗會良人也識君夫婿金魚挂在身
銅鏡立青鸞燕脂拂紫綿腮花弄暗粉眼尾淚侵寒碧
玉破瓜後瑶琴重撥絃今日非昔日何人敢正看

攙搶落旗縣日月低榆稀山易見甲重馬頻嘶天遠星
光没沙平草葉齊風吹雲路火雪汙玉關泥屢斷呼韓
頸曾燃董卓臍太常猶舊寵光祿是新隮寶玦麒驎起
銀壺狒狖啼桃花連馬發綵絮撲鞍來呵臂懸金斗當
脣注玉罍清蘇和碎蟻紫膩卷浮盃虎鞹先蒙馬魚腸
且斷犀趁趕西旅狗蹙頞北方奚守帳然香暮看鷹永
夜棲黃龍就別鏡青冢念陽臺周處長橋役侯調短弄
哀錢塘堦鳳羽正室劈鸞釵內子攀琪樹羌兒奏落梅
今朝擎劍去何日刺蛟迴

酬荅二首

金魚公子夾衫長密裝腰鞓割玉方行處春風隨馬尾
柳花偏打內家香

楊生青花石硯歌　房中思

石城曉　苦晝短

章和二年中　春歸昌谷

昌谷詩　銅駝悲

自昌谷到洛後問　七月一日曉入太行山

秋涼詩寄正字十二兄

追和何謝銅雀妓

佳人一壺酒秋容滿千里石馬卧新煙憂来何所以歌聲且潛弄陵樹風自起長裾壓高臺淚眼看花机

送秦光禄北征

北虜膠堪折秋沙亂曉鼙髯胡頻犯塞驕氣似横霓水樓船渡營門細柳開將軍馳白馬豪彥騁雄材箭射

李長吉文集卷第三

歌詩

帝唯帝稱眷甞一夕信堅兒文明永諭歟
南山何其悲鬼雨灑空草長安夜半秋風前幾人老低
迷黃昏逕裊裊青櫟道月午樹無影一山唯白曉漆炬
迎新人幽壙螢擾擾
星盡四方高萬物知天曙已生須已養荷擔出門去君
平久不反康伯循國路曉思何譊譊闤闠千人語
石根秋水明石畔秋草瘦侵衣野竹香蟄蟄垂葉厚岑
中月歸來蟾光挂空秀桂露對仙娥星星下雲逗淒凉
梔子落山璺泣清漏下有張仲蔚披書案前朽

李長吉文集卷第二

玉漏三星曙銅街五馬逢犀株防膽怯銀液鎮心忪跳
脫看年命琵琶道吉凶王時應七夕夫位在三宮無力
塗雲母多方帶藥翁符因青鳥送囊用絳紗縫漢苑尋
官柳河橋閡禁鍾月明中婦覺應笑畫堂空

感諷五首

合浦無明珠龍陽有木奴足知造化力不給使君須越
婦未識作吳蚕始蠕蠕縣官騎馬來獰色虬紫鬚懷中
一方板板上數行書不因使君怒焉得請尔廬
越婦拜縣官桑牙今尚小會待春日晏絲車方擲掉越
婦通言語小姑其黃粱縣官踏飡去簿吏復登堂奇俊
無少年日車何躃躃我待紆雙綬遺我星星鬓都門賈
生墓青蝇久斷絕寒食搖揚天憤景長肅殺皇漢十二

斷虹古時塡瀚澥今白鏊峪峒綉谷產長幔羅裙結短
封心搖如舞鶴骨出似飛龍井檻淋清漆門鋪綴白銅
隈花開兎逕向壁印狐蹤玳瑁釘簾薄琉璃疊扇烘象
牀緣素栢瑶席卷香葱細管吟朝幌芳醪落夜楓宜男
生楚巷梔子發金墉龜甲開屏漩鵝毛澡墨濃黃庭留
衛瓘綠樹養韓馮鷄唱星懸柳鴉啼露滴桐黃娥初出
座龍妹姑相從蟯凌舞蘭燼秋燕掃綺櫳吹壁翻舊引
沽酒待新豐短珮愁塡粟長絃怨削菘曲池眠乳鴨小
閣聽娃僮褥縫簇雙綫鈎縚辨五總蜀烟飛重錦峽雨
濺輕容拂鏡羞温嶠薰香避賈充魚生玉藕下人在石
蓮中含水彎娥翠登樓潠馬駿使君屈曲陌園今在臨
邛桂火添蘇暖金爐細炷通春遲王子態鶯轉謝娘慵

笛管新篁拔玉青
古竹老梢惹碧雲茂陵歸臥歎清貧風吹千畝迎雨嘯
鳥重一枝入酒樽

惱公

宋玉愁空斷嬌嬈粉自紅歌聲春草露門掩杏花叢注
口櫻桃小添眉桂葉濃曉奩粧秀靨夜帳藏香筒鈿鏡
飛孤鵲江圖畫水葓陂陁梳碧鳳腰褭帶金蟲杜若含
清露河蒲聚紫茸月分蛾黛破花合靨朱融髮重疑盤
霧腰輕乍倚風寄書題豆蔻隱語笑芙蓉莫鎖茱萸匣
休開翡翠籠弄珠驚漢燕燒蜜引胡蜂醉纈拋紅網單
羅挂綠蒙數錢教姹女買藥問巴賨勻臉安斜鴈移燈
想夢熊腸攢非束竹弦急是張弓晚樹迷新蝶殘蜺憶

方花古礎排九楹刺豹淋血成銀罌華筵鼓吹無桐竹
長刀直立割鳴箏橫楣麄錦生紅緯日炙錦嫣王未醉
腰下三看寶玦光項莊掉蒴欄前起材官小臣公莫舞
座上真人赤龍子芒碭雲瑞抱天迴咸陽王氣清如水
鐵樞鐵楗重束關大旗五丈撞雙鐶漢王今日須秦印
絶臏刳腸臣不論

昌谷北園新笋四首

籜落長竿削玉開君看母笋是龍材更容一夜抽千尺
別却池園數寸泥

斫取青光寫楚辭膩香春粉黑離離無情有恨何人見
露壓煙啼千萬枝

家泉石眼兩三莖曉看陰根紫陌生今年水曲春沙上

人識空將牋上两行書直犯龍顔請恩澤我有迷魂招不得雄雞一聲天下白少年心事當拏雲誰念幽寒坐嗚呃

長歌續短歌

長歌破衣襟短歌斷白髮秦王不可見旦夕成内熱渴飲壺中酒飢拔隴頭粟凄凄四月蘭千里一時緑夜峯何離離明月落石底徘徊沿石尋照出高峯外不得與之遊歌成鬢先改

公莫舞歌 并序

公莫舞歌者詠項伯翼蔽劉沛公也會中壯士灼灼於人故無復書且南北樂府率有歌引賀陋諸家今重作公莫舞歌云

礐石湯徘徊百鳳隨君王

勉愛行二首送小季之廬山

洛郊無俎豆弊廐歎老馬小鴈過鑪峯影落楚水下長舡倚雲泊石鏡秋涼夜豈解有鄉情弄月聊鳴啞

別柳當馬頭官槐如兎目欲將千里別持我易斗粟南雲北雲空脉斷靈臺經絡懸春綫青軒樹轉月滿牀下國飢兒夢中見維爾之昆二十餘年來持鏡頗有鬚辭家三載今如此索米王門一事無荒溝古水光如刀庭南拱柳生蠐螬江干幼客眞可念郊原晚吹悲號號

致酒行

零落棲遑一杯酒主人奉觴客長壽主父西遊困不歸家人折斷門前柳吾聞馬周昔作新豐客天荒地老無

排引纔陞強絙斷洛風送馬入長関闔扇未開逢猰犬
那知堅都相草草客枕幽單看春老歸來骨薄面無膏
疫氣衝頭鬢莖少欲彫小說干天官宗孫不調爲誰憐
明朝下元復西道崆峒叙別長如天

宮娃歌

蠟光高懸照紗空花房夜擣紅守宮象口吹香毾㲪煖
七星挂城聞漏板寒入罘罳殿影昏彩鸞簾額著霜痕
啼蛄弔月鉤欄下屈膝銅鋪鎖阿甄夢入家門上沙渚
天河落處長洲路願君光明如太陽放妾騎魚撇波去

堂堂

堂堂復堂堂紅脫梅灰香十年粉蠹生畫梁飢蟲不食
推碎黃蕙花已老桃葉長禁院懸簾隔御光華清源中

長鬣張郎三十天遣裁詩花作骨往還誰是龍頭人公
主遣秉魚鬚笏太行青草上白衫匣中章奏密如蚕金
門石閣知卿有豹角雞香早晩含隴西長吉摧頹客酒
闌感覺巾區窄葛衣斷碎趙城秋吟詩一夜東方白

羅敷交與葛篇

依依宜織江雨空雨中六月蘭臺風慱羅老仙時出洞
千歲石牀啼鬼工蛇毒濃凝洞堂濕江魚不合銜沙立
欲剪湘中一尺天吴娥莫道吴刀澁

仁和里雜叙皇甫湜 湜新尉陸渾

大人乞馬癯乃寒宗人貸宅荒厥垣横庭鼠逕空土澁
出籬大棗垂朱殘安定美人截黄綬脫落纓裾瞑朝酒
還家白筆未上頭使我清聲落人後枉辱稱知犯君眼

蝶棲石竹銀交関水凝緑鴨瑠璃錢團迴六曲抱膏蘭
將鬟鏡上擲金蟬沉香火煖茱萸煙酒觥綰帶新承懽
月風吹露屏外寒城上烏啼楚女眠

南山田中行

秋野明秋風白塘水漻漻蟲嘖嘖雲根苔蘚山上石冷
紅泣露嬌啼色荒畦九月稻叉芽蟄螢低飛隴徑斜石
脉水流泉滴沙鬼燈如漆照松花

貴主征行樂

奚騎黃銅連鎖甲羅旗香幹金畫葉中軍留醉河陽城
嬌嘶紫鷰踏花行春營騎將如紅玉走馬梢鞭上空緑
女垣素月角咿咿牙帳未開分錦衣

酒罷張大徹索贈時張初効潞幕

咽咽學楚吟病骨傷幽素秋姿白髮生木葉啼風雨燈
青蘭膏歇落照飛蛾舞古壁生凝塵羈魂夢中語

湖中曲

長眉越沙採蘭若桂葉水洪春漠漠橫舡醉眠白晝閑
渡口梅風歌扇薄燕釵玉股照青渠越王嬌郎小字書
蜀紙封巾報雲鬟晚漏壺中水淋盡

黃家洞

雀步蹙沙聲促促四尺角弓青石鏃黑幡三點銅鼓鳴
高作猿啼搖箭箙綵布纏踍幅半斜溪頭簇隊映葛花
山潭晚霧吟白鼉竹蛇飛蠹射金沙閑驅竹馬緩歸家
官軍自殺容州槎

屛風曲

客大軎犖觴起立命花娘出幕徘徊拜客吾聞所宜稱
善平弄於是以弊辭酌聲與子爲壽
顏熱感君酒含嚼蘆中聲花娘篸綏妥休睡芙蓉屏誰
截太平管列點排空星直貫開花風天上馳雲行今夕
歲華落今人惜平生心事如波濤中坐時時驚溺客騎
白馬劒弛懸蘭纓俊健如生猱肯拾蓬中螢

老夫採玉歌

採玉採玉須水碧琢作步搖徒好色老夫飢寒龍爲愁
藍溪水氣無淸白夜雨岡頭食蓁子杜鵑口血老夫淚
藍溪之水猒生人身死千年恨溪水斜山栢風雨如嘯
泉脚挂繩靑裊裊村寒白屋念嬌嬰古臺石磴懸腸草

傷心行

蕭寺馱經馬元從竺國來空知有善相不解走章臺
重圍如鷺尾寶劒似魚腸欲求千里脚先采眼中光
暫繫騰黃馬仙人上綵樓須鞭玉勒吏何事謫高州
汗血到王家隨鑾撼玉珂少君騎海上人見是青騾
武帝愛神仙燒金得紫煙廄中皆肉馬不解上青天

申胡子觱篥歌 并序

申胡子朔客李氏本亦世家子得祀江夏王廟當年踐履失序遂奉官北郡自稱學長調短調久未知名今年四月吾與對舍於長安崇義里遂將衣質酒命予合飲氣熱杯闌因謂吾曰李長吉爾徒能長調不能作五字歌詩直強迴筆端與陶謝詩勢相遠幾里吾對後請撰申胡子觱篥歌以五字斷句歌成左右人合譟相唱朔

西毋酒將闌東王飯已乾君王若燕去誰爲拽車轅
赤兎無人用當須呂布騎吾聞果下馬羈策任蠻兒
飂叔死忩忩如今不豢龍夜來霜壓棧駿骨折西風
催榜渡烏江神騅泣向風君王今解劒何處逐英雄
内馬賜宮人銀韉刺騏驎午時鹽坂上蹭蹬溘風塵
批竹初攢耳桃花未上身他時須攪陣牽去借將軍
寶玦誰家子長聞俠骨香堆金買駿骨將送楚襄王
香襆赭羅新盤龍蹙蹬鱗迴看南陌上誰道不逢春
不從桓公獵何能伏虎威一朝溝隴出看取拂雲飛
唐欲斬隋公拳毛屬太宗莫嫌金甲重且去捉飄風
白鐵剉青禾碪間落細莎世人憐小頸金埒畏長牙
伯樂向前看旋毛在腹間秪今掊白草何日驀靑山

沙變成石魚沫吹秦橋空光遠流浪銅柱從年消

黃頭郎

黃頭郎撈攏去不歸南浦芙蓉影愁紅獨自垂水弄湘娥珮竹啼山露月玉瑟調青門石雲濕黃葛沙上蘼蕪花秋風巳先發好特掃羅薦香出鴛鴦熱

馬詩二十三首

龍脊貼連錢銀蹄白踏煙無人織錦韂誰爲鑄金鞭
臘月草根甜天街雪似鹽未知口硬軟先擬蒺藜銜
忽憶周天子驅車上玉山鳴騶辭鳳苑赤驥最承恩
此馬非凡馬房星本是星向前敲瘦骨猶自帶銅聲
大漠沙如雪燕山月似鉤何當金絡腦快走踏清秋
飢卧骨査牙麤毛刺破花鬣焦朱色落髮斷鋸長麻

惱公

感諷五首

金銅仙人辭漢歌 并序

魏明帝青龍元年八月詔宮官牽車西取漢孝武捧露盤仙人欲立置前殿宮官既拆盤仙人臨行乃潸然淚下唐諸王孫李長吉遂作金銅仙人辭漢歌

茂陵劉郎秋風客夜聞馬嘶曉無跡畫欄桂樹懸秋香三十六宮土花碧魏官牽車指千里東關酸風射眸子空將漢月出宮門憶君清淚如鉛水衰蘭送客咸陽道天若有情天亦老攜盤獨出月荒涼渭城已遠波聲小

古悠悠行

白景歸西山碧華上迢迢今古何處盡千歲隨風飄海

李長吉文集卷第二

歌詩

金銅仙人辭漢歌 并序
古悠悠行
黄頭郎
馬詩二十三首
申胡子觱篥歌 并序
老夫採玉歌
傷心行
湖中曲
黄家洞
屏風曲

邊壤今朝憶蔡邕無心裁曲卧春風舍南有竹堪書學
老去溪頭作釣翁
長巒谷口倚嵇家白晝千峯老翠華自履藤鞋收石蜜
手牽苔絮長蓴花
松溪黑水新龍卵桂洞生硝舊馬牙誰遣虞卿裁道帔
輕綃一幅染朝霞
小樹開朝逕長茸濕夜煙柳花驚雪浦麥雨漲溪田古
刹疎鍾度遥嵐破月懸沙頭敲石火燒竹照魚舡

李長吉文集卷第一

三十未有二十餘白日長飢小甲蔬橋頭長老相哀念
因遺戎韜一卷書
男兒何不帶吳鉤收取関山五十州請君暫上凌煙閣
若箇書生萬户侯
尋常摘句老彫蟲曉月當簾挂玉弓不見年年遼海上
文章何處哭秋風
長卿牢落悲空舍曼倩詼諧取自容見買若耶溪水劒
明朝歸去事猿公
春水初生乳燕飛黄蜂小尾撲花歸牕含遠色通書幌
魚擁香鉤近石磯
泉沙耎臥鴛鴦暖曲岸迴篙舴艋遲瀉酒木欄椒葉盖
病容扶起種菱絲

九山靜緑淚花紅離鸞別鳳煙梧中巫雲蜀雨遥相通
幽愁秋氣上青楓涼夜波間吟古龍

三月過行宮

渠水紅繁擁御墻風嬌小葉學娥粧垂簾幾度青春老
堪鎖千年白日長

南園十三首

花枝草蔓眼中開小白長紅越女腮可憐日暮嫣香落
嫁與春風不用媒

宮北田塍曉氣酣黄桑飲露窣宮簾長腰健婦偷攀折
將餧吳王八繭蠶

竹裏繅絲挑網車青蟬獨噪日光斜桃膠近夏香琥珀
自課越傭能種瓜

市南曲陌無秋涼楚腰衛鬟四時芳玉喉窱窱排空光
牽雲曳雪留陸郎

李夫人

紫皇宮殿重重開夫人飛入瓊瑤臺綠香繡帳何時歇
青雲無光宮水咽翩翩桂花墜秋月孤鸞驚啼商絲發
紅壁闌珊懸珮璫歌臺小妓遥相望玉蟾滴水雞人唱
露華蘭葉參差光

走馬引

我有辭鄉劒玉鋒堪截雲襄陽走馬客意氣自生春朝
嫌劒光淨暮嫌劒光冷能持劒向人不解持照身

湘妃

筠竹千年老不死長伴秦娥盖湘水蠻娘吟弄滿寒空

沙浦走魚白石郎閑取真珠擲龍堂

秦王飲

秦王騎虎遊八極劍光照空天自碧羲和敲日玻瓈聲
劫灰飛盡古今平龍頭瀉酒邀酒星金槽琵琶夜棖棖
洞庭雨脚來吹笙酒酣喝月使倒行銀雲櫛櫛瑤殿明
宮門掌事報一更花樓玉鳳聲嬌獰海綃紅文香淺清
黄鵝跌舞千年觥仙人燭樹蠟煙輕清琴醉眼淚泓泓

洛姝真珠

真珠小娘下青廓洛苑香風飛綽綽寒鬢斜釵玉鸞光
高樓唱月敲懸璫蘭風桂露洒幽翠紅弦裊雲咽深思
花袍白馬不歸來濃娥疊柳香唇醉金鸚屛風蜀山夢
鸞裙鳳帶行煙重八騌籠晃臉差移日絲繁散曛羅洞

彭祖巫咸幾迴死青毛驄馬參差錢嬌春楊柳含細煙
箏人勸我金屈卮神血未凝身問誰不須浪飲丁都護
世上英雄本無主買絲繡作平原君有酒惟澆趙州土
漏催水咽玉蟾蜍衞娘髮薄不勝梳看看見秋眉換綠
二十男兒那刺促

秋來

桐風驚心壯士苦衰燈絡緯啼寒素誰看青簡一編書
不遣花蟲粉空蠹思牽今夜腸應直雨冷香魂弔書客
秋墳鬼唱鮑家詩恨血千年土中碧

帝子歌

洞庭帝子一千里涼風鴈啼天在水九節菖蒲石上死
湘神彈琴迎帝子山頭老桂吹古香雌龍怨吟寒水光

日脚淡光紅灑灑薄霜不銷桂枝下依俙和氣解冬嚴
巳就長日辭長夜

閏月

帝重光年重時七十二候迴環推天官玉琯灰剩飛今
歲何長來歲遲王母移桃獻天子羲氏和氏迂龍轡

天上謠

天河夜轉漂迴星銀浦流雲學水聲玉宮桂樹花未落
仙妾採香垂珮纓秦妃卷簾北牕曉牕前植桐青鳳小
王子吹笙鵝管長呼龍耕煙種瑶草粉霞紅綬藕絲裙
青洲步拾蘭苕春東指羲和能走馬海塵新生石山下

浩歌

南風吹山作平地帝遣天吳移海水王母桃花千遍紅

九月

離宮散螢天似水竹黃池冷芙蓉死月綴金鋪光脉脉

凉苑虛庭空澹白露花飛飛風草草翠錦斑斕滿層道

雞人罷唱曉瓏璁鴉啼金井下疎桐

十月

玉壺銀箭稍難傾釭花夜笑凝幽明碎霜斜舞上羅幕

燭龍兩行照飛閣珠帷怨臥不成眠金鳳刺衣着體寒

長眉對月鬪彎環

十一月

宮城團迴凜嚴光白天碎碎墮瓊芳撾鍾高飲千日酒

戰却凝寒作君壽御溝水合如環素火井溫泉在何處

十二月

雕玉押簾額輕縠籠虛門井汲鉛華水扇織鴛鴦文迴
雪舞涼殿甘露洗空綠羅袖從徊翔香汗霑寶粟

六月

裁生羅伐湘竹帔拂踈霜簟秋玉炎炎紅鏡東方開暈
如車輪上徘徊啾啾赤帝騎龍來

七月

星依雲渚冷露滴盤中圓好花生木末衰蕙愁空園夜
天如玉砌池葉極青錢僅厭舞衫薄稍知花簟寒曉風
何拂拂北斗光闌干

八月

孀妾怨長夜獨客夢歸家傍簷蟲緝絲向壁燈垂花簾
外月光吐簾中樹影斜悠悠飛露姿點綴池中荷

胡鷰怨酣春薇帳逗煙生緑塵金翹峨髻愁暮雲沓颯
起舞眞珠裙津頭送別唱流水酒客背寒南山死

三月

東方風來滿眼春花城柳暗愁幾人複宮深殿竹風起
新翠舞衿淨如水光風轉蕙百餘里暖霧駈雲撲天地
軍裝宮妓掃蛾淺搖搖錦旗夾城暖曲水飄香去不歸
梨花落盡成秋苑

四月

曉涼暮涼樹如蓋千山濃緑生雲外依微香雨青氛氳
膩葉蟠花照曲門金塘閑水搖碧漪老景沉重無驚飛
墮紅殘蕚暗參差

五月

綠章封事 爲吳道士夜醮作

青霓扣額呼宮神鴻龍玉狗開天門石榴花發滿溪津
溪女洗花染白雲綠章封事諮元父六街馬蹄浩無主
虗空風氣不清冷短衣小冠作塵土金家香衖千輪鳴
楊雄秋室無俗聲願攜漢戟招書鬼休令恨骨塡蒿里

河南府試十二月樂辭 并閏月

正月

上樓迎春新春歸暗黃著柳宮漏遲薄薄淡靄弄野姿
寒綠幽風生短絲錦牀曉臥玉肌冷露臉未開對朝暝
官街柳帶不堪折早晚菖蒲勝綰結

二月

飲酒採桑津宜男草生蘭笑人蒲如交劍風如薰勞勞

幽蘭露如啼眼無物結同心煙花不堪剪草如茵松如
蓋風爲裳水爲珮油壁車夕相待冷翠燭勞光彩西陵
下風雨吹

夢天

老兔寒蟾泣天色雲樓半開壁斜白玉輪軋露濕團光
鸞珮相逢桂香陌黃塵清水三山下更變千年如走馬
遙望齊州九點煙一泓海水杯中瀉

唐歌兒 杜幽公之子

頭玉磽磽眉刷翠杜郎生得眞男子骨重神寒天廟器
一雙瞳人剪秋水竹馬梢梢摇綠尾銀鸞睒光踏半臂
東家嬌娘求對値濃笑畫空作唐字眼大心雄知所以
莫忘作歌人姓李

黑雲壓城城欲摧甲光向月金鱗開角聲滿天秋色裏塞上燕脂凝夜紫半捲紅旗臨易水霜重鼓寒聲不起報君黃金臺上意提攜玉龍爲君死

大堤曲

妾家住橫塘紅紗滿桂香青雲教綰頭上髻明月與作耳邊璫蓮風起江畔春大堤上留北人郎食鯉魚尾妾食猩猩脣莫指襄陽道綠浦歸帆少今日菖蒲花明朝楓樹老

蜀國絃

楓香晚花靜錦水南山影驚石墜猿哀竹雲愁半嶺凉月生秋浦玉沙鱗鱗光誰家紅淚客不忍過瞿塘

蘇小小歌

上無幅巾苦蘗已染衣不見清溪魚飲水得自宜

追和柳惲

汀洲白蘋草柳惲乘馬歸江頭樝樹香岸上胡蝶飛酒
盃箬葉露玉軫蜀桐虛朱樓通水陌沙暖一雙魚

春坊正字劒子歌

先輩匣中三尺水曾入吳潭斬龍子隙月斜明刮露寒
練帶平鋪吹不起蛟胎皮老蒺藜刺鸊鵜淬花白鷴尾
直是荊軻一片心莫教照見春坊字挼絲團金懸簏簌
神光欲截藍田玉提出西方白帝驚嗷嗷鬼母秋郊哭

貴公子夜闌曲

褭褭沉水煙烏啼夜闌景曲沼芙蓉波腰圍白玉冷

鴈門太守行

丈人沈亞之元和七年以書不中第返歸于吳江悲其
行無錢酒以勞又感沈之勤請乃歌一解以勞之
吳輿才人怨春風桃花滿陌千里紅紫絲竹斷驄馬小
家住錢塘東復東白藤交穿織書篋短策齊裁如梵夾
雄光寶礦獻春卿煙底驀波乘一葉春卿拾材白日下
擲置黃金解龍馬携笈歸家重入門勞勞誰是憐君者
吾聞壯夫重心骨古人三走無摧捽請君待旦事長鞭
他日還轅及秋律

詠懷二首

長卿懷茂陵綠草垂石井彈琴看文君春風吹鬢影梁
王與武帝弃之如斷梗惟留一簡書金泥太山頂
日夕著書罷驚霜落素絲鏡中聊自笑詎是南山期頭

館驚殘夢停盃泛小觴幸因流浪處暫得見何郎

始爲奉禮憶昌谷山居

掃斷馬蹄痕衙迴自閉門長鎗江米熟小樹棗花春向壁懸如意當簾閱角巾犬書曾去洛鶴病悔遊秦土甑封茶葉山杯鎖竹根不知船上月誰棹滿溪雲

七夕

別浦今朝暗羅帷午夜愁鵲辭穿線月花入曝衣樓天上分金鏡人間望玉鈎錢塘蘇小小更值一年秋

過華清宮

春月夜啼鴉宮簾隔御花雲生朱絡暗石斷紫泉斜玉碗盛殘露銀燈點舊紗蜀王無近信泉上有芹芽

送沈亞之歌并序

霜點歸鬢身與孱蒲晚脉脉辭金魚鸞臣守逆賊

出城寄權璩楊敬之

草暖雲昏万里春宮花拂面送行人自言漢劒當飛去

何事還車載病身

示弟

別弟三年後還家十日餘醁醽今夕酒緗帙去時書病

骨獨能在人間底事無何須問牛馬拋擲任梟盧

竹

入水文光動抽空綠影春露華生筍逕苔邑拂霜根織

可承香汗裁堪釣錦鱗三梁曾入用一節奉王孫

同沈駙馬賦得御溝水

入苑白泱泱宮人正靨黃遶堤龍骨冷拂岸鴨頭香別

十二門前融冷光二十三絲動紫皇女媧鍊石補天處
石破天驚逗秋雨夢入神山教神嫗老魚跳波瘦蛟舞
吴質不眠倚桂樹露脚斜飛濕寒兎

殘絲曲

垂楊葉老鶯哺兒殘絲欲斷黄蜂歸綠鬢少年金釵客
縹粉壺中沉琥珀花臺欲暮春辭去落花起作迴風舞
榆莢相催不知數沈郎青錢夾城路

還自會稽歌 并序

庾肩吾於梁時嘗作宮體謡引以應和皇子及國世淪
敗肩吾先潛難會稽後始還家僕意其必有遺文今無
得焉故作還自會稽歌以補其悲

野粉椒壁黄濕螢滿梁殿臺城應教人秋衾夢銅輦吴

李憑箜篌引

吳絲蜀桐張高秋空山凝雲頹不流江娥啼竹素女愁李憑中國彈箜篌崑山玉碎鳳凰叫芙蓉泣露香蘭笑

李長吉文集卷第一

歌詩

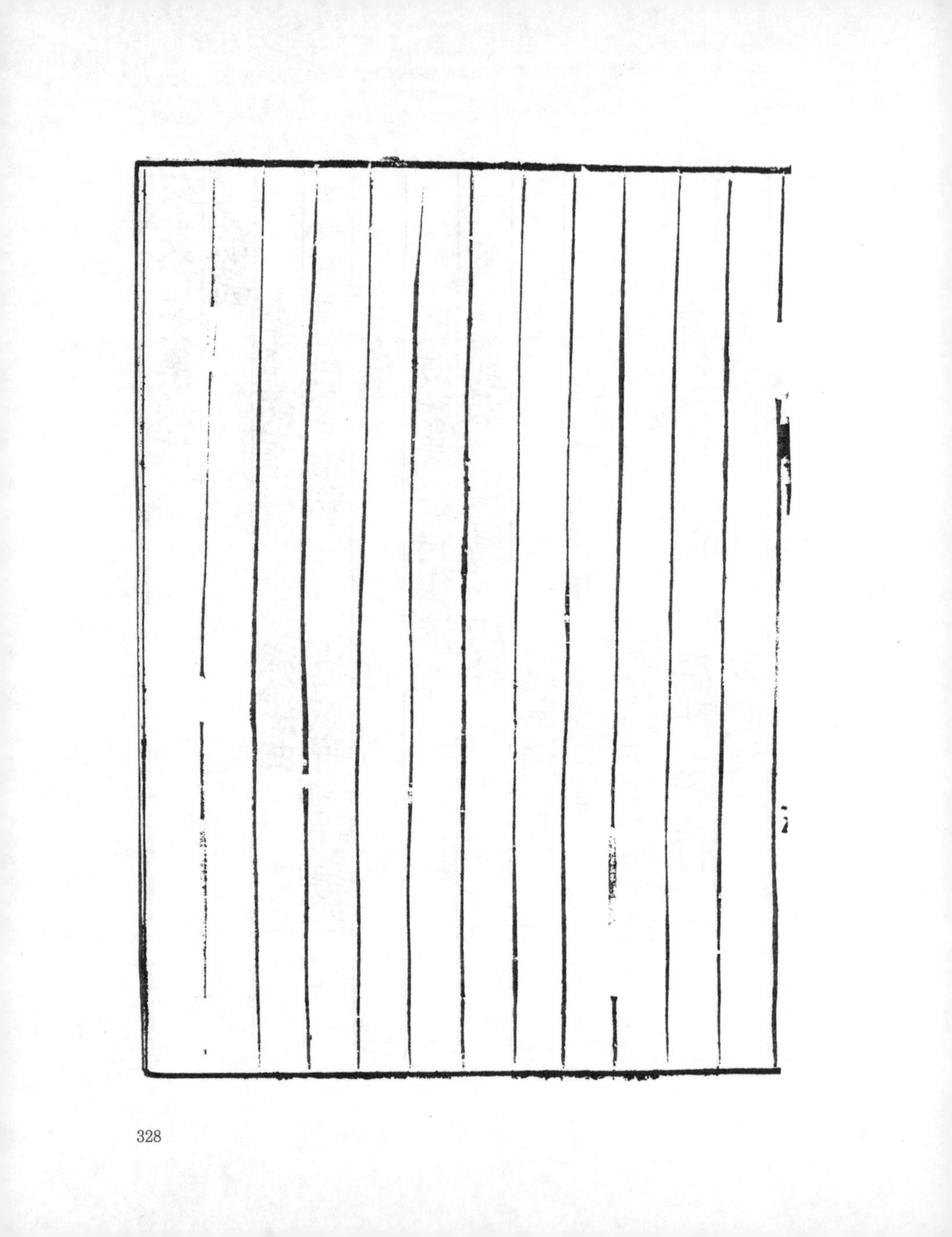

出城別張又新酬李漢

李長吉文集目録終

第三卷

歌詩

歌詩

第一卷

李長吉文集卷目

李　賀　字長吉

第一卷

歌詩

李長吉文集

제목찾기

* ( ) 안의 숫자는 영인본의 쪽번호이다. * # 표시를 한 것은 본서의 영인본에 없는 시이다.